À la vie, à la mort

Mary Higgins Clark
et Alafair Burke

À la vie, à la mort

ROMAN

Traduit de l'anglais (États-Unis)
par Anne Damour

Albin Michel

Ce livre est un ouvrage de fiction. Toute ressemblance avec des faits avérés, des lieux existants ou des personnes réelles, vivantes ou décédées, serait purement fortuite.

Édition originale américaine parue sous le titre :
PIECE OF MY HEART

« Considérez vos existences comme des romans,
avec leurs héros, leurs méchants,
leurs chausse-trapes et leurs victoires. »

Prologue

Cinq ans plus tôt

« *SI JE LE POUVAIS, je conclurais un marché avec Dieu.* »

Les paroles de cette vieille chanson lui trottaient dans la tête. C'était exactement ce qu'elle s'efforçait de faire – conclure un marché avec Dieu. *Je vous en prie. Je serai une meilleure épouse. Je serai une meilleure personne. Je ferai de bonnes actions tous les jours jusqu'à la fin de ma vie. Tout pourvu que vous épargniez mon mari. Faites que je sois à nouveau avec lui.*

Roseanne leva la tête en voyant un médecin en blouse chirurgicale franchir la double porte de la salle d'attente de l'hôpital. Elle retint sa respiration, à la fois anxieuse et impatiente, mais ses espoirs s'évanouirent quand le regard du médecin s'arrêta sur une femme plus âgée qu'elle qui, dans un angle de la pièce, essuyait discrètement ses larmes depuis l'arrivée de Roseanne. Un gémissement douloureux suivit à peine quelques secondes plus tard.

Pauvre femme, pensa-t-elle. Je vous en prie, *faites que cela ne m'arrive pas.*

Roseanne n'avait que trente et un ans, et elle ne pouvait pas imaginer la vie sans son mari. Ils avaient commencé à sortir ensemble à l'université, puis c'était devenu sérieux quand il avait commencé sa carrière d'architecte et qu'elle avait ajouté de nouveaux noms à la liste florissante des clients de son agence de marketing informatique. Il avait acheté la moto trois ans auparavant, deux semaines après leur deuxième anniversaire de mariage.

Cette moto de malheur. Voilà où elle nous a menés.

Elle avait clairement exprimé sa désapprobation. Elle en avait même appelé au frère aîné de son mari, Charlie, pensant qu'un officier de police lui ferait entendre raison. Au lieu de quoi, son beau-frère lui avait fait la morale, il fallait laisser les autres faire ce qui les rendait heureux, ce genre de chose.

En dépit des risques, cet achat l'avait en partie réconfortée. Depuis des mois, son mari paraissait distrait, absent. Il avait l'air de s'ennuyer. Désapprouvait-il la décision de sa femme de retourner travailler à l'agence, même à mi-temps ? Elle se demandait s'il était heureux d'être père. Pire encore, elle se demandait si leur mariage n'était pas en train de couler. Mais depuis qu'il avait cette moto, il semblait avoir retrouvé sa bonne humeur, être redevenu l'homme charmant et drôle qu'elle avait connu. Si c'était la crise de la quarantaine, alors elle était passée grâce à ce nouveau gadget à deux roues. *Ça pourrait être pire*, s'était-elle dit.

Pourtant, elle se retrouvait dans la salle d'attente d'un hôpital, impatiente de savoir comment s'était déroulée l'intervention qui devait sauver la vie de son mari.

Au téléphone, l'officier de police lui avait communiqué la nouvelle avec un froid détachement. Il y avait eu un accident, avait-il expliqué – un camion de livraison avait brûlé un feu rouge. Le motard – son hyperactif de mari – était inconscient, même s'il portait un casque, comme elle l'en avait imploré si souvent.

Elle regarda sa montre. Onze heures cinquante-cinq. Dans cinq minutes, Bella sortirait de l'école. Leur voisine, Sarah, irait la chercher en même temps que sa fille à elle, Jenna. Bella serait contente de passer l'après-midi avec sa meilleure copine, mais elle finirait bien par se demander où étaient son père et sa mère.

Je vous en prie, mon Dieu. *Comment pourrai-je expliquer à ma fille que son papa ne rentrera pas à la maison ?*

Un autre médecin franchit les portes – une femme, cette fois, les cheveux encore couverts du bonnet chirurgical bleu. « Roseanne Robinson ? » appela-t-elle.

La sentence allait tomber. Son avenir et celui de Bella dépendaient entièrement de ce qu'elle était sur le point d'apprendre. Soit elles continueraient leur petit bonhomme de chemin, soit elles se retrouveraient sur un chemin complètement différent. Porte Numéro Un ou Porte Numéro Deux.

Elle se leva de sa chaise. « C'est moi. »

Roseanne Robinson. Ou Ro-Ro, comme l'appelaient ses amies. C'était surtout pour ce surnom qu'elle avait gardé son nom de jeune fille quand elle s'était mariée. *Si tu vis, mon amour, je changerai même de nom, comme tu l'as toujours voulu.*

« Je vous en prie, dites-moi la vérité », supplia Roseanne en fermant les yeux pour se préparer au choc de la sentence qui allait changer son existence à jamais.

« Votre mari est en vie. »

Sans réfléchir, elle se jeta dans les bras du médecin, un geste né de la gratitude qu'elle ressentait.

Le médecin décrivit les traitements qui allaient suivre – greffes de peau, kinésithérapie, rééducation. Roseanne enregistrait toutes les informations, tous les rendez-vous médicaux, et ne pouvait s'empêcher de penser qu'elle avait eu de la chance. Sa famille avait été épargnée.

Mais à mesure que s'écouleraient les semaines et les mois, la réalité allait surgir. La rééducation. La guérison. Le ressentiment. Leur existence n'aurait plus rien de comparable avec celle qu'ils avaient connue. Rien ne serait plus jamais pareil. Chaque jour ferait tomber un autre domino, les rapprochant de l'issue. Jusqu'au jour, cinq années plus tard, où un appel téléphonique lui apprendrait que tous les dominos s'étaient effondrés et qu'au bout de la chaîne se trouvait un petit garçon nommé Johnny Buckley.

Mercredi 15 juillet
Premier jour

1

LAURIE MORAN tressaillit. Encore un klaxon ! Cette fois, il provenait du pick-up derrière elles. Depuis le siège du conducteur, Charlotte Pierce jeta un coup d'œil dans le rétroviseur et leva une main agacée. « Mais qu'est-ce qu'il me veut ? »

Laurie retint sa respiration tandis que le camion devant elles laissait échapper un nuage noir de gaz d'échappement.

On était mercredi, il n'était pas encore midi et l'autoroute de Long Island était bloquée, encombrée par la foule des citadins qui cherchaient à échapper à la chaleur étouffante des rues de Manhattan. Les deux heures de trajet habituelles jusqu'aux Hamptons allaient se transformer en trois, et ce serait encore pire au retour vendredi soir.

Indifférente au grondement environnant, Charlotte accompagnait joyeusement un air de Janis Joplin qui passait à la radio. *Now baby take another little piece of my heart, now honey...*

Elle adressa un rapide sourire à sa passagère. « Ahhh, le charme du Long Island Express à la mi-juillet. »

Charlotte avait acheté cette voiture – une Mercedes décapotable – à peine un mois auparavant et profitait du plaisir nouveau de rouler sans la capote. Elle portait de grosses lunettes de soleil rondes et avait ramené ses cheveux coupés au carré (un carré plongeant) derrière ses oreilles en vue du trajet en voiture. Laurie la vit regarder la voiture qui les dépassait sur la voie de droite.

« Ce type est en train de te mater, ma chère. Le pauvre ignore que tu seras bientôt une respectable femme mariée. »

Instinctivement, Laurie tourna la tête. Le conducteur du pick-up souriait dans sa direction. Elle détourna rapidement les yeux.

« Je t'en prie, s'il nous regarde, c'est à cause de la musique. Il se dit sans doute qu'on sera bientôt sourdes, si ça continue. »

La remarque eut pour effet de pousser Charlotte à augmenter le volume. « *Take it* », chanta-t-elle, balançant les épaules en mesure avec la musique. Le rire de profonde satisfaction qui suivit était contagieux et quand la circulation reprit, Laurie se mit à chanter avec son amie.

Elle avait quantité d'événements à fêter. Dans quatre jours, elle allait épouser Alex Buckley, qui avait mis plus de deux ans à la convaincre qu'il pouvait partager sa vie de jeune veuve et de mère active. Après une modeste cérémonie à l'église avec leurs familles et leurs proches, suivie d'un dîner dans l'un de leurs restaurants préférés, ils iraient passer une dizaine de jours en Italie pour leur lune de miel. Elle avait fini par accueillir Alex dans sa vie, mais ce n'était pas tout : ils commençaient ensemble une vie meilleure à tout point de vue.

C'était grâce à Charlotte qu'elle avait finalement renoncé à l'idée d'une « lune de miel en famille ». En faisant ce voyage avec Alex, ce serait la première fois qu'elle quitterait Timmy, son fils de dix ans, pendant plus de deux jours. Pour compenser, elle et Alex avaient tout de même prévu un séjour de trois jours avec leurs proches sur la côte est de Long Island, afin de fêter le quarantième anniversaire d'Alex, qui tombait juste avant le mariage.

Pour cette escapade, ils avaient choisi le luxueux centre de remise en forme situé à l'extrémité est des Hamptons, qui donnait sur la mer. En plus de Laurie, Alex et Timmy, il y aurait le père de Laurie, Leo, le frère d'Alex, Andrew, sa femme et leurs trois enfants – et Ramon, bien sûr, que tous considéraient comme un oncle d'adoption malgré son insistance à leur rappeler son rang de maître d'hôtel d'Alex. Pour s'occuper des enfants, ils avaient aussi invité la baby-sitter préférée de Timmy, Kara.

Laurie avait projeté de quitter la ville tôt dans la matinée avec Ramon, Alex et Timmy, mais les circonstances en avaient décidé autrement. Elle était la productrice de *Suspi-*

cion, une émission de téléréalité qui reprenait les enquêtes de crimes non résolus. Tout était prêt pour commencer le tournage du prochain épisode dès son retour d'Italie. Huit ans plus tôt, un journaliste d'investigation du nom de Jonathan Brown avait purement et simplement disparu. Selon l'épouse de Brown, Amy, il avait rendez-vous avec une source anonyme à propos d'une éventuelle fraude dans une société pharmaceutique. Alors que la police avait été incapable de prouver l'existence d'une telle rencontre, les soupçons s'étaient focalisés sur Amy. Brown n'avait jamais été retrouvé, ni vivant ni mort, et Amy n'avait jamais été inculpée.

Après avoir passé un an à essayer de contacter les employés de la société pharmaceutique, Laurie avait trouvé la piste d'un chercheur tué dans un accident de voiture à peine une semaine après la disparition de Brown. Encore plus intrigant, la veuve dudit chercheur, Carrie, avait rapporté à Laurie que quelque chose semblait le tracasser dans son travail pendant les semaines qui avaient précédé sa mort. Quand Laurie avait demandé à Carrie si son mari avait connu un journaliste du nom de Jonathan Brown – qui avait lui-même disparu une semaine avant l'accident de son mari –, le visage de Carrie était devenu blême.

« Non, avait-elle dit. Ou du moins, ce n'est pas ce que je pensais à l'époque. Mais je me souviens qu'il s'est mis à trembler comme une feuille en apprenant la disparition de ce journaliste. Je lui ai demandé pourquoi il était si bouleversé, et il a vaguement répondu que la disparition de quelqu'un était toujours triste, surtout s'il avait une famille. »

Laurie était convaincue que le chercheur décédé était la source anonyme de Brown. Elle avait dans l'idée d'utiliser ce que Carrie et Amy savaient sur leurs maris pour forcer la société pharmaceutique à répondre à ses autres questions.

Elle sentit un petit coup sur son bras gauche. « Allô, allô, la Terre appelle Laurie. » La circulation reprenait et Charlotte baissa le son de la radio afin qu'elles puissent s'entendre. « Tu as l'air inquiète. Qu'est-ce qui te tracasse ? Tous les préparatifs pour l'anniversaire d'Alex sont réglés comme une horloge. Le mariage et la lune de miel aussi. Tu recommences à penser à ton boulot, c'est ça ? »

En effet. Ce matin-là au réveil, elle avait trouvé dans sa boîte des mails de Carrie et d'Amy envoyés tard dans la nuit : l'une déclarait qu'elle avait « changé d'opinion » (Carrie), l'autre évoquait une « crise de panique » (Amy). Le même soir, les deux femmes s'étaient subitement rétractées à propos de l'enquête. Aucune ne voulait plus apparaître dans *Suspicion.*

Laurie avait passé une grande partie de la matinée à tenter de les joindre par tous les moyens possibles. Elle avait l'intention de poursuivre ses efforts pendant le trajet jusqu'aux Hamptons, mais alors que Ramon chargeait leurs bagages dans la coffre de la voiture, elle avait reçu de nouveaux mails. Cette fois, ils provenaient de deux avocats différents qui lui demandaient de cesser de contacter leurs clientes respectives, Carrie et Amy. Que les femmes aient été menacées ou soudoyées était une évidence. Quelqu'un les avait repérées. Laurie n'avait d'autre choix que de laisser tomber le tournage, qui était censé commencer dès son retour de lune de miel.

Elle avait tenu à ce qu'Alex et Timmy partent devant pendant qu'elle se rendait dans les bureaux de la production pour annoncer la mauvaise nouvelle à son boss, Brett Young. Deux heures plus tard, elle n'avait pas obtenu gain de cause. Il lui intimait de trouver une autre affaire afin de ne pas modifier la date de diffusion de l'émission. Seul coup de chance de la journée, Charlotte possédait une résidence d'été à East Hampton et elle avait prévu d'y aller en voiture le soir même. Elle avait proposé d'emmener Laurie et trouvé ainsi un bon prétexte pour partir plus tôt du bureau.

« Tu as fait tout ce que tu pouvais, lui avait-elle assuré. Tu ne peux pas ramener deux hommes du royaume des morts. Tu as rapporté ce que tu savais à la police, c'est déjà bien. Et si leurs femmes obtiennent un dédommagement de la société pharmaceutique, ça ne te regarde pas. Tu ne peux pas te faire brûler vive afin que les autres aient chaud, Laurie. »

Laurie savait que son amie avait raison, mais elle voulait faire davantage. Son premier mari, Greg, avait été assassiné de sang-froid alors que Timmy n'avait que trois ans. Aucune somme d'argent, aucune mesure d'intimidation n'aurait pu l'empêcher de chercher des réponses à sa mort.

« Tu trouveras une autre affaire, dit Charlotte. C'est toujours ce que tu as fait ; mais tu te maries dans quatre jours, ma chérie. Comment te sens-tu ?

– Franchement ? » Laurie inclina la tête contre le siège du passager et profita de la sensation du soleil sur sa peau. « Je me sens presque coupable du bonheur que j'éprouve quand je suis avec Alex. Qu'ai-je fait pour mériter un tel bonheur ? C'est comme si j'étais sûre que quelque chose allait me tomber sur la tête. »

Charlotte se moqua d'elle. « Je retrouve mon amie Laurie Moran la pessimiste. Tu n'as pas à t'excuser d'être heureuse. Tu vas profiter de trois jours merveilleux sur la plage avec ta famille et celle d'Alex. Et ensuite, vous commencerez une nouvelle vie tous les deux. Tu mérites d'en savourer chaque seconde. »

Greg lui aurait dit la même chose, Laurie pouvait presque l'entendre.

Quand elles pénétrèrent dans le parking, Laurie sentit la tension du travail se dissiper. Le South Shore Resort était un établissement superbe, tout blanc et moderne. Et il était situé sur la plus belle plage des Hamptons, qui s'étendait presque sans interruption jusqu'à la pointe de Montauk. Elle huma l'air marin et écouta le grondement des vagues et le cri des mouettes qui tournaient en rond dans le ciel. Puis elle aperçut Alex et Timmy à côté d'un minibus vert, devant l'entrée principale de l'hôtel. Le plus jeune frère d'Alex, Andrew, et sa famille venaient apparemment d'arriver de Washington.

Elle regarda son fils, Timmy, ouvrir la portière à sa future tante, Marcy, en parfait gentleman. Puis la portière à l'arrière coulissa et le jeune Johnny, sept ans, sauta dehors et embrassa Timmy, tandis que l'oncle Andrew aidait les jumelles de quatre ans à sortir du véhicule. Timmy avait déjà commencé à appeler les trois enfants d'Andrew ses « petits cousins ».

Charlotte appuya légèrement sur le klaxon et un bref *tuut, tuut* annonça leur arrivée. Alex leva la tête. Son nez avait légèrement bruni après une après-midi de soleil, et ses cheveux noirs étaient ébouriffés par le vent. Il adressa un grand sourire à Laurie.

Charlotte prit un air pâmé. « Regarde ton homme, Laurie. Il a carrément l'air aussi amoureux que toi. »

Laurie sourit à son tour. Charlotte avait raison. Dans deux semaines, elle trouverait une nouvelle affaire. D'ici là, elle allait se concentrer sur sa famille.

Au milieu de ces joyeuses retrouvailles, personne ne remarqua la Chrysler blanche qui entrait dans le parking de l'hôtel tandis que Charlotte s'éloignait.

2

Assise sur la terrasse à l'arrière du South Shore Resort, Marcy Buckley admirait l'océan et emplissait ses poumons d'air marin. C'était bon d'être là après avoir passé plus de sept heures dans le minibus. Ils avaient quitté Washington avant l'aube pour arriver dans les Hamptons à l'heure du déjeuner. Elle bénit Johnny pour son empressement à s'occuper des jumelles, mais elle aurait préféré mourir que d'entendre encore chanter *« Baby Shark »*.

Maintenant qu'elles étaient arrivées à l'hôtel, Emily et Chloe se concentraient, dans la mesure où deux gamines de quatre ans en sont capables, sur la fiancée d'Alex, Laurie, plutôt que sur leur grand frère. Laurie avait accompagné Marcy et les enfants pour jeter un coup d'œil sur la plage tandis qu'Andrew et Alex s'occupaient de remplir les fiches d'enregistrement. Les jumelles tiraient sur la jambe du pantalon de lin blanc de Laurie, impatientes de lui raconter l'histoire mystérieuse qu'elles avaient inventée à son intention, à propos d'un chiot qui avait été oublié à la maison quand la famille était partie en vacances. Les filles avaient toujours été fascinées par leur oncle Alex, un avocat renommé qui apparaissait régulièrement à la télévision. Quand il avait accepté d'animer une série appelée *Suspicion*, elles avaient fait des pieds et des mains pour la regarder.

Elles furent encore plus excitées lorsqu'elles rencontrèrent Laurie, qui expliqua qu'elle aussi travaillait pour cette émission, sans mentionner son père, le grand chef de la police de New York. Certes, les autres adultes étaient toujours plus excitants pour les enfants que leurs vieux et ennuyeux parents, mais Marcy avait parfois envie de leur faire remarquer qu'elle et Andrew n'étaient pas exactement des ratés. Andrew était un avocat très demandé dans l'arbitrage des litiges commerciaux et Marcy avait été une actrice célèbre pendant cinq ans, après avoir brillamment terminé ses études à l'université, en Californie. Mais pour Johnny et les filles, elle était toujours *maman*, et, après tout ce qu'ils avaient traversé pour avoir une famille, c'était très bien ainsi.

Tandis que les filles faisaient la fête à Laurie, Johnny avait tout de suite sympathisé avec son fils Timmy. Johnny avait trois ans de moins, et avait toujours entendu parler de Timmy comme d'un « cousin super cool » dès le moment où il avait été mis au courant des fiançailles de son oncle. Aujourd'hui, Marcy regardait les deux garçons se faire des passes avec un ballon au bord de l'eau. Bien que sur le point de devenir cousins par alliance, ils auraient pu facilement passer pour deux frères. À l'image de Laurie, ils étaient blonds comme les blés, avec les cheveux raides et le teint clair, alors qu'elle, Andrew et les jumeaux avaient tous des cheveux bouclés noirs et une peau mate. Marcy se réjouissait que Johnny puisse connaître le sentiment de ressembler à quelqu'un de sa famille.

« Nous aussi, on veut jouer », se plaignit Chloe. Emily leva vers Marcy des yeux noirs implorants. Toutes deux avaient toujours tout fait ensemble, mais des jumelles, Emily était la plus facile à calmer. Marcy parcourut la plage du regard, cherchant où ses filles pourraient s'aventurer sans risque. La plupart des vacanciers étaient en couple, en famille ou en groupe. Elle remarqua une femme seule, dans une robe très ample gonflée par le vent, qui prenait des photos de la mer tout en fumant une cigarette. L'autre personne qui semblait être seule arborait un short, un T-shirt et un chapeau bleu clair qui lui rappela celui que sa mère portait sur leur bateau.

Elle fit un signe d'assentiment. « Mais ne vous approchez pas trop du bord. »

Elle remarqua le sourire de Laurie tandis que les filles envoyaient valser leurs sandales sur la promenade en planches, le deck, et couraient vers les garçons.

« Les filles sont folles de joie à la pensée d'être demoiselles d'honneur dimanche, dit Marcy. Elles ont répété ce qu'elles doivent faire, mais je vous préviens : il n'est pas impossible que Chloe coure dans l'allée comme une petite folle avec Emily sur ses talons.

– Ce sera parfait, dit Laurie. Vous savez, c'est drôle, je ne pense pas que je les confondrai. Elles me paraissent totalement différentes maintenant que je les connais.

– Signe que tu fais partie de la famille maintenant. »

Marcy était sincère. Elle avait constaté qu'Alex était profondément attaché à Laurie quand il les avait invités à New York pour faire sa connaissance. C'était la première femme qu'il leur avait présentée qui semblait avoir d'autres priorités que de décrocher l'un des célibataires les plus convoités de la ville. Durant les deux dernières années, il était devenu évident que ces deux-là s'aimaient.

« Laurie ! »

Marcy se retourna et vit une jeune femme – ou plutôt une adolescente – fondre sur Laurie les bras grands ouverts. Ses longs cheveux blonds étaient retenus en une queue-de-cheval et elle portait un sac à dos noir sur sa robe d'été blanche. Laurie l'embrassa chaleureusement.

« Vous êtes sans doute madame Buckley. » La jeune fille lui tendit la main.

– Marcy », dit celle-ci rapidement. « Et vous devez être la célèbre Kara. Vos pancakes aux pépites de chocolat sont légendaires. »

Marcy savait que Kara était la baby-sitter préférée de Timmy et un pilier de la maison Moran jusqu'à son départ pour l'université à l'automne précédent à Buffalo. Les présentations furent interrompues par le gamin de dix ans couvert de sable qui se précipitait pour accueillir Kara. Avant que les enfants de Marcy atteignent le deck, Timmy racontait déjà à Kara tout sur le jeu vidéo auquel il voulait jouer avec elle.

« *Maman*, se plaignit Emily, *Jonathan ne nous jette jamais la balle.*

– Jonathan ? interrogea Laurie. Depuis quand ?

Marcy eut un petit rire. « À l'école, il y a un nouveau qui s'appelle Bartholomew, et il ne veut pas entendre parler de surnom. Maintenant, tous les gosses pensent que c'est super d'utiliser leurs prénoms en entier.

– Le monde est petit, répliqua Laurie. La semaine dernière, Timmy m'a justement dit qu'il trouvait que Timmy était un nom de bébé. À sa demande, je l'appelle parfois Timothy.

– Ce ne sera sans doute qu'une passade », fit Marcy.

Elles furent interrompues par des voix masculines provenant du passage couvert. C'étaient Alex, Andrew et Ramon. Andrew agitait un jeu de cartes magnétiques au-dessus de sa tête.

« On a la suite Lune de Miel, se vanta-t-il. Grâce à mon grand frère.

– Erreur de la part du bureau de la réception, expliqua Alex. On va mener une vie de nababs cette semaine. La suite Lune de Miel était la seule assez grande pour toute votre nichée.

– Quelle chance, dit Marcy en acceptant une des clefs.

– Alors… » Marcy comprit que son mari était impatient de dire la suite. « Que diriez-vous, mesdames, d'un après-midi de golf ?

– Sérieusement ? » Elle lui donna une petite tape espiègle. « Je croyais que tu allais nous annoncer une journée de détente au spa.

– Ce sont les dernières heures d'Alex avant la quarantaine, et une petite souris du nom de Ramon m'a soufflé que le golf était sur la liste de ses souhaits. »

Ramon plaça une main coupable sur son cœur. « C'est ma faute, en effet. Leo ne sera pas là avant le dîner, si bien que c'est le meilleur moment pour vous quatre de faire un parcours.

– Et vous, Ramon ? demanda Marcy. On ne va pas vous laisser seul.

– J'ai un ordre du jour secret.

– Top secret », ajouta Timmy avec un sourire espiègle.

Marcy savait déjà que Ramon avait promis de trouver un moyen d'emmener Timmy faire des courses seul afin qu'il puisse choisir un cadeau spécial pour Alex.

Laurie regarda Marcy, quêtant son point de vue. « Je suis une golfeuse lamentable, mais Alex ne cesse de me dire que nous devrions jouer ensemble, comme vous et Andrew.

– Déjeuner au club et ensuite un simple neuf trous », promit Andrew.

Marcy n'avait aucun état d'âme à l'idée de laisser ses trois enfants à la garde d'une fille de dix-neuf ans qu'elle connaissait à peine. De son côté, Laurie était la mère la plus protectrice du monde, mais elle faisait confiance à Kara. *Que pourrait-il arriver de mauvais dans un paradis pareil ?*

« *Fore !* », dit-elle, mimant un swing parfait.

Les deux couples parcoururent le passage couvert qui menait à leurs chambres. Coiffé d'un chapeau de coton bleu, derrière les verres sombres d'une paire de lunettes, un étranger continuait à les observer depuis la plage.

3

KARA S'AMUSAIT tellement qu'elle en oubliait presque qu'elle était payée pour le « travail » de garder Timmy et ses futurs cousins pendant quelques jours. Elle savait que Timmy ne lui créerait aucune difficulté. Elle avait été sa baby-sitter depuis qu'elle avait quinze ans. Mais elle ne connaissait pas les trois autres enfants, et Laurie l'avait prévenue que les jumelles ne tenaient pas en place. Maintenant qu'elle était là, elle avait du mal à croire qu'elle ait pu s'inquiéter. Les enfants étaient super gentils et s'amusaient presque tout seuls.

La plus grande difficulté jusqu'à présent avait été de distinguer les deux filles. Kara bénissait leurs parents de les avoir habillées de maillots de bain différents, Emily en jaune, Chloe en bleu. Facile.

Pour couronner le tout, une de ses amies de lycée, Ashley Carter, était à la plage avec sa famille et s'était jointe à eux.

À la demande des jumelles, ils venaient de terminer la répétition du « mariage d'Alex et de Laurie ». Tous les enfants avaient participé à la « cérémonie », ainsi qu'Andrew, le frère d'Alex, le témoin du marié, et Timmy, celui de la mariée. Johnny avait présenté les alliances, et Chloe et Emily avaient joué leurs propres rôles de demoiselles d'honneur.

Dans l'interprétation des jumelles, Kara avait joué le rôle de la mariée, Ashley du marié, Ramon du témoin, et chaque enfant avait eu une responsabilité. Emily avait même récupéré des anneaux en plastique à l'hôtel pour que Johnny s'entraîne à parcourir l'allée centrale et que Timmy et Ramon les remettent à la « mariée » et au « marié ».

« Recommençons, implora Emily. Chloe allait trop vite, et Johnny a failli laisser tomber les alliances. »

Malgré les protestations de son frère et de sa sœur, Emily traversa la plage jusqu'au point de départ de l'« allée » qu'ils avaient délimitée avec des coquillages pour le défilé.

« Je suis désolé de jouer les rabat-joie, dit Ramon, mais je dois aller en ville avec Timothy pour acheter un cadeau d'anniversaire à votre oncle Alex.

– On lui a trouvé une superbe mallette », annonça Johnny. Ses sœurs le firent taire. « Quoi ? Ramon et Timothy savent garder un secret mieux que vous deux. »

Ramon regarda les baby-sitters d'un air complice. « Est-ce que vous pouvez les garder, miss Kara ?

– Je ne sais pas. Les enfants, seriez-vous d'accord pour rester avec Ashley et moi un peu plus longtemps ? »

Les trois petits Buckley poussèrent des cris et battirent des mains. « Est-ce qu'on peut encore jouer au mariage ? demanda Emily. S'il te plaît !

– S'ils s'en vont, cette fois, je veux être le témoin de l'oncle Alex ! s'exclama Johnny.

– Tu veux *toujours* faire comme Timmy, dit Chloe. On va finir par t'appeler Timmy.

– Il s'appelle *Timothy* », objecta Johnny.

Kara sourit à Ramon : « Tout est sous contrôle. »

Johnny, témoin fictif de Timmy, permit à ses sœurs de répéter trois défilés supplémentaires du mariage avant de déclarer que ça suffisait. « J'ai envie de faire de la planche maintenant, je commence à bien me débrouiller. »

« J'ai chaud », se plaignit Emily d'une voix dolente. Kara posa une main sur ses cheveux noirs. La tête de la petite fille était brûlante. Chloe se pencha en avant à son tour, et Kara la trouva chaude elle aussi.

« Les cheveux noirs absorbent la chaleur. Je vais voir s'il y a des chapeaux dans votre chambre.

– Est-ce qu'on peut rentrer nous aussi ? » demanda Chloe.

L'excitation du jeu s'était dissipée et les petites filles paraissaient fatiguées et accablées par la chaleur. « Je pense que nous devrions tous rentrer et souffler un peu en profitant de la climatisation. »

Johnny serrait contre lui une planche de surf aux rayures turquoise, surveillant avec intérêt le rythme des vagues. C'était un des nombreux accessoires de plage que l'hôtel mettait à la disposition de ses clients. Il était visiblement déçu à l'idée de devoir rentrer.

« Je peux rester avec Johnny un peu plus longtemps, si vous voulez rentrer », proposa Ashley.

Kara savait qu'on pouvait lui faire confiance. Ashley avait un an de plus qu'elle et avait souvent eu la garde de ses deux plus jeunes sœurs quand elle était adolescente. Mais c'était le job de Kara, et ni Laurie ni Marcy ne connaissaient Ashley.

« Allez ! Je lui laisserai faire trois tours sur sa planche. Dix minutes maximum, jura Ashley. Et puis je connais le surveillant de baignade qui est de service aujourd'hui. *Jack !* » appela-t-elle.

Un garçon au physique séduisant perché sur la chaise des surveillants tourna la tête et leur fit un signe de la main.

« Il fait vraiment chaud ici, ajouta Emily.

– D'accord, rentrons maintenant. Tu as trois essais, dit Kara à Johnny. Pas plus. »

Du haut d'une dune, à l'est, l'inconnu surveillait toujours – *un petit garçon et une jeune fille tout seuls. C'est presque le moment.*

Une fois qu'elles eurent regagné leur chambre à l'hôtel, Emily et Chloe coururent jusqu'à la terrasse de l'appartement de leurs parents, s'émerveillant de pouvoir se débarrasser du sable collé à leurs jambes avec la douche extérieure. Kara dut les empêcher de courir partout à l'intérieur, de peur de les voir glisser sur le sol dallé avec leurs pieds mouillés. Elles se consolèrent en sautant sur le canapé, exercice auquel elle dut aussi mettre fin. C'était ce que Laurie voulait dire en les qualifiant d'« enfants qui ne tiennent pas en place », pensa-t-elle.

La suite comprenait deux chambres à coucher. Les enfants partageraient celle qui possédait deux grands lits. Kara les regarda découvrir les lits et les tester.

D'un commun accord, elles décidèrent de dormir dans celui qui était près de la fenêtre.

« Voyons, dit Kara, pleine d'optimisme, vous pourriez vous étendre quelques secondes et faire semblant de dormir… juste pour être sûres. »

Au bout de quelques minutes le rythme de leur respiration se calma. Kara sortit de la chambre et laissa la porte entrouverte, se demandant si tous les jumeaux étaient aussi parfaitement connectés.

Elle regarda l'heure sur son téléphone. Il y avait treize minutes qu'elle avait quitté la plage. Elle chercha le numéro d'Ashley et appuya sur « appel ».

« Allô.

– Johnny a-t-il réussi à tenir sur sa planche ? demanda Kara.

– Non. Il est tombé à la première tentative. Il est sorti des rouleaux sans problème, mais j'ai pensé qu'il valait mieux qu'il sorte de l'eau. Nous sommes en train de manger des glaces avec Jack à la cabane sur la plage. »

Kara décela une exubérance inhabituelle dans la voix d'Ashley. Elle soupçonna que la cause en était le séduisant surveillant de plage.

« Les jumelles se sont endormies, peux-tu le ramener à sa chambre dès qu'il aura fini sa glace ?

– Bien sûr. Johnny, il est temps de… Johnny ? Où est-il passé ? »

Kara entendit des bruits de pas dans le téléphone, comme si Ashley était en train de marcher.

« Tu es avec lui, n'est-ce pas ? » Le téléphone resta silencieux. « Ashley, tu es là ? Dis quelque chose. Johnny est-il avec toi, oui ou non ?

– Il était là à l'instant. Je ne sais pas où il a pu aller. »

4

LAURIE VIT avec stupéfaction la balle de golf décrire un arc parfait lorsqu'elle la frappa avec son fer sept, pour retomber à seulement cinquante centimètres du drapeau.

Andrew laissa échapper un sifflement. « Alex, tu ne m'avais pas dit que tu allais épouser une championne ! »

Lorsqu'elle prit place dans la voiturette de golf, Alex lui sourit d'un air satisfait. « Tu es faite pour ça. Tu devrais jouer plus souvent. »

Laurie avait réussi quelques coups heureux à l'approche du green, mais pour son jeu long, elle avait choisi de placer sa balle près de celle d'Alex par sécurité.

Au moment où ils descendaient de la voiturette et s'avançaient sur le green, le téléphone de Laurie sonna. C'était Leo.

« Hello, papa. » Elle s'efforça de ne pas parler trop fort.

« Suis-je en train de rater un grand moment ? demanda Leo.

– Tu es en train de rater une partie de golf.

– Désolé. Je pensais parler à ma fille. Laurie Moran, environ un mètre soixante-cinq, cheveux châtain clair, yeux noisette. »

Laurie sourit. « Comment s'est passée ta réunion ? »

Leo Farley n'était pas seulement le père de Laurie, il était aussi l'ex-premier commissaire du New York Police Department. Bien qu'il ait accepté l'année précédente de reprendre du service à mi-temps dans la brigade antiterroriste, sa réunion en ville ce jour-là ne concernait pas une enquête en cours.

Il s'agissait d'une ancienne condamnation. Celle pour meurtre de Darren Gunther, à l'époque étudiant à Vassar. Il avait poignardé un propriétaire de bar qui était intervenu dans une bagarre entre lui et un autre client. Gunther avait confessé son crime à Leo, mais durant le procès, il avait prétendu que Leo avait inventé toute l'histoire. Selon Gunther, un troisième individu avait pris part à la querelle, et fini par poignarder le propriétaire. Le jury ne l'avait pas cru, et il avait été condamné à la prison à vie.

« Disons que la circulation sur le Long Island Expressway est le paradis en comparaison.

– C'était aussi dramatique que ça ? » demanda Laurie.

La réunion avait eu lieu dans le bureau du procureur, dont le service de révision des condamnations se penchait sur l'affaire Gunther. Leo était habitué à voir des accusés clamer leur innocence des années après les faits, mais cette affaire n'avait cessé de le hanter. Gunther avait toujours eu un certain charisme, mais aujourd'hui, à quarante ans, il avait publié une série d'essais sur la vie carcérale qui lui avaient valu l'appui d'un groupe de fidèles – et, d'après Leo, naïfs – supporters. Pour Leo, Gunther se servait de sa nouvelle célébrité afin de profiter d'une récente vague d'amnisties et de goûter à nouveau aux plaisirs de l'existence.

« Ils disent qu'on a trouvé l'ADN d'un autre type sur le manche du couteau. Un ex-condamné ayant un long passé de violences. Cela ne change rien, cependant. Un aveu est un aveu. J'étais dans cette pièce. Mais ces jeunes procureurs n'ont jamais entendu parler de moi. »

La véritable raison pour laquelle cette affaire lui tenait tellement à cœur était que Gunther traitait Leo de menteur, et Leo n'avait pas l'intention de se laisser ainsi accuser sans répliquer.

« Tu sais bien que j'ai confiance en toi, papa.

– Cela me fait plaisir. J'ai besoin que quelqu'un me soutienne. Vraiment. Cette affaire pourrait peut-être t'intéresser pour ton émission. »

Alex agitait un putter en direction de Laurie.

Enquêter sur une affaire dans laquelle intervenait son père serait la source d'un indiscutable conflit d'intérêts. Mais après l'assassinat de Greg, Leo avait pris une retraite anticipée pour aider Laurie à s'occuper de Timmy. À maintes reprises, il s'était mis en quatre pour elle et son fils, sans jamais rien demander en retour. Et il lui fallait trouver un nouveau sujet rapidement.

« Bon, retourne à ta partie avant d'être exclue du parcours par le marshall parce que tu passes trop de temps au téléphone. »

Distraite, elle rata un putt facile.

Trois trous plus loin, ils étaient sur le green quand son téléphone sonna de nouveau. « Hello, Kara, dit-elle en un murmure.

– C'est Kara ? demanda Marcy. Qu'y a-t-il ? »

Laurie vit l'inquiétude envahir le visage de Marcy. « Ne t'inquiète pas. Elle sait seulement que j'aime bien rester régulièrement en contact. »

Laurie entendait à peine Kara à cause du vent qui soufflait de l'océan. « Je suis vraiment désolée, mais il faut que vous rentriez.

– Calme-toi. Qu'est-il arrivé ?

– Je ne sais pas, c'est Johnny, je ne le trouve pas. Il a disparu, Laurie. Johnny a disparu. »

Marcy vit sans doute un changement sur le visage de Laurie, car elle saisit la main de son mari, le regard affolé.

Comment vais-je lui annoncer ça ? se demanda Laurie.

5

En sept ans, Johnny Buckley ne s'était perdu qu'une seule fois, et Marcy se souvenait de la terreur qui s'était emparée d'elle. Il avait cinq ans alors, et Andrew voulait emmener les enfants voir le feu d'artifice du 4-Juillet maintenant que les jumelles étaient assez grandes pour ne plus avoir peur. Préférant ne pas mêler les trois enfants à la foule du National Mall, ils avaient choisi de pique-niquer sur l'herbe dans le Meridian Hill Park.

Malheureusement, se contenter de regarder sagement le spectacle n'avait pas suffi aux gamines. Faisant preuve d'un tempérament curieux, les jumelles n'avaient cessé de se lever de la couverture où était disposé le pique-nique pour s'approcher des groupes voisins qui semblaient les fasciner. Un jeune couple avec ses deux chiens. Une famille avec tous les cousins. Des ados qui jouaient au Frisbee. On aurait dit qu'Emily et Chloe voulaient être n'importe où sauf à l'endroit où elles devaient être. Andrew et Marcy étaient tellement concentrés sur les jumelles qu'ils avaient à peine regardé le feu d'artifice explosant dans le ciel – ni remarqué que Johnny n'était plus perché sur sa petite chaise pliante. Il n'avait pourtant pas l'habitude de s'éloigner. Au contraire, il était plutôt du genre « pot de colle ». Andrew était parti à sa recherche pendant que Marcy restait avec les filles. Elle comptait les secondes, tenant chaque jumelle par la main pour qu'elles restent tranquilles. Ne voulant pas les alarmer, elle se forçait à respirer normalement. Même avec le fracas qui éclatait au-dessus de sa tête, elle pouvait entendre le sang battre à ses tempes.

Elle avait compté jusqu'à quatre cent onze quand elle aperçut Johnny qui s'avançait vers elle, son regard passant des couleurs qui jaillissaient à l'horizon aux groupes de promeneurs qu'il contournait avec précaution. Elle le serra contre elle, le plus fort possible.

Il avait trouvé son chemin jusqu'aux toilettes et en était revenu tout seul ; tout fier, il avait déclaré : « J'avais besoin d'y aller et papa et toi étiez en train de chercher les filles. »

Cela s'était passé plus de deux ans auparavant. Elle lui avait fait promettre de ne plus jamais s'éloigner sans les prévenir, mais le lui avait-elle suffisamment rappelé depuis ? Pensait-il que les règles étaient différentes quand il était en vacances avec une baby-sitter ?

Elle tressaillit en sentant une main lui toucher l'épaule. C'était Andrew.

« Ne t'inquiète pas. Tu te souviens de ce 4-Juillet ? »

Elle avait envie de hurler. Quatre cent onze secondes s'étaient écoulées. Ils le cherchaient depuis presque vingt minutes, sans compter les quinze minutes de trajet depuis le terrain de golf. Ils avaient vérifié tous les endroits possibles : la réception de l'hôtel, la piscine, la boutique de cadeaux, le magasin de surf – partout. Ils avaient trouvé quelques personnes qui se souvenaient avoir vu Johnny avec Kara et ses sœurs, ou dans l'eau avec sa planche, mais c'était avant qu'il aille à la cabane manger une glace.

« Comment Johnny s'est-il retrouvé avec une fille qu'on ne connaissait pas ? À quoi Kara était-elle donc occupée pour oublier de surveiller notre fils ?

– Kara et Ashley sont bouleversées.

– Bien fait pour elles ! »

Son ton était amer, mais en réalité, c'était à elle-même qu'elle en voulait. Elle n'aurait jamais dû quitter l'hôtel.

« Un surveillant de la plage dit avoir vu Johnny ramasser des coquillages derrière la cabane peu après qu'Ashley lui a acheté un cornet de glace. Johnny a peut-être marché plus loin, le long de la plage, pour en ramasser d'autres.

– Pendant une demi-heure ?

– Tu sais à quel point il peut être concentré.

– Je sais aussi qu'il ne s'éloignerait jamais aussi loin seul. »

Marcy avait éprouvé un sentiment de symbiose immédiat quand l'infirmière avait mis le nourrisson dans ses bras, comme si l'énergie émanant de ce tout petit corps irradiait le sien. Elle avait beau ne pas l'avoir porté, en cet instant, ils avaient été liés à jamais.

Une femme se dirigeait vers eux depuis l'hôtel. Sa longue robe flottait au vent comme une voile. Elle avait un appareil photo et une cigarette à la main, comme lorsque Marcy l'avait remarquée un peu plus tôt.

« Excusez-moi, madame ! S'il vous plaît ! » cria-t-elle. Suivie d'Andrew, elle se précipita sur la plage en direction de l'inconnue.

De plus près, elle s'aperçut que la femme était plus âgée qu'elle ne l'avait cru – probablement proche de la soixantaine, avec de longs cheveux blonds striés de gris, et une peau marquée par le soleil et la cigarette. Elle lui adressa un sourire bienveillant.

« Bonjour, répondit-elle avant de se pencher pour éteindre sa cigarette dans le sable. Il n'est pas courant par ici de voir des gens aborder des étrangers, particulièrement en été.

– Excusez-nous. Nous sommes à l'hôtel et nous n'arrivons pas à retrouver notre fils. »

Marcy brandit son téléphone portable. Sa voix se brisa à la vue de l'image – un portrait de Johnny, avec ses joues rondes et la bouche pleine de dents trop grandes qu'on a à cet âge, souriant en montrant son certificat attestant de sa deuxième place au concours de puzzle des classes de CP, au mois d'avril précédent. « Je vous ai aperçue tout à l'heure, prenant des photos sur la plage. L'auriez-vous vu en train de jouer ? »

Le sourire de la femme s'évanouit. « Je regrette. Je ne le reconnais pas. Quand je suis derrière l'appareil, je me concentre sur la beauté du paysage. Les humains n'existent plus pour moi lorsque je regarde à travers un objectif.

– Serait-il possible que certaines de vos photos nous montrent dans quelle direction il est parti ? demanda Andrew.

– Je peux certainement vérifier. » La femme régla son appareil en mode visualisation. Marcy et Andrew se penchèrent par-dessus son épaule tandis qu'elle faisait défiler les photos.

« Là ! » s'écria Marcy. Elle montrait le bord droit de l'écran. « C'est Johnny sur sa planche.

– Oh, bien sûr, je me souviens maintenant d'avoir vu un jeune garçon un peu plus tôt. En fait, je me suis alors déplacée pour être certaine de ne capter que le paysage. »

Elle vérifia l'indication de l'heure correspondant à la photo. C'était peu de temps après qu'ils étaient partis au golf, donc cela n'ajoutait rien à ce qu'ils avaient déjà appris par Kara et Ashley.

La femme attendit patiemment pendant qu'ils faisaient défiler le reste de ses photos, cherchant désespérément une indication quelconque qui les mettrait sur la piste de

Johnny. Andrew était en train de noter son nom et son numéro de téléphone au cas où ils auraient besoin de la joindre quand Marcy vit l'expression de la photographe changer à nouveau, exprimant cette fois l'inquiétude.

« Qu'est-ce que c'est ? » demanda-t-elle, montrant du doigt le bord de l'eau. Un objet avait été rejeté sur le sable par les vagues.

Marcy sentit son cœur se serrer en reconnaissant la planche de surf avec ses rayures turquoise et blanches qu'elle avait vue sur un texto envoyé par Kara à Laurie pendant qu'ils jouaient au golf. C'était la planche de surf de Johnny. Son fils avait disparu et il pouvait se trouver n'importe où, même au fond de l'eau.

Les vagues parurent soudain déferler, plus menaçantes, tandis qu'elle éclatait en sanglots.

6

Laurie se boucha une oreille, tentant d'entendre son père dans son portable malgré le grondement des vagues.

« J'ai pu joindre le chef de la police d'East Hampton, disait Leo. Ils envoient un inspecteur et une voiture de police. »

Moins d'une demi-heure s'était écoulée depuis qu'Andrew avait appelé le 911 pour signaler la disparition de Johnny. Il avait dit que le dispatcheur l'avait pris pour un papa poule qui avait perdu un instant de vue un enfant aventureux. L'absence de réaction de la police pendant le temps qui s'était écoulé depuis son appel semblait confirmer cette impression. À l'intérieur, Alex tentait de faire jouer quelques relations dans la police, mais même un juge fédéral ne pouvait rivaliser avec l'influence de Leo Farley dans ce domaine.

« Merci, papa.

– Ils vont aussi envoyer une patrouille maritime dans votre zone.

– Ils sont rattachés à la police ? »

Leo hésita avant de répondre : « Oui, mais leur mission consiste principalement à patrouiller en mer. »

La signification de cette décision était claire et Laurie fut parcourue d'un frisson glacé malgré le soleil qui inondait la plage.

Au moment où elle interrompait la conversation, elle remarqua un petit garçon costaud aux cheveux bruns ébouriffés par le vent qui marchait dans sa direction. Son short de bain était décoré des personnages de *Star Wars*, et son ventre bronzé débordait légèrement par-dessus la ceinture. Il paraissait avoir neuf ou dix ans et semblait la fixer directement, mais avec hésitation.

« Bonjour, fit-elle, lui adressant un signe amical de la main. Est-ce que je peux te poser une question ? »

Il cligna des yeux à cause du soleil.

« Bien sûr. »

Elle sortit une photo qu'elle avait prise de Timmy et de Johnny deux mois plus tôt, quand Johnny était venu avec Andrew pour le match des Yankees Nationals. Avant même qu'elle ait pu demander au garçon s'il les reconnaissait, il pointa son doigt : « C'est Timothy et Johnny. Vous êtes leur maman ?

– En réalité, je suis la maman de Timothy, et Jonathan est son cousin. Tu les connais ?

– Depuis aujourd'hui, mais on a partagé la planche de surf. C'est ce que j'allais vous demander. Je vous ai vue avec la dame qui a trouvé la planche dans l'eau et l'a emportée. J'allais lui demander si je pouvais l'emprunter, mais elle avait l'air vraiment triste.

– Elle *est* triste. C'est la maman de Johnny, et on n'arrive pas à le retrouver. Quand l'as-tu vu pour la dernière fois ? »

Le garçonnet contempla le sable à ses pieds, cherchant à se souvenir. « Je crois que c'est quand il est sorti de l'eau et qu'il parlait à une fille et au surveillant. Ils sont partis par là. » Il montra la direction de la cabane de plage.

« L'as-tu vu depuis ? »

Il continua à fixer le sable. « Je l'ai vu dans l'eau sur la planche et il est tombé.

– Bon… c'était avant ou après qu'il était parti avec la dame et le surveillant ?

– Hum… Je crois que c'était avant. »

Il n'en était pas vraiment certain.

« Mais tu t'es servi de la planche, toi aussi ? »

Il hocha la tête.

« Et tu sais que mon amie l'a trouvée dans l'eau. Est-ce toi qui l'y as laissée ? »

Il secoua la tête. Elle imaginait Johnny tombant de la planche, emporté par le courant. Cette pensée lui était insupportable.

« Mais la mer montait très vite. Papa a dû récupérer nos parasols et toutes nos affaires. Je pense que la mer a fait échouer la planche quand personne ne faisait attention. »

Elle avait au moins recueilli une information positive qu'elle pourrait communiquer à Marcy et Andrew. Il était possible qu'un des enfants ait simplement abandonné la planche dans le sable, puis la marée l'avait emportée, avant de la ramener à nouveau et que Marcy la trouve.

« Sais-tu où se trouve la cabane de plage ? » demanda Laurie.

Il secoua la tête.

Elle lui dit que, s'il dépassait le poste de surveillance, il verrait une cabane après les toilettes, où l'hôtel rangeait les planches de surf. « Et ils ont des glaces. »

Ses yeux brillèrent à cette pensée.

« Mais il faut que tu y ailles avec un adulte, d'accord ? Tu me le promets ?

– Promis », dit-il, traçant de l'index une croix sur son cœur.

« Merci de m'avoir parlé. Au fait, je m'appelle Laurie.

– Et moi Wyatt. »

Elle était sur le point de partir quand il l'arrêta. « Vous êtes vraiment gentille.

– Merci, Wyatt. Toi aussi.

– C'était vous qui appeliez Timothy en criant tout à l'heure ? Il avait un problème ?

– Quelqu'un a crié sur Timmy ? »

Elle avait pris un ton sec, et le visage du petit garçon se décomposa.

« Excuse-moi, dit-elle, mais je ne lui crie jamais dessus, et je déteste l'idée que quelqu'un d'autre le fasse. »

Ils avaient décidé de ne pas prévenir Ramon et Timmy tout de suite, parce qu'ils avaient quitté l'hôtel avant la disparition de Johnny, et ils ne voulaient pas inquiéter inutilement Timmy, au cas où Johnny réapparaîtrait. « Qu'est-il arrivé ?

– Eh bien, je faisais un château de sable avec ma sœur quand j'ai entendu une dame crier : "Tim ! Tim !" Comme s'il avait un problème ou qu'il ne l'écoutait pas. Mais quand nous avons regardé autour de nous, nous n'avons pas pu voir d'où ça venait, et nous n'avons vu ni Timothy ni Jonathan. Alors, il s'agissait peut-être de quelqu'un d'autre qui s'appelle Tim.

– Quand as-tu entendu quelqu'un appeler "Tim" ? »

Wyatt haussa les épaules. « Je ne m'en souviens pas, mais je ne crois pas avoir vu Timothy ou Jonathan depuis. »

Et Laurie non plus.

Une. Deux. Trois sonneries.

Répondez, Ramon, répondez.

Ramon décrocha au milieu de la quatrième sonnerie.

« Vous avez les oreilles qui tintent ?

– Humm, qu'est-ce que vous voulez dire ?

– Timothy et moi étions justement en train de dire qu'il n'était jamais allé en Italie, par conséquent Alex et vous devrez y retourner après votre voyage de noces. Il y a des obligations pires que celle-là, non ?

– Donc Timothy est bien avec vous ?

– Oui bien sûr. La mission hypersecrète, vous vous souvenez ?

– Ah, merci mon Dieu. »

Il y avait quantité de gens dont le prénom pouvait se raccourcir en Tim, se dit-elle. Quelqu'un sur la plage avait sans doute appelé un « Tim ».

« Laurie, tout va bien ? Vous paraissez bouleversée. »

Elle s'efforça de reprendre son calme en lui faisant un résumé de ce qu'ils savaient jusqu'à présent. « S'il vous plaît, ne dites encore rien à Timmy, d'accord ? J'espère que Johnny s'est seulement éloigné et qu'il va revenir bientôt.

– Bien sûr », dit Ramon d'une voix posée.

Timmy avait été témoin du meurtre de son père quand il avait trois ans et avait vécu ensuite cinq ans dans la crainte que le tueur revienne s'attaquer à sa mère et à lui. Il semblait passionné par le métier de Leo et par les enquêtes de Laurie sur des affaires non résolues, mais elle faisait son possible pour le préserver d'angoisses inutiles. Pour son âge, il avait eu son content de drames.

Pourtant, en raccrochant elle se sentit envahie par un sentiment de gratitude coupable à la pensée que son fils était en sécurité. Elle craignait de plus en plus qu'il n'en soit pas de même pour Johnny.

7

JOHNNY BUCKLEY avait l'impression que quelque chose pesait sur lui. Non, plutôt quelqu'un. Comme si des bras gigantesques l'entouraient, mais pas comme le faisaient son papa ou sa maman. Il n'y avait rien de tendre ou de gentil dans cette étreinte. Elle lui faisait peur. Johnny imaginait même que les bras n'appartenaient pas à une personne. Ils appartenaient à un monstre.

Le monstre le serrait si fort que Johnny pouvait entendre son ventre gargouiller.

Il tenta de s'asseoir, mais il ne pouvait pas bouger. Il était sûr qu'il avait les yeux ouverts, mais il n'y voyait rien. Il ouvrit la bouche et essaya de crier, mais il ne put entendre le son de sa voix.

Pourtant il entendait… *quelque chose*. Un grondement. Le vacarme que faisait le monstre emplissait sa tête. Il imagina qu'il le serrait encore plus fort, et se demanda s'il n'allait pas simplement disparaître, et on ne le reverrait jamais plus.

Je veux ma maman et mon papa.

Un klaxon puissant couvrit les grondements du monstre et tira encore un peu plus Johnny de son rêve éveillé. Le bruit semblait appartenir au monde que Johnny connaissait. Quand il l'entendit de nouveau, il ne pensa plus au monstre. Il se rappela sa mère au volant du minivan, disant : *Où veut-il que j'aille ? Johnny, un jour tu apprendras à conduire. Klaxonner dans les embouteillages ne sert à rien.*

Ses yeux regardèrent à droite et à gauche tandis que le brouillard dans lequel il avait été plongé commençait à se dissiper. Il était enfin réveillé.

Il tendit la main vers ce qu'il avait pris pour les bras du monstre dans son rêve et s'aperçut qu'il était enveloppé dans une couverture de laine. Le grondement au-dessous de lui n'était pas celui de l'estomac d'un monstre, mais le roulement d'une voiture sur la route.

Deux petits cercles de lumière étaient visibles à travers les ouvertures des feux arrière. À part ça, il était dans le noir absolu. Il était enfermé dans le coffre d'une voiture.

Il n'avait aucune idée du temps écoulé depuis qu'il avait entendu la voix l'appeler sur la plage. Ses parents étaient-ils encore en train de le chercher ? Et Emily et Chloe, où pensaient-elles qu'il était parti ?

Tâtonnant autour de lui, il découvrit deux objets. Le premier était mou, comme un petit oreiller. Il parvint à le soulever dans le rai de lumière des feux arrière, clignant des yeux pour s'habituer à l'obscurité.

Il distingua deux grands yeux ronds et une paire d'oreilles en forme de lune. Un animal en peluche. *Qu'est-ce qu'il fait là ?* pensa-t-il. *Et moi, qu'est-ce que je fais là ?* Il l'écarta, ce n'était pas d'un jouet de bébé qu'il avait besoin en ce moment.

Le second objet était un truc en tissu. En passant les doigts tout autour, essayant d'en deviner la forme, il sentit des grains de sable tomber sur son visage. C'était un chapeau – pas comme les casquettes de baseball qu'il collectionnait, mais le genre de chapeau avec un rebord comme celui que Nana portait pour faire du bateau avec Pop. Dans l'obscurité, jamais il n'aurait pu se douter qu'il était du même coton bleu clair que celui de l'inconnu qui observait leur famille plus tôt dans la journée.

Ce n'était pas un rêve, mais il y avait un monstre, et il l'emmenait.

Je veux rentrer à la maison.

Il serra l'ours en peluche contre sa poitrine et se mit à pleurer.

8

PENDANT LES DEUX HEURES qui suivirent, Marcy ne cessa pas une seconde de se démener, en proie à une terreur croissante – elle avait parcouru la plage de long en large, interrogé les autres clients de l'hôtel, contacté tous les commerces à proximité. De retour dans sa suite, elle s'efforçait maintenant de garder son calme et de se concentrer sur les informations qu'ils avaient rassemblées jusque-là.

Elle sursauta en entendant frapper à la porte. Andrew ouvrit. C'était Alex, suivi d'une femme aux longs cheveux blonds ramenés en arrière en queue-de-cheval. « La police est là, annonça Alex.

– Je suis l'inspectrice Langland », se présenta la femme – Jennifer Langland, d'après la carte qu'elle tendit à Marcy.

Elle était rattachée au département de la police d'East Hampton.

Marcy se retint de protester contre l'absence de réaction de la police jusqu'à l'appel du père de Laurie, mais l'inspectrice sembla comprendre sa rancœur. « Je peux imaginer l'inquiétude que vous devez ressentir. Je suis vraiment navrée que le dispatcheur ne vous ait pas donné aussitôt la priorité. Nous n'avons aucune excuse, sinon que beaucoup de nos unités ont été réquisitionnées pour un accident dans Main Street. »

Le ton de Langland était compatissant. Elle semblait sincèrement désolée. Je vous en prie, implora Marcy en silence, *Dieu fasse que vous réussissiez, que vous soyez la femme qui me rendra mon fils.*

Elle écouta l'inspectrice détailler les recherches entreprises par la police, tâchant de ne pas laisser ses pensées vagabonder.

« J'ai déjà rencontré le directeur de l'hôtel. Il va nous remettre tous les enregistrements des caméras de surveillance. Malheureusement, il y en a peu directement sur la plage, et une seule dans la cabane, dirigée vers la caisse. »

Marcy sentit tous ses espoirs s'évanouir tandis que l'inspectrice continuait :

« Mais nous aurons les films pris dans le hall de l'hôtel, ainsi que dans les entrées et les sorties. Les seules caméras installées dans le parking sont proches de l'hôtel, nous allons commencer par là. Si votre fils est parti en voiture, j'espère que nous pourrons avoir un numéro d'immatriculation et progresser à partir de là. »

« *Parti en voiture ?* » Andrew serrait et desserrait les poings. « Nous avons toujours pris soin d'avertir Johnny. Il ne serait jamais monté de son plein gré dans… » Andrew s'interrompit, réalisant la portée de ce qu'il venait de dire.

Langland hocha la tête. « Je sais », dit-elle doucement.

Marcy était reconnaissante à l'inspectrice de ne pas minimiser la gravité de la situation en émettant l'hypothèse d'un enfant curieux parti explorer la plage, mais son cœur se serra à la pensée de son fils à bord d'une voiture inconnue. Elle pensa aussi qu'un kidnappeur connaissait sans doute l'existence de caméras de surveillance dans une station balnéaire. Elle imagina tous les sentiers qui serpentaient entre les dunes et la plage, des sentiers qui menaient à la route, où l'on pouvait garer une voiture sans être remarqué.

« Pourrait-on envisager une Alerte Orange ? » demanda Andrew. Marcy avait parfois entendu sonner ce signal sur son portable, un système d'alerte utilisé par la police pour avertir le public d'un enlèvement d'enfant.

« Mon supérieur réfléchit à cette éventualité. Pour limiter ce recours aux cas les plus urgents, le système de diffusion ne nous permet pas de déclencher l'alerte avant d'avoir la certitude qu'il s'agit d'un enlèvement. Je sais que c'est frustrant, mais le fait que l'alarme n'ait pas encore été activée est plutôt une bonne nouvelle. Cela signifie qu'il reste d'autres possibilités.

– Je présume que vous vous intéressez aussi aux suspects ordinaires déjà connus des services de la police locale ? demanda Alex.

– Naturellement, dit Langland. Je vous ai vu à la télévision, monsieur le juge. Je sais donc quelle est votre expérience dans le domaine pénal. J'ignorais jusqu'où je pouvais faire preuve de franchise avec le reste de la famille. »

Alex, le beau-frère de Marcy, avait été un des avocats criminels les plus en vue du pays avant d'être nommé au tribunal fédéral trois mois plus tôt. Son rôle d'animateur dans les trois premiers épisodes de l'émission *Suspicion* n'avait fait qu'accroître sa notoriété.

« Croyez bien, dit Marcy, que nous désirons être mis au courant de tout élément d'information que vous pourriez détenir.

– Dans ce cas, vous devez savoir que des membres des services de la police maritime du Suffolk County sont en mer, à la recherche de tout signe indiquant que Johnny pourrait… »

Elle s'interrompit, et Marcy hocha la tête pour montrer qu'elle comprenait ce à quoi elle faisait allusion.

« Et pour ce qui est des "suspects ordinaires", j'ai demandé que l'on dresse une liste des délinquants sexuels connus de la région. Ainsi que celle des personnes souffrant de troubles psychiatriques. Nous allons relever tout signalement de comportements inadéquats ou autres signes suspects.

– Je vois. »

Les possibilités devenaient de plus en plus menaçantes.

Cherchant malgré elle à échapper à ces sombres perspectives, Marcy se remémora un voyage à Anguilla dix ans plus tôt, peu après leur premier anniversaire de mariage. Elle avait organisé un long week-end avec ses meilleures amies de la fac, Alicia et Liz. Alicia venait de passer son MBA et s'apprêtait à devenir chef d'entreprise, mais Liz était partie s'installer à Hollywood avec Marcy, toutes les deux dans l'intention de faire carrière dans le théâtre. Elles déjeunaient dans un charmant restaurant français sur Mead's Bay quand le ronronnement d'un petit avion à hélice avait interrompu l'énumération des spécialités du jour par le maître d'hôtel.

Celui-ci se plaignait que les avions privés aient l'autorisation d'éviter le couloir d'approche officiel quand Liz s'exclama : « *Je n'y crois pas !* »

Tous les clients du restaurant levèrent les yeux au ciel et virent un avion traînant une banderole où l'on pouvait lire : *Liz, sois mon héroïne. Épouse-moi.* Sans le dire à personne, le petit ami de Liz avait demandé à Andrew de regarder discrètement dans l'agenda de Marcy quel était leur itinéraire. L'heureux couple s'était marié sur cette même plage un an plus tard.

Ce souvenir lui revenait en mémoire pour une bonne raison. Comme un professeur de théâtre le lui avait dit un jour : *faites attention à ce que vous vivez, parce que tout acquis du passé peut se révéler utile.*

« Une banderole traînée par un avion, s'écria Marcy. On pourrait faire la même chose ! Annoncer qu'un enfant a disparu. Ou juste un message pour Johnny, disant que nous le recherchons ? » Elle était consciente du désespoir qui perçait dans sa voix.

« Bien sûr, dit Andrew en s'asseyant à côté d'elle sur le canapé, un bras autour de ses épaules. C'est une idée formidable.

– Naturellement, nous devrons faire une annonce pour que le public soit alerté de la disparition de votre fils, dit l'inspectrice Langland. Mais nous attirerons davantage l'attention si les parents tiennent une conférence de presse aussitôt après. Il est encore trop tôt pour agir ainsi, mais si nous n'avons pas retrouvé votre fils demain, les journalistes vont débarquer.

– *Demain !* »

La perspective que son fils ne soit pas auprès d'elle quand la nuit viendrait était impensable.

« Si jamais nous en arrivons là », dit l'inspectrice.

On frappa discrètement de petits coups à la porte. Alex ouvrit, et Emily et Chloe déboulèrent dans la pièce, Ramon à leur suite. « Désolé, même moi, j'ai eu du mal à les arrêter. »

Les filles sautèrent sur le canapé à côté de Marcy et d'Andrew. « De quoi vous parlez ? demanda Emily. C'est pas bien de faire des cachotteries. »

– On ne vous a pas vus de toute la journée, se plaignit Chloe. Où est Johnny ? »

Que vais-je leur dire, si leur grand frère a disparu ?

« Je suis désolée, les filles. Nous étions en train de parler de ce que nous allions commander pour le dîner. Qu'aimeriez-vous manger ?

– Des hamburgers, répondirent-elles d'une seule voix.

– Des hamburgers ? » dit Marcy, incrédule. « Un de plus et vous allez vous transformer en bibendums. »

Andrew ouvrit largement les bras, dans un vain effort pour les prendre toutes les deux dans une même étreinte. Les enfants poussèrent des cris de plaisir, oubliant temporairement leur question restée sans réponse concernant Johnny.

9

Laurie s'engageait dans le couloir de sa chambre quand elle trouva Alex en train de retirer la carte magnétique de la porte voisine de la sienne. Elle lui lança un regard interrogateur, espérant apprendre de bonnes nouvelles. Il secoua la tête.

Elle le suivit dans la chambre et il la prit dans ses bras, lui donnant un rapide baiser.

« Est-ce que tu tiens le coup ?

– Moi ? Bien sûr. Mais je suis bouleversée pour Marcy et Andrew.

– C'est normal. Ça ne doit pas être facile pour toi non plus. »

Presque trois ans plus tôt, l'homme qui avait assassiné Greg avait mis à exécution sa promesse de revenir tuer les autres membres de la famille. Il avait enlevé Timmy et tenté de tuer Laurie avant d'être abattu par la police.

« Ce n'est pas moi qui importe. Je voudrais simplement être utile. » Elle lui raconta ce que lui avait appris Wyatt, le petit garçon de la plage. « Cela explique au moins la présence de la planche de surf dans l'eau. Il semble que tous les enfants en aient fait à tour de rôle, et qu'ils l'aient sans doute abandonnée là quand la marée s'est retirée.

– Enfin quelque chose de positif. Franchement, je crois qu'en ce moment Marcy a besoin de n'importe quoi qui lui redonne de l'espoir. Peux-tu aller la mettre au courant ? Elle est dans leur chambre. Andrew est parti chercher la voiture. Nous allons faire tirer des flyers avec la photo de Johnny. La police nous a indiqué un pilote qui pourra survoler la partie est du village avec une banderole.

– C'est une bonne idée. Comment vont les jumelles ?

– Ramon les a emmenées en bas boire un soda.

– Elles ne sont pas encore au courant ? »

Il secoua la tête. « Que vas-tu dire à Timmy ?

– Je vais lui parler maintenant. Je vais m'assurer qu'il ne dira rien aux jumelles, mais il faut que je le mette au courant. Tu connais Timmy.

– Bien sûr. Il a cette capacité qu'il a héritée de toi et de ton père de pressentir les choses. Si tu ne lui parles pas franchement, il pourra imaginer quelque chose de pire. »

Laurie se demanda si la fiction pouvait vraiment être pire que leur réalité.

Marcy serra rapidement Laurie dans ses bras lorsqu'elle entra dans sa suite.

« Je suis vraiment contente que tu sois là, dit-elle. Je ne devrais pas parler ainsi, mais j'ai l'impression que tu es la seule à pouvoir comprendre ce que je traverse en ce moment. »

Laurie l'entraîna vers le canapé. Elle savait ce que son amie voulait dire. D'une certaine manière, elle avait connu une expérience encore plus tragique. Elle avait perdu son mari victime d'un crime atroce et vécu pendant cinq ans dans la crainte d'une menace qui planait sur elle et Timmy. Mais c'était du passé, alors que Marcy était dans l'incertitude maintenant.

« Comment vont les filles ? demanda-t-elle.

– Trop futées pour que je puisse leur jouer la comédie. C'est Ramon qui s'occupe d'elles, dit Marcy, mais je ne sais pas combien de temps il va pouvoir leur cacher la vérité.

– J'ai prévenu Timmy.

– Comment va-t-il ?

– Je ne me rends pas bien compte. Mais au moins est-il au courant. Il est dans notre chambre, il voulait dire une prière pour Johnny.

– Je sais que ça peut paraître dingue, dit Marcy, mais je crois que je me suis toujours attendue à voir quelque chose de ce genre arriver. Comme s'il n'avait jamais été totalement à moi. Nous avons toujours considéré Johnny comme notre enfant miracle. »

Laurie n'avait jamais cherché à en savoir davantage sur la décision de Marcy et d'Andrew d'adopter leur premier enfant, mais elle avait ressenti de la compassion pour eux. Elle avait attendu plus de deux ans après son mariage avec Greg pour tomber enceinte de Timmy. Au fond d'elle-même, elle craignait de rencontrer les mêmes difficultés une fois qu'Alex et elle auraient décidé d'agrandir leur famille.

« Lorsque Andrew m'a demandé de l'épouser, disait Marcy, j'avais déjà accepté le verdict de mes médecins, à savoir que je ne pourrais jamais tomber enceinte. Nous pensions simplement que nous serions toujours tous les deux, et c'est tout. Beaucoup de couples choisissent de ne pas avoir d'enfants.

– Et pourtant, vous en avez trois.

– Ça s'est passé d'une drôle de façon. Nous avons adopté Johnny quand il venait de naître, et deux ans et demi plus tard, il nous a dit qu'il aimerait ne pas rester enfant unique. Il s'est montré très précis. Il voulait deux petites sœurs. Naturellement, il était trop jeune pour comprendre que c'était un souhait irréalisable, mais neuf semaines après, j'ai découvert que j'étais enceinte. Et quelques mois plus tard, nous avions les jumelles. C'était comme si Johnny avait prédit l'avenir de la famille. »

Laurie avait non seulement été élevée par un inspecteur de police, mais elle-même avait longtemps enquêté sur des affaires criminelles en tant que journaliste. Elle ne se souvenait pas d'un seul cas où le principal suspect n'avait aucun un rapport avec la victime d'une façon ou d'une autre. Parce que Johnny n'avait que sept ans, ils avaient cru à un accident, ou à l'acte d'un déséquilibré qui avait agi au hasard. Mais maintenant que Marcy évoquait l'histoire de Johnny, Laurie se dit qu'il existait peut-être une autre explication.

« Au fait, comment avez-vous décidé d'adopter Johnny ?

– Nous ne l'avions même pas prémédité. Le prêtre de notre paroisse connaissait notre désir de fonder une famille, en dépit de mes problèmes de fertilité. Un jour, il nous a demandé si nous voudrions adopter un petit garçon âgé d'à peine quelques jours. C'était il y a sept ans. Je me souviens encore des mots qu'il a employés. Une jeune femme "avait des ennuis". La pauvre ne savait même pas qui était le père et essayait de trouver une famille pour son enfant.

– Pas étonnant que vous le qualifiiez de miracle.

– Johnny ne sait toujours rien. » Marcy réprima un sanglot. Laurie voyait qu'elle s'efforçait de ne pas s'effondrer. « Quand vous êtes tous les deux devenus proches d'Alex, votre ressemblance avec Johnny, à toi et Timmy, a été une bénédiction. Ça ne lui était jamais arrivé de ressembler à quelqu'un de sa famille. »

Les épaules de Marcy se mirent à trembler et elle ne put s'empêcher de fondre en larmes. Laurie lui frotta doucement le dos, tentant de la réconforter.

« Je suis navrée, Marcy. Je ne voulais pas te bouleverser avec ces souvenirs d'adoption. Mais j'ai abordé ce sujet pour une raison précise. »

Marcy renifla, retrouvant peu à peu le contrôle de sa respiration, prête à écouter avec attention ce que Laurie allait lui dire.

« Une action criminelle perpétrée au hasard est le cauchemar de tous les parents, dit Laurie, mais c'est extrêmement rare. Tu sais que je consulte tous les sites concernant les crimes non résolus dans le but de trouver des cas qui pourraient nous intéresser ? »

Marcy hocha la tête.

« L'an dernier, une enfant qui avait disparu depuis six ans dans le Missouri a été retrouvée à Toronto. Il s'agissait d'une enfant adoptée. Sa mère biologique avait été prise de regrets des années plus tard et était parvenue à retrouver la famille adoptive. Elle s'était arrangée pour contacter sa fille en lui révélant qu'elle avait été adoptée et qu'elle était sa vraie mère. Elle avait même fait remarquer qu'elles avaient les mêmes couleurs d'yeux et de cheveux. »

Marcy répondit d'une voix lointaine : « Avec ses yeux et ses cheveux clairs, dit-elle, Johnny sait qu'il ne ressemble pas au reste de la famille.

– Tu peux contacter sa mère biologique ?

– Non, mais le père Horrigan le pourrait peut-être. Je vais l'appeler tout de suite. »

10

L'espace d'un instant, Marcy reprit courage en entendant l'accent irlandais du père Horrigan. « Marcy, quelle charmante surprise ! Je croyais qu'Andrew et vous étiez dans les Hamptons, partis frayer avec les gens riches et célèbres. »

Elle s'émerveillait toujours de la faculté du père à enregistrer le moindre détail de la vie de ses paroissiens. Oh, comme elle aurait préféré qu'il s'agisse d'un appel amical pour lui raconter leur merveilleux séjour dans les Hamptons !

« Mon père, je dois vous parler d'un sujet que je n'ai jamais abordé jusqu'à présent. Ce pourrait être une question de vie ou de mort.

– J'espère que vous plaisantez, ma chère, mais vous semblez réellement bouleversée. »

Marcy ferma les yeux, tâchant de rester maîtresse d'elle-même. « Nous n'arrivons pas à trouver Johnny. Cela fait des heures qu'il a disparu. La police le cherche. »

Elle entendit une exclamation étouffée à l'autre bout de la ligne. « Non. Oh, Marcy, c'est terrible.

– Nous envisageons toutes les possibilités. L'une d'elles est que sa mère biologique ait changé d'avis après toutes ces années.

– Je n'imagine pas que ce puisse être le cas…

– Moi si. Parce que les autres scénarios que j'ai imaginés sont encore pires. Mon père, je me dis que si elle a repris Johnny, elle s'assurera sans doute de son bien-être. Au stade où nous en sommes, je prie presque pour que ce soit l'explication, c'est pourquoi j'ai besoin de savoir où la trouver.

– C'était une adoption anonyme, Marcy, du moins en ce qui vous concerne. Nous en avions discuté à l'époque… »

La mère biologique avait tenu à cette clause pour sauvegarder son identité, ce qui signifiait qu'Andrew et Marcy ne savaient rien d'elle. Ils n'avaient eu aucun contact direct avec elle, de quelque nature que ce soit, et les dossiers d'adoption étaient placés sous scellés. La mère avait montré quelque inquiétude à l'idée de placer l'enfant dans une famille que le père Horrigan connaissait personnellement, au cas où il leur révélerait son identité, mais Marcy et Andrew avaient assuré au père Horrigan à plusieurs reprises qu'ils respecteraient le désir d'anonymat de la mère et ne demanderaient jamais à connaître son nom.

« Je vous en supplie – j'ai juste besoin d'être rassurée. Si nous avons confirmation qu'elle n'est pas dans les environs de Long Island, je vous promets de ne jamais plus la déranger. »

Le silence qui suivit fut si long que Marcy se demanda si la connexion n'avait pas été interrompue.

« La police croit-elle que cette femme pourrait être à l'origine de la disparition de Johnny ? demanda enfin le père Horrigan.

– Ils n'en ont aucune idée pour l'instant. Ils suivent toutes les pistes possibles – y compris la présence de délinquants connus – et analysent les enregistrements des caméras de surveillance. Le moindre indice nous intéresse.

– Je regrette, Marcy. J'ai donné ma parole, vous comprenez ? Tout comme je ne trahirais jamais une promesse que je vous ai faite, je ne peux pas trahir mes obligations envers cette femme.

– Je vous en prie, mon père.

– Je comprends à quel point vous êtes bouleversée, Marcy, mais très franchement, je ne pense pas que ce soit une piste qui vaille la peine d'être suivie. Je n'ai jamais eu la moindre indication que la mère biologique de Johnny ait pu regretter sa décision, et pourquoi vous suivrait-elle dans l'État de New York alors qu'elle sait exactement qui vous êtes et que vous habitez à Washington ? Comment même pourrait-elle vous trouver là-bas ? Tout cela n'a pas beaucoup de sens, me semble-t-il. »

Marcy inspira profondément. Les arguments du père Horrigan tenaient la route. C'était Laurie qui avait suggéré que la disparition de Johnny pouvait avoir un lien avec son adoption, mais ce n'était qu'une simple hypothèse. Au contraire de Laurie, le père Horrigan connaissait la mère biologique de Johnny et pouvait en parler en connaissance de cause.

« Je comprends que vous vous êtes engagé auprès d'elle, dit doucement Marcy, mais il y a des situations qui justifient des exceptions, vous ne croyez pas ? Vous ne pensez vraiment pas qu'elle ait pu venir le reprendre ?

– Sincèrement, je ne le crois pas. C'est une brave et honnête jeune femme, en dépit de ses problèmes. Je ne pense pas qu'elle soit mêlée à cela. Je vais prier Dieu pour que Johnny vous revienne le plus vite possible. »

En raccrochant, Marcy priait elle aussi – pour que le père Horrigan ait raison.

11

LORSQUE LEO FARLEY arriva enfin au South Shore Resort, la plupart des clients de l'hôtel se trouvaient sur le deck surplombant la plage, prêts, coupe de champagne ou verre de Martini à la main, à admirer un des célèbres couchers de soleil de la côte sud des Hamptons. *C'est ici que toute la famille devrait être rassemblée en ce moment*, pensa-t-il.

Cela faisait longtemps que sa famille ne s'était pas trouvée au complet. Naturellement, quand Eileen était en vie et que tous deux élevaient Laurie, ils formaient une famille unie. Eileen disait toujours qu'elle avait épousé le premier garçon qui l'avait embrassée, et Leo ne s'était jamais demandé s'il fallait prendre cette boutade au pied de la lettre. Ils formaient le genre de couple qui se tient par la main sans même y penser. Leo n'imaginait pas qu'on puisse être plus heureux ; puis Laurie était née. Même quand il faisait partie de la brigade de nuit, Leo trouvait toujours le temps de passer rapidement à l'appartement pour voir leur petite fille avant qu'elle s'endorme. Puis, sans qu'il ait eu le temps de s'en apercevoir, la petite fille était devenue une jeune femme qui gravissait les échelons dans le monde de la télévision.

Quand ils reçurent un appel de l'hôpital Mount Sinaï leur annonçant que Laurie avait été renversée par un taxi, ils craignirent un coup fatal porté à leur famille. Mais ce qui aurait pu être une tragédie avait en fait amené un nouveau membre dans le clan. Greg Moran était le médecin qui avait pris soin de Laurie dans le service de réanimation. Trois mois plus tard, ils étaient fiancés, et Eileen et Leo avaient adoré leur gendre comme s'il était leur propre fils. Il arrivait encore parfois à Leo de se souvenir d'Eileen se penchant vers lui au moment où Laurie et Greg prononçaient leurs vœux, lui murmurant : « Nous allons avoir les petits-enfants les plus adorables du monde, et tu seras le meilleur des grands-pères. » Elle était morte d'une crise cardiaque un an plus tard, avant d'avoir eu le bonheur de connaître Timmy, ou même de savoir qu'il allait naître. Et puis, trois ans après la naissance de Timmy, ils avaient aussi perdu Greg.

Pendant les sept années qui venaient de s'écouler, « la famille » consistait en Laurie, Timmy et lui – une veuve, un veuf, et un petit garçon qui se souvenait à peine de son père.

Mais ce week-end, les choses allaient finalement changer. Le cœur de sa fille s'était une nouvelle fois ouvert grâce à Alex, et il avait aussi prouvé qu'il était digne de jouer le rôle de père auprès de Timmy. Pour une fois, la famille s'étoffait au lieu de se réduire.

Mais maintenant, Johnny avait disparu.

Si seulement il n'avait pas été retardé. Leo pestait encore contre Darren Gunther et ses scandaleuses protestations d'innocence. Il se souvenait de cette confession comme si elle datait de la veille. Il lui avait fallu des heures, mais Leo avait finalement trouvé le moyen de faire craquer Gunther. Quand le sourire charmeur de ce faux jeton s'était effacé, il avait admis avoir poignardé le patron du bar dans un accès de rage. À présent, il tentait de ternir la réputation de Leo en prétendant n'avoir jamais fait de tels aveux.

Sans tout ce temps perdu avec Gunther, Leo aurait passé toute la journée au South Shore Resort. Il y aurait eu une paire d'yeux supplémentaire pour surveiller les enfants.

Il se dirigea sans attendre vers la chambre dont Laurie lui avait indiqué le numéro et trouva une note sur la porte : *Nous sommes au 236 et avons tes clés.*

Le 236 était la chambre voisine de la sienne. Quand Timmy vint ouvrir la porte, il arborait une mine soucieuse, chose rare chez lui. « Je me fais du souci pour Johnny, grand-père. »

Il se blottit dans les bras de Leo. « Tout va s'arranger, tu vas voir », dit celui-ci au petit garçon.

Cela ne peut pas recommencer, pensa-t-il. *Nous ne supporterons pas de perdre encore quelqu'un. Il faut retrouver Johnny.*

Timmy le conduisit jusqu'à la vaste suite au bout du couloir. Il avait toujours été grand et élancé – ce en quoi il tenait plus de la famille de son père que de celle de sa mère –, mais il s'était étoffé depuis un an.

Un magnifique coucher de soleil flamboyait derrière la grande baie vitrée qui donnait sur la mer, mais l'angoisse qui régnait dans la pièce était palpable. Laurie parvint à adresser à son père un timide sourire et le serra rapidement dans ses bras. « Je suis contente que tu sois enfin là. »

Il comprit le sens de sa remarque, mais n'en ressentit pas moins un petit pincement de culpabilité. *Cela ne serait peut-être pas arrivé si j'avais été ici et non dans le bureau du procureur.*

« Je vous suis sincèrement reconnaissante d'avoir prévenu la police d'East Hampton, dit Marcy. L'inspectrice qu'ils ont envoyée paraît compétente, mais je ne sais vraiment pas quoi faire à présent. Quand j'ai cherché dans mon portable des photos qu'Alex et Andrew pourraient donner à l'imprimeur, j'ai eu une impression terrible. C'est réellement arrivé. Johnny fait partie de ces enfants disparus qu'on voit sur les affiches.

– Timmy, dit Laurie, tu pourrais peut-être aller jouer pendant que nous parlons.

– Je préfère rester avec vous, dit Timmy, et essayer de savoir où Johnny peut se trouver. Grand-père dit que je ne suis pas mauvais comme détective. »

Il attendit la décision de Laurie. Mais à l'expression de sa mère, il était clair qu'elle n'avait pas l'intention de se disputer avec son fils à ce sujet. Il n'était pas un garçon de dix ans comme les autres. « Tu as des idées, papa ? demanda-t-elle.

– Kara est-elle encore là ?

– Dans la chambre avec les jumelles », dit Marcy, indiquant de la tête la porte voisine.

12

Le père Mike Horrigan habitait une petite maison de brique derrière l'église des Saints-Sacrements, dont il était le prêtre depuis près de quatorze ans. À l'arrière de la maison, il pouvait jouir de la tranquillité d'une terrasse de brique et d'un jardin verdoyant. Mais la porte de la façade donnait à côté du parking de l'église, qui ce soir était le théâtre d'une opération de lavage collectif de voitures organisée au profit de l'équipe de basket du lycée. Au fond du terrain, Parker Logan, le plus grand des joueurs de l'équipe, ressemblait à un géant à côté de la Prius qu'il était en train de lustrer.

Le père Horrigan pouvait aussi voir la mère de Parker, Betsy, parler à Cynthia, l'administratrice de la paroisse, assise à la table de pique-nique installée entre l'église et le parking. Il se souvenait encore de la joie de Betsy montrant fièrement qu'à dix ans le jeune Parker était déjà plus grand qu'elle. Le mari de Betsy avait ajouté son grain de sel : *Mais j'ai déjà vu des dogues allemands plus grands que toi, chérie.*

Les deux femmes baissèrent la voix en l'apercevant. Betsy lui adressa un geste amical de la main. « Hello, père Mike.

– Vous étiez encore en train de bavarder des *Real Housewives*, je parie, plaisanta-t-il.

– Nous plaidons coupable, admit Cynthia.

– Vous êtes pardonnées, dit-il. Regarder une série est une chose, mener la même vie en est une autre. »

Cynthia le regarda avec compassion. « Pardonnez-moi de poser cette question, mon père, mais est-ce que quelque chose vous soucie ? »

Le père Horrigan n'avait que vingt-six ans quand il avait pris ses fonctions à l'église, et Cynthia, de presque vingt ans son aînée, avait toujours éprouvé des sentiments maternels à son égard. Durant toutes ces années, c'était elle qui avait eu le plus de contacts avec lui. Elle le connaissait bien. L'appel téléphonique de Marcy Buckley le tourmentait encore. Johnny allait sans doute réapparaître d'un moment à l'autre, comme le font les enfants, mais il avait perçu l'angoisse intense dans la voix de sa mère. Il l'entendait encore disant qu'elle serait soulagée d'apprendre que la mère biologique de Johnny l'avait repris. Qu'au moins il serait en sécurité. Il aurait voulu pouvoir la rassurer.

« Betsy, pourrais-je vous emprunter Cynthia quelques instants ? demanda-t-il. C'est pour une affaire qui concerne une paroissienne.

– Bien sûr, dit Betsy. J'ai fait des brownies que j'ai promis d'apporter dès que les enfants auront atteint la somme escomptée, je vais aller les chercher. »

Une fois seul avec Cynthia, le père Horrigan lui demanda si elle se souvenait de Sandra Carpenter. « Elle avait une fille du nom de Michelle, dit-il, espérant raviver ses souvenirs.

– Oui, bien sûr, mais il y a des années que nous ne nous sommes pas vues. »

Sandra assistait régulièrement à la messe du dimanche lorsqu'il était arrivé dans la paroisse. Sa fille, Michelle, âgée de seize ans quand il l'avait rencontrée pour la première fois, était une de ces adolescentes qui n'allaient à la messe que sous la pression de leur mère, mais elle était toujours polie et agréable. Lorsqu'elle avait quitté le lycée, ses apparitions le dimanche s'étaient de plus en plus espacées, avant de finir par cesser. Chaque fois que le père Horrigan demandait de ses nouvelles, Sandra répondait que tout allait bien pour sa fille.

Puis un jour, Sandra était restée silencieuse avant de répondre, puis avait fondu en larmes. Au début, Michelle avait de bonnes notes à l'université de Baltimore, mais au bout de deux ans, elle s'était montrée moins assidue. Elle s'était mis dans la tête d'habiter une maison d'hôtes de Rehoboth Beach et de travailler à plein temps comme serveuse pendant quelques années. Elle pourrait ainsi reprendre ensuite ses études sans s'endetter lourdement.

« Quand elle m'a dit qu'elle voulait s'installer à Rehoboth, elle m'a assuré que c'était à deux heures et demie d'ici, et que nous pourrions nous voir fréquemment. Et d'une manière générale, ç'a été le cas. Mais cela fait trois mois que je ne l'ai pas vue. Elle disait qu'elle était très occupée, ou malade, donnait une explication ou une autre. Je voyais bien qu'elle m'évitait, et hier soir elle m'a finalement dit la vérité. Elle est enceinte de huit mois et ne sait absolument pas ce qu'elle va faire. Je lui ai dit que je pouvais l'aider si elle voulait élever l'enfant seule, mais la réalité s'est imposée. Elle a vingt-deux ans. Si elle consacre moins d'heures à son travail, elle sera à peine capable de subvenir à ses besoins, encore moins à ceux d'un enfant. Elle sait qu'elle ne finira jamais ses études si elle devient mère célibataire. »

Quand il avait demandé qui était le futur père, Sandra avait secoué la tête. « Quelqu'un qu'elle a rencontré dans un bar sur la plage. Une seule rencontre, a-t-elle dit, quelque chose de tout à fait inhabituel chez elle. Elle ne connaît même pas le nom de famille du garçon, ni comment le contacter. Je n'arrive pas à croire qu'elle ait pu faire quelque chose d'aussi stupide et irréfléchi. »

Le père Horrigan avait proposé de parler à Michelle si cela pouvait lui être utile, et il s'était étonné qu'elle accepte son offre. Quand elle vint le voir, ses joues s'étaient un peu remplies à cause de son état, mais elle était la même jeune femme douce et polie qu'il avait connue quand elle était adolescente. Il lui offrit l'assistance et le soutien de l'Église si elle voulait élever l'enfant, mais elle se montra catégorique : elle avait choisi de placer le bébé dans une famille qui l'aimerait comme s'il était leur enfant naturel. Une échographie révéla que ce serait un garçon.

« Je ne veux rien d'eux, avait-elle dit. Et je préfère qu'ils ne sachent pas qui je suis. Je veux seulement avoir l'assurance que ce sont des gens bien qui lui offriront une vie heureuse : alors je pourrai poursuivre la mienne. Mais comment en être sûre quand tant de gens sont tellement différents de ce qu'ils semblent être ? »

Ce fut un de ces moments où, pour le père Horrigan, Dieu mettait les bonnes personnes au bon endroit. Il connaissait le couple idéal : Andrew et Marcy Buckley. Il se souvenait encore de l'expression de soulagement de Michelle quand il lui avait décrit le couple qui procurerait à son enfant un foyer aimant. Et aussi la joie des parents adoptifs le jour où ils étaient allés chercher Johnny à l'hôpital. Il avait pris une photo pour la montrer à Michelle. « Je vois qu'ils l'aiment déjà », avait-elle dit.

Il voulait croire que Michelle n'avait jamais regretté sa décision, mais elle n'était plus revenue à l'église, et elle ne l'avait jamais rappelé lorsque, à plusieurs reprises, il avait tenté de la joindre. Sandra avait pris la décision de changer de paroisse quelques mois après l'adoption. Côtoyer les Buckley sans pouvoir se lier avec son petit-fils lui était trop douloureux.

Naturellement, le père Horrigan présumait que Cynthia n'était au courant de rien, elle n'était que l'administratrice de la paroisse.

« Cela doit faire sept ans que j'ai vu Sandra pour la dernière fois, dit Cynthia. C'est dommage qu'elle ait subitement cessé de nous fréquenter.

– Sauriez-vous comment la contacter ? J'aurais besoin de lui téléphoner. »

Peut-être pourrait-il rassurer Marcy sans rompre la promesse faite à Michelle.

Quelques minutes plus tard, il était de retour chez lui et composait le numéro de Sandra Carpenter.

« Allô ? »

La voix lui parut beaucoup plus faible et vieillie que dans son souvenir. « Je suis le père Mike Horrigan, de la paroisse des Saints-Sacrements. Est-ce que Sandra Carpenter est là ? » Il y avait sept ans qu'il ne lui avait pas parlé, elle avait probablement changé de numéro depuis.

« Eh bien, vous m'avez trouvée, mon père. Comme c'est bon de vous entendre. »

Sa voix s'était un peu animée. Ils passèrent plusieurs minutes à bavarder, de sa récente retraite et du nouveau prêtre de St. John qui soulevait certaines interrogations en raison des formules inhabituelles qu'il avait introduites dans la célébration de la messe qui, disait-elle, « tenaient plutôt de la comédie ».

« Je suis heureux de savoir que vous avez trouvé un endroit qui vous convient. Nous avons beaucoup regretté de vous perdre à la paroisse. J'espère que vous ne voyez pas d'inconvénient à ce que je vous pose la question, mais je me demandais comment allait Michelle. Où est-elle à présent ? Est-elle ici, à Washington ? »

Il avait pensé qu'il était inutile d'alarmer Sandra ou Michelle en leur disant que Johnny avait disparu. Il espérait simplement que Sandra lui confirmerait que Michelle n'était pas dans les environs de Long Island.

Il y eut un long silence à l'autre extrémité de la ligne. « Sandra ? Vous êtes là ?

– Je pense que vous n'avez pas appris la nouvelle. »

Il comprit au ton de sa voix qu'il ne s'agissait pas d'une bonne nouvelle. « Je suis désolé. Non, je ne suis pas au courant.

– Nous l'avons perdue.

– Oh, Sandra, je suis vraiment navré. Qu'est-il arrivé ?

– À la vérité, je l'avais déjà perdue après la naissance du bébé. Elle n'était plus la même. Elle était absente. Déprimée. Abattue. Elle évitait tous ceux qu'elle connaissait, moi y comprise. Elle avait perdu toute volonté d'être heureuse. Elle n'envisageait même plus de retourner à la fac. Elle s'est installée à Denver pendant un moment, puis à Philadelphie. Elle me téléphonait pour les anniversaires et à Noël, sinon, elle était pratiquement devenue une étrangère. »

Il lui dit encore à quel point il était désolé. « Y a-t-il quelque chose que je puisse faire pour vous ?

– Non, ma fille est morte il y a six mois.

– Oh, Sandra, ce n'est pas possible.

– Une overdose. La police a trouvé mon numéro dans son téléphone portable et m'a avertie. Je n'arrive toujours pas à croire qu'elle est partie. Au moins, elle a su que son fils avait une vie heureuse. Malgré tout ce qu'elle a traversé par la suite, elle m'a dit qu'elle n'avait jamais regretté de lui avoir donné une chance. Au fait, comment va le petit Johnny ? »

13

Le ronronnement que Johnny Buckley entendait au-dessous de lui changea brusquement. Dans le coffre, il fut tout secoué tandis que la voiture franchissait une succession de bosses. Il pensa qu'ils quittaient la grand-route et roulaient peut-être sur un chemin de terre.

La voiture s'arrêta. Le moteur aussi. Il entendit une des portières s'ouvrir. Peut-être deux. Il ne savait pas. Puis ce fut le silence. Le silence total.

Il se mit à respirer lentement et profondément – comme sa maman le faisait dans sa classe de yoga. Elle lui avait dit que cela l'aidait à retrouver son calme. Cela avait marché quand elle l'avait emmené chez le dentiste. Cela l'aida, mais il avait quand même très peur.

S'il vous plaît, s'il vous plaît, ne me laissez pas ici tout seul.

« Hello ? appela-t-il. Il y a quelqu'un ? »

Toujours le silence. Et si personne ne venait jamais le chercher ? Et si on ne le revoyait jamais, et qu'il mourait tout seul ici ?

« Est-ce que quelqu'un m'entend ? » Sa voix était plus forte cette fois, pourtant personne ne répondit.

Il tambourina avec ses mains contre le capot du coffre au-dessus de sa tête. « Au secours ! À l'aide ! » Il criait aussi fort qu'il le pouvait.

Le capot s'entrouvrit brusquement et il hurla de terreur. Un rai de lumière perça dans l'entrebâillement. Il y avait un homme derrière la voiture. Un T-shirt gris flottant sur un pantalon, sauf à l'endroit où il était coincé par un revolver passé dans la ceinture. C'était tout ce que Johnny pouvait distinguer, hormis la cime des arbres et le ciel derrière eux.

« Tu vois, c'est pour ça qu'il fallait s'arrêter au milieu de nulle part. » La voix de l'homme était grave. Il semblait décontracté, comme s'il n'y avait rien d'anormal à faire voyager Johnny enfermé dans le coffre d'une voiture ni dans l'arme qu'il pointait à quelques centimètres de sa tête.

« S'il vous plaît, monsieur, ne me faites pas de mal.

– C'est la dernière chose dont j'aie envie, mais je n'hésiterai pas s'il le faut. Tu comprends ? Et je peux aussi retourner à l'hôtel et trouver le reste de ta famille, si tu ne fais pas ce que je dis. Pas question de crier, tu comprends ? »

Johnny ne broncha pas.

« C'est bien. Bon… tu as faim ? »

Le petit garçon secoua la tête, mais se rendit compte que l'homme ne pouvait pas plus le voir qu'il ne le voyait. « Non, mais j'ai mal au cœur.

– C'est sans doute à cause du chloroforme. Je m'en doutais. Tu n'as pas vomi dans le coffre, j'espère. »

Johnny n'aurait su dire si l'homme se souciait de son état ou s'il craignait qu'il ait sali sa voiture. « Euh… euh.

– Ne dis pas euh. Tu es assez grand pour dire oui ou non correctement, comme un homme.

– Excusez-moi. Non, je n'ai pas vomi.

– Voilà qui est mieux. Tiens, tu dois avoir soif, et ça calmera ton estomac. »

L'homme passa la main à l'intérieur du coffre et tendit à Johnny une canette de *ginger ale*.

« Je ne peux pas boire couché, dit Johnny.

– Bon, écoute. Je vais ouvrir complètement le coffre pour que tu puisses t'asseoir et respirer un peu. Mais il faut que tu promettes de ne pas te sauver ni te mettre à crier ou je ne sais quoi. Personne dans les environs ne peut t'entendre, et souviens-toi de ce que j'ai dit si tu fais des tiennes. C'est d'accord ?

– Je serai sage, monsieur. Promis.

– C'est bien ce que j'attendais de toi. Tu es un bon garçon. »

14

DANS LA SUITE Lune de Miel du South Shore Resort, Leo avait demandé à Kara de se rappeler dans le moindre détail chacun des moments de la journée qu'elle avait passée sur la plage. L'expérience lui avait appris que ce genre d'exercice pouvait conduire à la découverte d'un point important qui avait été négligé.

Kara se souvenait des enfants Buckley en train de répéter la cérémonie du mariage de Laurie et d'Alex après que Timmy et Ramon avaient quitté l'hôtel pour chercher un cadeau d'anniversaire pour Alex. Laurie avait le cœur brisé en imaginant Johnny jouant le rôle de Timmy. Il était clair que le petit garçon admirait beaucoup son futur cousin.

La sonnerie du portable de Marcy interrompit le récit de Kara. Elle regarda l'écran d'un air perplexe et sortit de la pièce en s'excusant.

Assis sur le canapé à côté de Kara, Timmy intervint : « Les jumelles étaient en train de taquiner Johnny, elles disaient qu'il voulait tellement me ressembler qu'elles allaient l'appeler "Timmy".

Un détail dans la description de Timmy tracassait Laurie. Une pensée qui cherchait à faire surface. Elle était sur le point de s'en saisir, comme si elle tirait sur un fil, mais elle lui échappa.

« C'est vrai, disait Kara. Chloe et Emily n'ont pas cessé de l'appeler Tim ou Timothy. Il semblait ravi de ce jeu. Tout le monde était très joyeux. »

Elles avaient appelé leur frère Timmy sur la plage. Laurie ressentit à nouveau cette impression obsédante de danger, puis se souvint du petit Wyatt qui avait partagé la planche de surf avec Johnny et Timmy.

« Kara, avez-vous entendu quelqu'un d'autre appeler Johnny par ce nom ? Ou crier le nom de *Tim*, ou un nom similaire ? » Wyatt avait entendu une femme prononcer à voix haute le nom de Tim, *comme s'il avait un problème ou qu'il n'écoutait pas.*

Kara secoua la tête.

« Non, je n'ai rien entendu de ce genre. Il n'y avait que les petites en train de jouer. »

Marcy revint dans le salon, tenant toujours son portable à la main. « Pouvons-nous faire une pause ? Ramon dit que les filles sont affamées. Timmy, Kara et toi pourriez aller les retrouver en bas et aller manger quelque chose.

– Elles vont demander où est Johnny », murmura Timmy.

Laurie comprit que Marcy tentait de faire sortir Timmy et Kara de la pièce pour pouvoir parler seule avec elle et Leo du coup de téléphone qu'elle venait de recevoir. Elle voyait aussi que son fils n'approuvait pas la décision de ne pas mettre les filles au courant de ce qui se passait, mais il n'avait que dix ans. Ce n'était pas à lui de décider.

« Personne ne te demande de mentir, dit Laurie. Ne dis rien. Marcy et Andrew décideront quelle est la meilleure marche à suivre vis-à-vis des filles. »

Il hocha la tête et partit avec Kara retrouver Ramon et les jumelles.

« C'était le père Horrigan, dit Marcy en posant son téléphone sur la table basse. Il a décidé de contacter la mère biologique de Johnny après mon appel pour s'assurer qu'elle n'était en rien concernée par cette affaire.

– Et ? demanda Leo.

– Sa mère lui a dit qu'elle était morte d'une overdose il y a six mois. »

Le silence se fit dans la pièce.

« Certes, nous ne la connaissions même pas, dit Marcy. Mais c'est tellement triste. Et surréaliste. En tout cas, le père Horrigan a insisté pour me faire savoir que d'après sa mère – la grand-mère biologique de Johnny, donc –, sa fille n'avait jamais exprimé de regrets d'avoir eu Johnny et de l'avoir confié à notre famille. »

Marcy essuya une larme tandis que Laurie lui donnait de petites tapes dans le dos, tentant de la réconforter.

À ce moment, un ronflement se fit entendre au-dessus de l'hôtel. Ils se tournèrent vers les fenêtres et aperçurent un petit avion qui longeait la plage. « AIDEZ-NOUS À RETROUVER UN ENFANT DISPARU. TROUVERJOHNNY.COM. JOHNNY, ON T'AIME !

Un petit cœur terminait le message.

Marcy porta la main à sa bouche. « Il faut que je trouve les jumelles. Tout de suite ! »

15

Marcy se précipita hors de la chambre. Elle voulait mettre les jumelles au courant des recherches entreprises avant qu'elles n'apprennent la nouvelle par la funeste banderole. Quand elle ouvrit la porte, elle trouva Alex devant elle, s'apprêtant à entrer.

Il vit la panique sur son visage. « Tu as vu l'avion, bien sûr ? demanda-t-il.

– Oui, je prie seulement pour que Chloe et Emily ne l'aient pas vu.

– Elles n'ont que quatre ans. Elles ne savent pas lire.

– Elles commencent et reconnaissent le nom de leur frère, et il y a le petit cœur. Nous ne pouvons pas prendre de risque. »

Alex essaya de la calmer. « Ne t'inquiète pas. Elles étaient dans le hall de l'hôtel avec Ramon. Nous les avons vues au moment d'entrer. Andrew les a conduites dans ma chambre et vous deux, vous pouvez aller calmement les mettre au courant. Je suis vraiment désolé, Marcy.

– Non, ça ira. C'est moi qui ai pensé à l'avion et à la banderole. Je n'avais pas imaginé qu'ils le feraient aussi vite.

– Nous avons été étonnés, nous aussi. Je suppose que des banderoles personnalisées sont plus longues à réaliser, mais ils ont déjà de grandes lettres rouges prêtes à assembler. Quand nous avons vu qu'ils avaient aussi un cœur, nous l'avons ajouté, espérant que Johnny pourrait le voir. Leo et moi avons demandé à la société d'attendre une heure afin d'avoir le temps de revenir ici et que vous puissiez prévenir les jumelles, mais visiblement le message n'a pas été transmis au pilote.

– Vous n'y êtes pour rien, Alex. Je vous remercie pour tout ce que vous avez fait. » Marcy se tourna vers Laurie. « Je ne sais comment annoncer aux filles que leur frère a disparu. Tu peux me donner un conseil ? »

Pour Laurie, le pire jour de sa vie avait été celui de la mort de Greg. Plus soudaine et violente que tout ce qu'on pouvait imaginer. Elle n'avait même pas eu la consolation de le perdre à la suite d'une mort naturelle, ou de savoir que son assassin serait traduit en justice. Et le plus horrible avait été de devoir dire à Timmy que son père n'était plus là et que plus jamais ils ne mèneraient une vie normale.

Laurie se leva et serra brièvement Marcy dans ses bras. « Les enfants sont plus forts qu'on ne le croit. Dis-leur que tout le monde aime Johnny et fait tout pour le retrouver, mais ne fais pas de promesses que tu ne pourras pas tenir. »

Marcy hocha la tête et Laurie comprit que sa décision était prise, mais qu'elle espérait n'avoir jamais rien de pire à annoncer à ses filles.

Une fois la porte refermée, Alex se passa la main sur le visage. « Je n'arrive pas à croire qu'une telle chose puisse arriver. Je me sens tellement impuissant.

– Nous en sommes tous là, dit Leo. Les enquêtes sur les disparitions d'enfants sont les plus pénibles à mener. On a l'impression d'entendre le tic-tac d'une horloge géante au-dessus de sa tête, sachant que les chances d'une issue favorable diminuent à chaque seconde. Je sais que c'est angoissant, mais je pense qu'il faut regarder la vérité en face.

– Je ne sais comment me rendre utile », dit Alex en conduisant Laurie vers le canapé du salon, où ils s'assirent côte à côte. « Marcy a envoyé un texto à Andrew pour lui dire qu'elle avait demandé au pasteur de lui révéler l'identité de la mère biologique de Johnny, au cas où l'adoption aurait quelque chose à voir avec sa disparition, mais il a répondu que cette information était confidentielle. J'ai pensé que je pourrais faire certaines recherches sur le plan légal et essayer d'avoir accès à des archives du système judiciaire. »

Il prit la main de Laurie qui la garda serrée dans la sienne. Il parvenait toujours à la calmer, ne serait-ce que par sa présence.

« Ce n'est pas la peine, dit-elle. Le pasteur a appelé Marcy. Il a fait des recherches et découvert que la mère était décédée.

– La piste est donc morte », dit Leo.

Laurie eut une moue réprobatrice.

« C'est mon humour noir. Désolé.

– Ne parle pas comme ça devant Marcy et Andrew, papa, je t'en prie.

– Bien sûr que non. Seulement devant nous trois et nos esprits pervers.

– La police a enfin pris l'affaire en main, dit Laurie. Et de notre côté, que pouvons-nous faire d'autre ?

– Eh bien, nous avons eu de la chance et rencontré chez l'imprimeur un technicien qui a entendu notre conversation quand nous rédigions le texte des prospectus que nous allons distribuer ; il a proposé de nous aider. C'est lui qui a suggéré de créer un site internet montrant des photos de Johnny afin de recueillir des informations, avec un numéro de téléphone dédié – en fait un centre de traitement informationnel. Cela ne lui a pris que quelques minutes pour obtenir un nom de domaine et établir un site simplifié, avec les photos que nous lui avons données.

– C'est réconfortant de savoir qu'il y a des anges qui se promènent dans East Hampton, dit Laurie. Maintenant, il faut que ce site internet soit partagé aussi largement que possible. L'avion était un bon point de départ, mais nous pouvons faire beaucoup mieux avec les réseaux sociaux.

– Alors ne comptez pas sur moi, dit Leo en levant les mains. Je ne veux pas avoir affaire à ces âneries.

– Moi non plus », ajouta Alex.

Pour le père de Laurie, les réseaux sociaux étaient réservés aux gens qui se donnaient des airs, et Alex avait fermé tous ses comptes depuis qu'il était devenu juge fédéral. Tous deux se tournèrent vers Laurie, sachant qu'elle avait l'avantage sur eux dans ce domaine. La dernière fois qu'elle avait vérifié, *Suspicion* avait 1,8 million de fans sur Facebook, et 1,3 million de followers sur Twitter.

« Je vais l'inscrire tout de suite sur le fil d'actualité de l'émission. »

Elle prit son téléphone pour ouvrir Facebook et y trouva un message de son assistant, Jerry Klein. *Brent est passé cet après-midi. Il était sérieux lorsqu'il vous a dit qu'il comptait toujours sur nous pour le prochain épisode, et voulait s'assurer que je l'avais bien compris. C'est une idée bizarre, mais qu'en est-il de l'affaire Darren Gunther que suit votre père ? Elle met en scène des gens célèbres, et nous connaissons un des participants… il faut y réfléchir.*

Jerry avait commencé à travailler pour elle comme stagiaire quand il était à l'université, mais il était maintenant le collaborateur en qui elle avait le plus confiance. C'était aussi celui qui connaissait le mieux l'informatique, et un fanatique de la culture pop, aussi avait-il pris en main la gestion de leurs comptes de réseaux sociaux.

Jerry décrocha immédiatement. « Je n'aurais pas dû vous déranger avec un message concernant le bureau. Laurie, il est presque huit heures du soir et c'est la première soirée de vos vacances. Je vous en prie, dites-moi que vous êtes dans un bon restaurant et que vous avez un martini à la main, avec un parasol piqué dedans.

– Ce n'est pas tout à fait ça. »

Il laissa échapper une série de *Oh, non*, et *C'est affreux*, pendant qu'elle lui exposait la situation et lui parlait du site Internet « Trouver Johnny » qu'ils étaient en train de créer. Elle entendit pianoter rapidement sur un clavier à l'arrière-plan. « Vous êtes encore au bureau ?

– Hum-hum », marmonna Jerry en se concentrant sur son texte.

Bien sûr qu'il l'était. « Au fait, j'ai reçu votre message, dit Laurie. Je craignais qu'il y ait conflit d'intérêts, mais je vais y réfléchir. » Elle ne mentionna pas ouvertement la prétendue erreur judiciaire invoquée par Darren Gunther, de peur que son père l'entende et nourrisse de faux espoirs.

« S'il vous plaît, dit Jerry, oubliez Brent et ses impératifs de dates. Vous avez déjà assez de soucis comme ça. OK… *C'est parti !* C'est sur Facebook et sur Twitter maintenant. Nos fans sont plutôt actifs. Cela va devenir viral. Ne vous inquiétez pas. Il est très possible que Johnny se soit perdu sur la plage et retrouve son chemin d'une minute à l'autre.

– Merci beaucoup, Jerry. Vous êtes formidable. »

Quand elle eut raccroché, elle ouvrit son compte Facebook personnel pour partager les posts de l'émission sur son mur. Elle remarqua que la dernière entrée était un post de Marcy vieux de trois jours, dans lequel elle avait tagué deux photos d'Andrew et de Laurie. La première reproduisait la première page de la brochure de l'hôtel South Shore Resort sous un ciel rose et mauve. L'autre était une photo de Marcy, Andrew, Alex, Laurie et les quatre enfants debout sur les marches du Lincoln Memorial, prise à l'automne précédent. *Compte à rebours* : *encore trois jours avant le début de magnifiques vacances à East Hampton, suivies du mariage du juge, le héros du moment, avec la plus chouette belle-sœur dont je puisse rêver # Trouvé une famille # Soyez bénis.*

Laurie informa ses amis Facebook de l'existence de « Trouver Johnny », puis revint aux photos mises en ligne par Marcy. Son estomac se noua lorsqu'elle vit Johnny qui serrait sa mère dans ses bras. Il ressemblait tellement à Timmy.

Elle leva les yeux, saisie d'une intuition.

« Qu'y a-t-il ? demanda aussitôt Alex, toujours au diapason de ses émotions.

– Timmy. Les jumelles ont appelé leur frère Timmy. Et il y a aussi l'erreur concernant la chambre. L'hôtel avait réservé la suite nuptiale à mon nom, pas au leur.

– Et alors ?

– Alors, et s'il n'avait pas été choisi au hasard ? Et si quelqu'un avait cru que Johnny était mon fils ? »

16

ALEX PASSA un bras autour des épaules de Laurie. « Laurie, tu trembles. La journée a été longue et je crois que nous sommes tous épuisés.

– Réfléchis. Il y a un instant, je me rappelais ce que nous savons tous – que les crimes commis au hasard sont des exceptions. En règle générale, la victime est ciblée par quelqu'un qu'elle connaît. Ou au moins, agressée pour une raison spécifique. C'est ce qui m'a poussée à m'interroger au sujet de la mère biologique de Johnny. Mais si la cible était en réalité Timmy ?

– À moins que ce soit vraiment par hasard que ce soit tombé sur Johnny, dit Alex. Souviens-toi l'année dernière de cette horrible affaire où l'accusé avait simplement vu un petit garçon sortir du bus scolaire… »

Laurie ne pouvait supporter l'idée que Johnny connaisse le même sort que cet enfant. « Peut-être, mais nous ne pouvons écarter cette possibilité. Ton neveu ressemble tellement à Timmy. Surtout pour quelqu'un qui se baserait sur une photo de Timmy vieille d'un an ; il a grandi depuis, on pourrait plutôt s'attendre à un gosse de la taille de Johnny. Sans compter que ses sœurs l'appelaient Timmy sur la plage et que la réservation de la chambre où ton frère et sa famille séjournent a été faite à mon nom. Et Timmy et moi habitons à deux heures d'ici ; je me suis sûrement fait des ennemis, étant donné mes responsabilités dans l'émission. As-tu une idée du nombre de lettres que je reçois de la part d'accusés de meurtre me demandant de laver leur réputation ?

– Je m'en doute, dit Alex calmement. J'ai participé à ton émission, souviens-t'en.

– Leur nombre a triplé depuis, sans parler des appels furieux que nous recevons quand nous ne répondons pas. Je ne te dis pas tout parce que je ne veux pas que tu t'inquiètes pour moi. Il suffirait d'une personne qui se mette une idée folle en tête... »

Leo leva une main pour l'interrompre : « Laurie, j'entends bien ce que tu dis, mais puis-je donner mon avis ?

– Bien sûr, papa.

– Je t'ai bien observée pendant ces cinq années où tu as élevé Timmy seule. Tu faisais toujours bonne figure, mais ce monstre avait dit explicitement qu'il reviendrait un jour tuer la mère et le fils. Et tu as vécu ainsi pendant la moitié d'une décennie – où chaque jour pouvait être celui où l'homme qu'on appelait Yeux Bleus[1] allait tenir sa promesse. »

Laurie revit soudain Timmy plus jeune, à peine âgé de huit ans, qu'on tirait par la main pour le faire sortir de la cabane de la piscine. Il était plus petit que Johnny alors, en pyjama et robe de chambre. Tout s'était passé tellement vite, lors du tournage du tout premier épisode de *Suspicion.* L'homme avait saisi Timmy d'une main et pointé de l'autre un pistolet sur sa tempe. Puis il avait éclaté de rire et l'avait lâché, le regardant se réfugier dans les bras de sa mère qui était accourue. Alors il avait levé son arme sur eux. Il y avait eu une détonation, et une tache rouge avait fleuri sur sa chemise. Il s'était affaissé sur le sol.

« Papa, sommes-nous absolument certains que l'homme qu'a tué la police était bien celui qu'on avait surnommé Yeux Bleus ?

– À cent pour cent, répondit Leo. Cet homme a passé la moitié de son existence à me tenir pour responsable de tous ses problèmes, tout cela à cause d'une décision que j'avais prise quand je n'étais encore qu'un jeune policier. Yeux Bleus est mort, Laurie. Il n'a rien à voir avec tout ça. »

Alex et Leo échangèrent un regard entendu. Ils étaient certains qu'elle était sur une fausse piste, mais se sentaient incapables de la faire changer d'avis.

1. Voir, de la même auteure : *Le Bleu de tes yeux*, Albin Michel, 2014.

« Papa, je sais que je n'ai pas ton expérience en matière d'affaires criminelles, mais ne prends pas Alex à témoin comme s'il fallait me sauver d'idées farfelues. Si tu travaillais sur cette affaire en tant qu'inspecteur et que nous faisions équipe, je pense que tu écouterais ma théorie. Elle est basée sur des faits.

– Très bien. Mais si je mentionne Yeux Bleus, c'est que l'épisode d'aujourd'hui a peut-être été un "déclencheur", comme on dit de nos jours. Tu n'as jamais été du genre à mettre ce que tu traverses dans des cases, mais on ne peut pas survivre à quelque chose comme le meurtre de Greg et les menaces qui ont suivi sans souffrir d'un certain stress post-traumatique. »

Laurie avait rencontré beaucoup de victimes d'agressions souffrant de stress post-traumatique, mais ne s'était jamais considérée comme l'une d'entre elles. « Peut-être qu'un proche de cet individu rôde encore dans les parages », dit-elle. Quand elle analysait un sujet d'émission, c'était toujours ainsi qu'elle procédait. « Il pourrait tenter de terminer ce que Yeux Bleus a commencé.

– Laurie, cet homme n'avait aucun proche. Personne ne s'intéressait à lui. Il n'avait qu'un seul motif pour s'attaquer à toi et à Timmy – m'atteindre à travers vous. Il voulait me voir perdre ceux qui m'étaient le plus chers. Il était déterminé à ce que je devienne aussi solitaire qu'il l'était lui-même. »

Alex lui pressa doucement l'épaule. « Il est tout à fait logique que tu associes la disparition de Johnny aux menaces qui vous ont visés, toi et Timmy, mais ton fils ne craint rien, Yeux Bleus n'est plus de ce monde.

– OK, ce n'est pas lui ! Je voulais simplement dire que nous devrions enquêter sur les gens qui m'ont menacée. »

Elle était déjà en train de composer un texto à l'adresse de Jerry lui demandant de sortir le dossier consacré aux courriers inquiétants. Avec son humour habituel, Jerry l'avait baptisé *le dossier des cinglés*.

« Quelque chose de particulier te vient à l'esprit ? demanda Alex.

– Il y a cette femme qui pendant longtemps a été soupçonnée de maltraiter son beau-fils. Il a disparu depuis plus de sept ans, la police est persuadée qu'elle l'a tué et a fait disparaître son corps pour pouvoir vivre sans avoir à élever l'enfant d'une autre femme. Le père aimerait que nous traitions cette affaire dans *Suspicion*, mais la belle-mère n'est pas d'accord. La dernière fois que je lui ai parlé, elle a dit que je ferais mieux de me préoccuper de mon propre fils au lieu de m'intéresser à celui de quelqu'un d'autre. J'en ai eu des frissons et je me suis promis de ne jamais plus la contacter.

– Et cela s'est passé il y a combien de temps ?

– À peu près trois mois.

– Et tu as tenu ta promesse ? »

Elle l'avait tenue. Alex avait marqué un point. La menace voilée de cette femme avait fonctionné. Elle n'avait aucune raison de s'en prendre à Laurie et à Timmy. « En outre, elle habite sur la côte Ouest. Bon, elle n'est pas la suspecte la plus évidente. Mais nous recevons beaucoup de messages à faire froid dans le dos.

– Un e-mail ou un tweet est une chose, dit Alex. Kidnapper un enfant, c'en est une autre, sacrément différente.

– Je ne t'ai jamais vu repousser ainsi une de mes idées, Alex. J'essaie seulement d'être utile. »

Alex inspira profondément avant de répondre : « Tu as raison. Je regrette. C'est que je te connais si bien. Nous essayons tous d'être utiles, mais tu te donnes tellement à fond pour résoudre les problèmes des autres. Ce n'est pas ta faute, Laurie. Quoi qu'il soit arrivé, ce n'est pas à cause d'une chose que tu aurais faite ou pas faite. »

Laurie remarqua que son père était resté inhabituellement silencieux. Il paraissait plongé dans ses réflexions, le front creusé de rides.

« Tu as l'air songeur, papa. »

Leo leva un doigt, comme s'il essayait littéralement de montrer ce qui le tracassait. « Alex a raison, Laurie. Ce n'est pas ta faute, mais il est possible que ce soit la mienne. »

Laurie et Alex se regardèrent, perplexes, avant qu'il poursuive.

« Nous parlions d'Yeux Bleus. Son obstination à vous faire du mal, à toi et à Timmy, venait de son désir de vengeance envers *moi*. Pour répondre à la question d'Alex, il a fallu que tu ailles chercher le nom d'une femme qui a fait une vague remarque concernant Timmy, il y a trois mois, et qui habite sur la côte Ouest. Tu es très loin de travailler sur une affaire qui puisse amener quiconque à avoir des griefs contre toi et à vouloir t'intimider. »

Laurie ne mit pas longtemps à comprendre où il voulait en venir. Elle n'ignorait pas l'importance du rendez-vous de son père avec le procureur ce matin-là. « Mais *toi*, on essaie de t'intimider, dit-elle en le fixant intensément.

– Ce pourrait être un coup de Darren Gunther. Il ne sera pas satisfait tant que je n'aurai pas reconnu que je lui ai tendu un piège dans l'affaire Lou Finney. »

17

Dix-huit ans plus tôt

LOU FINNEY entendit le tintement du carillon au moment où s'ouvrait la porte du bar, puis sentit un courant d'air froid traverser le box près de l'entrée, sa place favorite lorsqu'il n'était pas dans l'arrière-salle ou derrière le bar. Il reconnut l'homme qui entrait, Rocky, un des habitués.

« Je pensais bien te trouver là, dit Rocky. À la première neige de l'année, Finn est toujours assis exactement à cet endroit. La seule question est de savoir si vous suivez la neige, ou si la neige vous suit. »

Le prénom et le deuxième prénom de Lou, Louis Caron, venaient de son grand-père maternel, mais autant qu'il s'en souvienne, on l'avait toujours appelé Finn. Le bar portait ce nom, naturellement. *Rocky a vraiment l'esprit d'observation*, pensa Finn. Il est vrai que c'était l'une des nombreuses traditions qu'observait Finn. Un petit verre de Jameson le jour de la Saint-Patrick. Une bonne bière pendant le match d'ouverture des Mets. Regarder la première neige tomber depuis le premier box en hiver.

Rocky prit son temps pour franchir le seuil, laissant venir vers lui un groupe de jeunes femmes qui s'apprêtaient à partir, ayant terminé le quiz du jeudi au fond du bar.

« Tu vas la fermer, cette porte, Rocky ? demanda Finn. Le chauffage n'est pas gratuit par ici ! »

Rocky sourit, visiblement charmé à la vue des ravissantes jeunes femmes qui passaient devant lui, chacune le remerciant de lui tenir la porte.

« Un vrai gentleman », ironisa Finn.

Comme la porte se refermait pour de bon, Rocky lui adressa un clin d'œil. « Tu ne peux pas m'en vouloir, Finn. C'est bientôt ce qui pour nous s'approchera le plus d'un rendez-vous galant.

– Parle pour toi, l'ancêtre. »

Rocky prit Finn par l'épaule et lui donna une bonne tape amicale.

« Sers-lui un verre aux frais de la maison », dit Finn à Clarissa qui officiait derrière le bar.

Rocky lui adressa un clin d'œil reconnaissant. « Les affaires marchent, on dirait. »

En effet, pensa Finn. Il avait ouvert son bar trente-cinq ans auparavant, alors qu'il n'avait que vingt-sept ans, avec un prêt garanti par ses parents. À l'époque, les habitants du West Village étaient des artistes, des marginaux, des hippies en quête d'une communauté, loin des quartiers plus chic et plus convenables de New York. Ce n'était pas tellement la contre-culture qui avait attiré Finn, mais plutôt les loyers raisonnables.

Il avait certifié à sa famille qu'un jour ce quartier connaîtrait le succès, mais jamais, dans ses rêves les plus fous, il n'aurait imaginé la vogue du sud de Manhattan au tournant du siècle. À présent, il en profitait doublement. Il avait toujours pour clients des habitués comme Rocky, avec dans le juke-box des disques de leur époque. Mais il servait aussi des cocktails tendance, des *cosmopolitans* et des *apple martinis*, proposait des quiz le jeudi, et des karaokés Bloody Mary le dimanche, pour attirer les jeunes qui trouvaient sympa de faire de temps en temps une apparition dans un bar traditionnel.

Tandis qu'il regardait Rocky s'installer à sa place habituelle à l'extrémité du bar et boire une longue gorgée de sa bière offerte par la maison, Finn se laissa aller à un moment de fierté à la pensée de sa réussite.

La neige commençait à s'épaissir lorsque Clarissa apparut près de son box avec un verre empli d'un liquide sombre. À la façon dont elle le tenait, il devait être brûlant.

« C'est ce que je crois ? demanda Finn.

– Ton préféré. »

Un de mes préférés, pensa Finn. Comme avec ses enfants, Finn ne voulait jamais admettre qu'il en aimait un plus que les autres, et pourtant il devait reconnaître que Clarissa était son employée favorite. D'après son certificat de naissance, elle avait vingt-six ans, mais il était convaincu que son âme était née en 1937. En plus, elle était experte en cocktails et concoctait des grogs à la noisette absolument divins.

Un rugissement se fit entendre dans l'arrière-salle, et Clarissa eut un regard irrité. « On a un paquet d'abrutis ce soir. Pas des plus commodes, si tu vois ce que je veux dire. Trop de testostérone sans doute. Sans vouloir t'offenser, naturellement.

– Naturellement, répéta-t-il en souriant.

– Un vantard est en train de fêter son vingt et unième anniversaire. Il revient de Vassar – université dont il est très fier – pour les vacances de Noël. Selon lui, un super job l'attend déjà à Wall Street. Avant l'âge de trente ans, il sera le boss de cette ville.

– Alors, à quand le mariage ? demanda Finn.

– Avec lui ? Jamais ! D'ailleurs, il s'intéresse à quelqu'un d'autre. Il cherche à emballer une des filles, là-bas, il lui a payé des verres toute la soirée.

– Dis-moi s'il dépasse les bornes. S'il a l'air de chercher la bagarre, j'aime autant le virer avant qu'il commence. »

Au moment où Clarissa retournait vers le bar, le volume sonore de l'arrière-salle bondit de plusieurs décibels, faisant sursauter Finn, qui faillit renverser son verre. Le lourd rideau rouge qui séparait la salle de la partie bar se gonfla comme sous l'effet d'un fort courant d'air, et deux hommes sortirent en titubant, s'empoignant l'un l'autre, au milieu d'un attroupement. Un grand type en veste de sport à la cravate dénouée cria : « Viens donc, le crack de Wall Street. Montre-nous ce que tu as dans le ventre. »

Ils se déplaçaient si vite que Finn ne distingua que la masse de cheveux noirs du plus grand, et les cheveux roux du plus petit. Une femme cria : « Jay, attention ! » au moment où le plus grand décochait un coup dans la mâchoire de l'autre.

« Hé, les gars ! », les apostropha Finn, sautant hors de son box, applaudissant des deux mains. Son établissement avait la réputation d'être un lieu cool, mais on n'est pas patron de bar depuis trente-cinq ans sans avoir appris comment mettre fin à une bagarre. *C'est juste deux gosses, deux étudiants,* se dit Finn. *Des amateurs. Je m'en occupe.*

Les deux garçons ne prêtèrent aucune attention à lui et continuèrent à se taper dessus, galvanisés par les encouragements de la foule. Finn plongea sur eux, cherchant à les séparer. Avant de s'en rendre compte, il se retrouva projeté dehors. Devant le bar, le trottoir commençait à devenir glissant. Un homme plus jeune à côté de lui perdit l'équilibre et tomba par terre au moment où le brun se précipitait sur le rouquin avec une sorte de grognement sauvage.

Finn inséra deux doigts dans sa bouche et émit un sifflement strident. « Ça suffit, les gars, ça suffit. Arrêtez, arrêtez tout de suite. »

Il se sentit poussé par-derrière et se trouva presque propulsé sur les combattants. *Dès qu'ils me verront et m'entendront*, se dit-il, *je pourrai les calmer. Je m'interposerai entre eux s'il le faut.*

Les yeux du rouquin s'écarquillèrent à la vue de Finn devant lui. Il ouvrit la bouche. *Ce n'est qu'un gosse*, pensa Finn. *Visiblement, il meurt de trouille, tout ce qu'il veut, c'est que ça se termine. Ça va aller...*

Soudain, le gosse baissa les yeux, et Finn suivit son regard, saisi d'une étrange sensation. Une douleur aiguë au milieu du ventre. La lumière du lampadaire au coin de la rue se reflétait sur la lame métallique, entre le sweat-shirt de Finn et le manche du couteau. Les doigts qui enserraient le manche étaient crispés en un poing serré. Finn vit la lame se retirer de son corps et inspira une longue bouffée d'air, comme un nageur qui émerge de l'eau. La bouffée d'air se changea en hurlement, au moment où le couteau plongeait à nouveau en lui.

Les genoux de Finn cédèrent sous lui, et il s'effondra sur le bitume. Sa tête heurta le trottoir que recouvraient les premiers flocons de l'hiver.

« Fiiinnn ! Oh non. Finn, non. Appelez une ambulance, on l'a poignardé. »

C'était Clarissa. La dernière vision de Finn fut celle de son employée préférée qui pressait en vain son tablier sur son sweat-shirt ensanglanté.

Les spectateurs n'étaient pas intervenus pendant la bagarre, mais la vue de cet homme que tout le monde appréciait gisant en sang sur le sol transforma radicalement leur humeur. Ils passèrent à l'action, immobilisant les deux protagonistes jusqu'à l'arrivée des secours.

L'ambulance fut là quelques minutes plus tard, mais Lou Finney fut déclaré mort sur place. Entre-temps, l'habitué du bar, le dénommé Rocky, avait trouvé un couteau à cran d'arrêt ouvert à quelques mètres du corps de Finn, jeté ou écarté d'un coup de pied par le tueur ou quelqu'un d'autre, intentionnellement ou non, dans la confusion qui avait suivi l'agression. Comme s'il voulait aider une dernière fois son ami, il resta à surveiller l'arme, s'assurant que personne n'y touchait jusqu'à l'arrivée de la police.

Les premiers policiers arrivés sur place apprirent que le garçon aux cheveux noirs s'appelait Darren Gunther, un étudiant de Vassar. C'était lui qui fêtait son vingt et unième anniversaire. Le rouquin s'appelait Jay Pratt, un agent immobilier de vingt-sept ans. Le lieutenant Leo Farley, étoile montante du département de la police de l'État de New York, était l'inspecteur chargé de l'affaire.

18

LAURIE REMARQUA que son père s'était levé et faisait les cent pas tandis qu'il retraçait l'histoire du procès de Darren Gunther, accusé du meurtre de Lou Finney, le propriétaire connu et apprécié de tous d'un bar du West Village. Un signe qui trahissait toujours son anxiété.

« C'était une bagarre dans un bar qui a dégénéré, expliqua Leo. Gunther était un étudiant charismatique, séduisant, possédant l'assurance du multimillionnaire qu'il était déterminé à devenir. Jay Pratt, en revanche, était un petit ringard – un gosse capricieux de l'East Side qui avait trouvé un job tout prêt dans l'affaire d'immobilier commercial de son père. Et Lou Finney ? Un brave type qui tentait d'empêcher deux jeunes excités de causer du scandale dans son établissement. Sa mort a porté un coup sérieux au quartier. La nouvelle s'est vite répandue. Dès le lendemain, tout le trottoir devant le bar était couvert de fleurs et de cartes de condoléances. »

Assis sur le canapé à côté de Laurie, les coudes sur les genoux, Alex se pencha en avant. « Je me souviens de cette affaire, dit-il. J'étais moi aussi étudiant à cette époque. Deux de mes amis étaient sortis boire un verre au Village ce soir-là, mais j'étais resté chez moi. Je devais réviser un dernier examen. Mes amis étaient en route pour aller chez Finn quand ils ont vu que la police était sur place et l'endroit interdit d'accès. Le lendemain, ils ont raconté qu'ils auraient pu se trouver sur les lieux au moment où la bagarre avait éclaté si la neige ne les avait pas retardés.

– Je m'en souviens aussi, dit Laurie à son tour. Je venais juste de rentrer à la maison pour les vacances de Noël, et je me rappelle que tu as parlé de cette affaire à maman le lendemain matin, quand tu es passé en coup de vent. Et le soir, tu avais les aveux de Gunther.

– Non, l'interrompit Leo en levant la main. Les choses n'ont pas été aussi simples que ça. Quand je suis rentré à la maison pour faire un break, j'avais la *première* version de ses aveux, mais je savais que Gunther ne disait pas tout – qu'il déguisait la vérité pour s'attirer la compassion du jury. C'est ma conversation avec ta mère ce matin-là qui m'a ouvert les yeux. Je suis retourné au commissariat et j'ai interrogé Gunther à nouveau. J'ai alors réussi à lui faire cracher le morceau. »

Les souvenirs revenaient plus clairement à Laurie. « Je me rappelle que tu as dit à maman que c'était elle qui avait résolu l'affaire. »

Le regard d'Alex passait de l'un à l'autre tel celui d'un spectateur suivant un match de tennis à Wimbledon, tandis qu'il essayait de déchiffrer la conversation.

« Voilà comment ça s'est passé, en fait, lui résuma Leo devant son regard interrogateur. Finn essayait de séparer les adversaires qui se battaient sur le trottoir, attirant davantage de spectateurs parmi les passants. La confusion était totale. Puis Finn s'est effondré sur le sol, poignardé à l'abdomen – à deux reprises, comme on l'a découvert. » Leo toucha un point juste au-dessus de sa ceinture pour désigner l'emplacement des blessures. « En réalité, personne n'avait vu l'auteur des coups, mais il était vraisemblable que c'était l'un des deux adversaires – Gunther ou Pratt.

– Chacun accusait l'autre », expliqua Laurie, tâchant d'accélérer le récit.

Elle savait son père capable de parler pendant une heure de cette affaire, surtout depuis que Darren Gunther s'était efforcé de présenter une version erronée des événements. Elle comprenait l'obsession de son père pour les faits, mais elle avait hâte de savoir comment ils pouvaient être liés à la disparition de Johnny.

« Quand je leur ai donné lecture de leurs droits pour la première fois – dans des locaux séparés, naturellement –, chacun a prétendu que c'était l'autre qui avait tenu le couteau. Et je n'avais aucun témoin. Gunther, Pratt et Finn avaient formé un groupe trop compact pour que quiconque ait pu clairement voir le déroulement de la scène. Au moment où Finn s'est écroulé, quelqu'un avait jeté le couteau sur le trottoir et, d'après son aspect, nous avons soupçonné que le manche en avait été rapidement essuyé pour faire disparaître les empreintes digitales. Nous avons trouvé des traces du sang de Finn sur les deux hommes, y compris sur leurs mains, mais dans ces circonstances cela ne signifiait pas grand-chose. Aussi ai-je attendu un peu et dit à Gunther que nous avions trouvé ses empreintes sur le couteau. Et, naturellement, j'ai dit la même chose à Pratt.

– Et quelles empreintes avez-vous réellement trouvées ?

– Aucune, répondit Leo. Mais il a fallu presque deux semaines au labo criminel pour l'affirmer avec certitude. Cependant, ce soir-là, je leur ai raconté à chacun que celui qui avait essuyé le couteau avait omis de le nettoyer complètement et que nous avions trouvé deux empreintes restantes que nous avions pu analyser. Je leur ai expliqué que les empreintes étaient composées de courbes, de boucles et d'arcs. Je leur ai dit que nous avions treize points de concordance sur l'une et vingt sur l'autre. Un vrai cours de médecine légale ! J'avais même apporté le genre de tableaux qu'un expert présente aux jurés durant un procès pour qu'ils puissent constater par eux-mêmes les similarités –, mais il s'agissait de documents d'une autre affaire.

– Il n'y a rien de répréhensible là-dedans, fit remarquer Alex. Même du temps où j'étais avocat de la défense, je savais que la police était autorisée à utiliser la ruse durant un interrogatoire.

– Tout à fait, dit Leo. Tant que les déclarations du prévenu sont spontanées – ce qui était le cas. Pratt s'est montré particulièrement hostile. Il m'a dit d'apporter une bible ou un détecteur de mensonge pour qu'il jure qu'il n'avait jamais touché au couteau. Il prétendait que le labo devait avoir échangé sa carte d'empreintes avec celle de Gunther. Mais il en a été autrement pour Gunther. Je voyais qu'il tournait et retournait les choses dans sa tête. Subitement, il a complètement modifié son histoire. Il a prétendu que c'était *Finn* qui avait tenu le couteau le premier, disant qu'il les en avait menacés quand ils avaient déclenché la bagarre. Il a ajouté qu'il essayait de le lui arracher quand quelqu'un avait poussé Finn dans sa direction.

– Deux fois ? demanda Alex, incrédule. Il aurait poignardé cet homme deux fois accidentellement ? »

Leo secoua la tête. « Évidemment non. C'est pourquoi j'ai dit que c'était la *première* version de ses aveux. Je savais qu'ils étaient bidon. Et Gunther avait un air tellement sûr de lui, souriant presque en sortant de la pièce, me mettant au défi de le contredire. Vous avez vu ses interviews par des présentateurs de télévision ? Ils étaient subjugués. Jamais il n'accepterait de rencontrer un professionnel ayant une véritable expérience du journalisme ou du droit criminel. Il se promène uniquement dans le milieu du show-biz. C'est un type plein d'arrogance, comme autrefois.

– Dans un portrait que j'ai lu dans *Vanity Fair*, on disait de lui qu'il avait un charme désarmant, se souvint Laurie.

– Et il le sait, dit Leo. Du charme et une grande intelligence, c'est ce qui lui a permis de devenir boursier, d'entrer au collège et ensuite à Vassar.

– Bon, cela l'a aussi probablement aidé à prétendre qu'il était orphelin », dit Laurie.

Dans les jours précédant le procès de Gunther, Leo et la police avaient en effet découvert une réalité plus sombre derrière cette apparence séduisante. Malgré un caractère anxieux, l'homme savait manipuler les gens pour s'introduire dans la haute société, voler ses nouveaux hôtes une fois reçu chez eux, et leur dissimuler son passé. Ses professeurs du lycée et de l'université croyaient qu'il était orphelin, que ses parents avaient péri dans l'accident de leur avion privé, mais il s'avéra en réalité que sa mère était célibataire, femme de ménage dans une maison de Forest Hills, et se portait à merveille.

Mais Leo ne savait rien de tout cela le soir du meurtre. C'était la mère de Laurie qui l'avait poussé à réorienter son interrogatoire quand il était revenu brièvement chez lui le matin qui avait suivi le drame.

« Eileen avait toujours eu une telle intuition », dit-il, sa voix se voilant au souvenir de sa femme. « Je considérais Gunther et Pratt comme deux jeunes bagarreurs excités par l'alcool. Mais elle a tout de suite voulu savoir quel était l'objet de la dispute. Gunther n'avait jamais donné sa version de l'histoire, mais Pratt a dit qu'elle avait éclaté parce qu'il avait payé un verre à une fille qu'il avait connue à l'université. Eileen a entendu ça et... *boum !* Elle a compris. Elle a dit : "C'est ça ! Je t'assure, c'est parce que Gunther ne voulait pas que cette fille lui échappe. Il ne voulait pas qu'elle parle à un autre homme." Et c'était bien ça. J'ai retrouvé une barmaid de chez Finn, Clarissa DeSanto. Elle m'a dit que Gunther avait flashé toute la soirée sur une cliente – probablement de deux ou trois ans de plus que lui, habillée d'un jean et d'un pull, mais avec des diamants de deux carats aux doigts et un paquet de bracelets Cartier aux poignets.

– D'un autre milieu que Gunther ? demanda Alex.

– C'était l'impression de Clarissa, aussi ai-je suivi cette piste. Je suis parvenu à identifier la fille grâce au débit de la carte de crédit d'une de ses amies. Elle s'appelait Jane Holloway. Pratt et elle étaient ensemble au lycée. Elle a dit que Gunther avait essayé de la draguer toute la soirée. Elle a été flattée au début, mais ensuite son amie et elle se sont moquées de lui dans son dos, disant qu'il était le prochain Loup de Wall Street, ce genre de choses. Elle a fini par lui mentir, lui dire qu'elle était fiancée, et lui demander de la laisser tranquille. Puis, quand Pratt est arrivé, Gunther a dit quelque chose comme : *Vous devez être l'heureux élu. Votre fiancée m'a parlé toute la soirée.* À ce moment-là, il a été évident qu'il n'y avait pas de fiançailles en vue. Jane l'avait complètement ridiculisé.

– Donc, tout cela tournait autour de son malheureux ego, dit Alex.

– Absolument, ou du moins, c'était *ma* théorie. J'ai ramené Gunther dans la salle d'interrogatoire, ne cachant pas, cette fois, que je savais à quel point il était peu sûr de lui. À quel point il avait dû se sentir *rejeté*. Il avait passé tout son anniversaire à tenter d'attirer l'attention d'une femme qui ne lui accorderait jamais de rendez-vous. Jane n'avait fait que se moquer de lui. Quand il s'est rendu compte que *je l'avais percé à jour* – que je pouvais voir qui il était *vraiment* –, il a fini par passer aux aveux et, cette fois, il a dit la vérité. Il a couvert d'injures, que je ne saurais répéter, la fille et ses amis et avoué qu'il avait poignardé Finn dans un accès de rage.

– Tout ça parce qu'une femme l'avait repoussé, dit Laurie.

– Cela arrive trop souvent, malheureusement, dit Leo. Au moment du procès, Gunther a nié avoir jamais fait ces aveux. Il a déclaré au jury que j'en avais inventé chaque mot, prétendant, une fois de plus, qu'il n'avait jamais vu le couteau et qu'il ignorait totalement qui avait pu poignarder Lou Finney. Il a ajouté que quelqu'un d'autre dans l'assistance devait l'avoir fait.

– Et tu penses vraiment que Gunther peut être mêlé à la disparition de Johnny ?

– Contrôler son destin, voilà ce qui l'a toujours fait avancer, dit Leo. D'abord, il voulait être le jeune et formidable financier promis à un brillant avenir. Maintenant, il veut être le brillant écrivain injustement accusé par la police. Et devinez qui est le mauvais génie dans toute cette histoire – l'homme à abattre s'il veut que son histoire tienne ? » Leo leva la main. « Ne cherchez pas plus loin. Gunther espérait probablement que je me trouvais aujourd'hui à six pieds sous terre ou que je finissais mes jours en me dorant la pilule sur une plage, sans me soucier le moins du monde d'une affaire aussi ancienne. Mais ce n'est pas mon genre. J'ai lutté contre lui sans lâcher prise une seconde. À moins que j'admette avoir inventé de toutes pièces ces aveux, le procureur ne va pas classer l'affaire. »

Laurie ferma les yeux et tenta d'imaginer Darren Gunther organisant depuis sa prison l'enlèvement d'un enfant pour pouvoir influencer l'inspecteur de police qui l'empêchait de recouvrer la liberté. Se servir d'un enfant innocent comme d'un gage aurait été l'œuvre d'un sociopathe. Mais Gunther pouvait être charmant et rusé. Il avait des contacts à l'extérieur de la prison qui auraient pu l'aider à obtenir ce qu'il considérait comme une justice à long terme.

Toutefois, comment Gunther aurait-il pu faire le lien entre le flic qu'il méprisait et un enfant né presque dix ans après qu'il avait été emprisonné ? En un éclair, Laurie se souvint tout à coup d'un article encadré qui était accroché au mur de son bureau.

« Papa, le *New York Magazine* a publié l'année dernière un portrait de toi, quand tu as réintégré le NYPD pour faire partie du département du contre-terrorisme, dit-elle. Le journaliste avait inclus un tas de détails, expliquant comment tu avais quitté le NYPD pour m'aider à m'occuper de Timmy après la mort de Greg. Souviens-toi à quel point j'ai été contrariée quand ils ont sorti cette photo de nous trois prise au match des Yankees. »

Laurie, Timmy et Leo avaient été invités dans la loge du maire. Laurie avait essayé d'être vigilante et de protéger au maximum Timmy des regards du public, mais apparemment le photographe du match avait pris une photo d'eux et l'avait téléchargée dans une banque d'images mise à la disposition de la presse. Plutôt que d'utiliser le portrait officiel fourni par Leo au magazine, les rédacteurs avaient déniché en ligne ce vieux cliché de famille.

Alex suivait la logique du raisonnement de Laurie. « Cette photo prise à l'occasion du match date d'environ deux ans. »

À l'époque où Timmy était tout le portrait de Johnny aujourd'hui, pensa Laurie.

« Nous devrions en parler à Marcy et Andrew avant toute chose, dit-elle.

– Ils sont sans doute encore dans ma chambre. Ils ont sûrement annoncé la nouvelle aux jumelles à présent, dit Alex. Allons les rejoindre. »

19

En sentant la voiture ralentir et effectuer de nombreux virages, Johnny comprit qu'ils avaient quitté la route principale. Les minces rais de lumière qui s'étaient frayé un chemin jusqu'à l'intérieur du coffre avaient été remplacés par la faible lueur émanant des feux arrière.

Encore un virage, suivi par des *bang, bang, bang* au-dessous de lui, comme s'ils roulaient sur des pierres ou du gravier. Puis la voiture s'arrêta.

Cent un, cent deux...

Il se mit à compter, comme il l'avait fait chaque fois que la voiture s'était arrêtée. Cent dix-sept était le chiffre le plus élevé qu'il ait atteint jusqu'à présent. C'était la fois où l'homme était sorti de la voiture, lui avait parlé et donné une canette de *ginger ale*. Depuis, chaque arrêt avait été une fausse alerte. Probablement des panneaux Stop ou des feux de circulation, se dit Johnny. S'arrêtaient-ils pour de bon, et l'homme allait-il revenir le chercher ?

Cent huit, cent neuf…

Il entendit un bourdonnement sourd quelque part à l'extérieur de la voiture. Pas le bruit que ferait un oiseau ou un animal. Plutôt un genre de machine.

Le bruit s'arrêta quand il eut compté jusqu'à cent quinze, et la voiture se remit à avancer. Il sentit qu'elle passait sur une petite bosse, puis la surface sous les pneus redevint lisse. Plus de pierres ni de gravier.

Un nouvel arrêt.

Mille un, mille deux…

L'homme coupa le contact. C'était la première fois que cela arrivait depuis qu'il lui avait donné à boire. Il retint son souffle, terrifié à l'idée de ce qui pouvait lui arriver.

Le grondement mécanique reprit. Plus fort.

Dès qu'il cessa, Johnny entendit la voix de son ravisseur : « Pas un bruit, tu m'entends ? »

Johnny ouvrit la bouche pour promettre à l'homme qu'il se tairait, puis il se reprit. Parler risquait de le mettre en colère.

Il entendit le léger déclic de l'ouverture du coffre. L'homme penché vers lui le regardait par la fente.

« *Chuuuut*, petit. Silence. »

La voix n'était qu'un murmure, mais c'était le son le plus effrayant que Johnny ait jamais entendu. Il fallait qu'il descende de la voiture s'il ne voulait pas mouiller son pantalon. Il n'osait pas penser à la réaction de l'homme si ça se produisait.

Comme le couvercle du coffre se relevait lentement, Johnny vit qu'ils étaient à l'intérieur d'un garage pour deux voitures. Il y avait assez de place pour la voiture dans laquelle ils étaient arrivés, mais le reste de l'espace était occupé par une foule d'objets et de meubles en désordre. Une bicyclette posée sur un vieux canapé à côté d'une tondeuse à gazon. Des cartons empilés un peu partout. Un vrai capharnaüm.

« OK, tu peux t'asseoir maintenant », dit l'homme.

Johnny suivit ses ordres mais sans précipitation, craignant de l'inquiéter. Il ne pouvait détacher les yeux du pistolet passé dans sa ceinture.

« Je pense que tu as envie de sortir de ce truc, hein ? »

Essaie-t-il de me jouer un tour ? se demanda Johnny. Il ne voulait pas lui donner l'impression de se plaindre. L'inconnu le fixait, méfiant. Johnny hocha lentement la tête, espérant avoir choisi la bonne réponse.

« Nous allons entrer dans cette maison maintenant, déclara l'homme. Mais tu dois m'obéir sans discuter. »

Johnny hocha à nouveau la tête.

« Une première chose. Pas de cris, pas d'agitation intempestive, et n'essaie pas de te sauver. »

Johnny fit signe qu'il avait compris, même s'il n'avait aucune envie d'entrer dans cette maison qu'il ne connaissait pas. Il n'avait jamais pénétré dans une maison inconnue à moins d'être accompagné par ses parents. Il essaya de les imaginer en ce moment à la fête d'anniversaire de l'oncle Alex, mais cela lui paraissait irréel qu'ils soient tous là-bas, dans le monde réel, pendant qu'il était ici, seul avec cet homme.

« Et il va falloir que je te coupe un peu les cheveux. » Le ravisseur fit mine de manier des ciseaux au-dessus de sa propre tête.

La pensée de cet homme en train de lui couper les cheveux fit frissonner Johnny, mais il se força à avaler sa salive et hocha de nouveau la tête.

« Et il va falloir que tu changes de nom. Tu t'appelles Danny maintenant. N'oublie pas. C'est Danny à partir d'aujourd'hui. Tu ferais bien de t'y habituer. »

M'y habituer ? pensa Johnny, effrayé. *Combien de temps va-t-il me garder ici ? Je veux rentrer à la maison.*

20

LE SERVEUR de l'hôtel-restaurant venait de débarrasser la table quand le portable de Marcy vibra. *Pitié, faites que ce soit une bonne nouvelle.* Elle voulait y croire ; un jour, ils recevraient un message : Johnny s'était simplement perdu sur la plage et attendait qu'ils viennent le chercher dans la maison de la famille bienveillante à laquelle il avait demandé de l'aide.

Au lieu de quoi, c'était un nouveau message de Laurie : *Nous t'attendons dans la chambre d'Alex. Où es-tu ?*

Marcy répondit : *En train de dîner au restaurant de l'hôtel.*

Comment peux-tu aller dîner alors que ton fils a disparu ? semblèrent lui crier les lettres de son texto. Quelle sorte de femme se comporte de cette façon ?

C'était son mari, Andrew, qui avait pris la décision. Il l'avait prise à part et forcée à lire le dépliant que l'inspectrice Langland leur avait donné. C'était une publication du Centre national pour les enfants disparus et exploités. Le titre seul – *Un enfant a disparu* – avait amené une nouvelle vague de nausées. Elle se força à revenir à la réalité : c'était vraiment arrivé. Johnny avait… disparu.

Mais Johnny n'était pas leur seul enfant. Ils avaient aussi Emily et Chloe à protéger. Elle ne voulait pas que les filles apprennent la nouvelle par quelqu'un d'autre. Voilà où la brochure se révélait utile, avec un chapitre spécialement consacré aux besoins des frères et sœurs d'un enfant disparu. Après avoir lu la documentation, Marcy et Andrew décidèrent que le mieux était de dire aux filles tout ce qu'ils savaient, puis de les rassurer et de les protéger en évitant de les perturber dans leurs habitudes.

C'est donc ce qu'ils faisaient tous les quatre, ils finissaient un repas qu'elle s'était forcée à avaler, parce que, selon la brochure, il était important pour les enfants de voir leurs parents prendre soin d'eux-mêmes. Elle mit de côté son sentiment de culpabilité et envoya sa réponse à Laurie. Laurie était mère, elle aussi. Elle comprendrait que Marcy et Andrew devaient s'occuper des jumelles, en dépit de la terreur provoquée par la disparition de Johnny.

Marcy parvint à esquisser un sourire en entendant Emily et Chloe discuter de ce que Johnny choisirait sur la carte quand il serait de retour à l'hôtel. Elle se dit que c'était le signe que les filles acceptaient son « absence temporaire », selon l'expression de la brochure.

Je vous en supplie, mon Dieu, faites que ce soit vraiment temporaire.

Son téléphone vibra encore tandis que l'addition arrivait. Laurie à nouveau : *Mon père a une théorie qu'il voudrait partager avec toi et Andrew. Je crois que je pourrais être utile. Alex gardera un œil sur les filles pendant que nous discutons.*

Marcy avait toujours été du genre à lire la notice de montage d'un appareil du début à la fin avant d'y toucher. Andrew, au contraire, déballait toutes les pièces et commençait à les assembler, ne s'arrêtant pour jeter un coup d'œil aux instructions que s'il tombait sur une difficulté.

Cette différence apparut clairement quand Leo exposa sa théorie selon laquelle un meurtrier du nom de Darren Gunther avait orchestré le kidnapping de leur fils en croyant, à tort, qu'il était celui de Laurie. Leo était presque certain que Gunther avait lu un article de magazine qui soulignait son lien étroit avec son petit-fils. Leo était convaincu que Gunther avait l'intention de se servir de l'enfant pour le forcer à admettre – à tort aussi – qu'il avait créé de toutes pièces la confession qui avait envoyé Gunther en prison à vie.

Andrew l'interrompit :

« Comment aurait-il pu kidnapper notre fils puisqu'il est derrière les barreaux ?

– Gunther a acquis une sorte de célébrité, expliqua Leo. Il arrive parfois que certains prisonniers attirent des supporters – qu'on pourrait même qualifier de groupies.

Et Gunther est extrêmement charismatique. Je l'imagine sans mal persuadant un quidam un peu simple d'esprit de l'aider à l'extérieur.

– S'il a l'intention de vous manipuler, pourquoi n'en avez-vous pas encore entendu parler ?

– Il est derrière les barreaux. Si c'est lui qui organise le coup, cela peut lui prendre un moment avant de pouvoir communiquer avec le kidnappeur et planifier la prochaine étape. »

Calmement assise à côté d'Andrew sur le canapé, Marcy absorbait en silence chaque bribe d'information. Égale à elle-même, elle écoutait avant de poser des questions.

« Si vous avez raison, continua Andrew, alors que se passera-t-il quand ils s'apercevront qu'ils se sont trompés de gamin ? Pourraient-ils être pris de panique et… »

Cette éventualité glaça Marcy, mais elle ne dit rien.

Quand Leo eut fini de développer sa théorie et que son mari eut posé toutes ses questions, elle prit la parole : « Comment ou quand saurons-nous si vous êtes sur la bonne piste ? »

Leo secoua tristement la tête. « J'aimerais pouvoir vous le dire, Marcy. Nous ne le saurons que si quelqu'un de mèche avec Gunther essaie de nous joindre à propos de Johnny. Cela fait dix-huit ans que Darren Gunther me reproche de l'avoir envoyé en prison, et il n'est pas du genre à respecter les règles. J'essaie d'imaginer quand et où il va monter son coup et retourner la situation en sa faveur. Et maintenant votre fils a disparu. Est-ce une coïncidence ? Peut-être. Mais ce n'est qu'une hypothèse. »

Ces mots n'apportèrent aucun réconfort à Marcy.

« Laurie, tu pensais pouvoir nous aider ?

– Peut-être. À mon avis, Gunther méprise la police mais a un besoin maladif d'attirer l'attention. Il n'en a que pour les médias et la célébrité. Et il y a mon émission. Cela fait des semaines que mon père me pousse à choisir l'affaire Gunther pour *Suspicion*, mais je craignais un éventuel conflit d'intérêts. »

Leo fit mine d'interrompre Laurie, mais elle l'arrêta. « Qu'on y *perçoive* un conflit d'intérêts, insista-t-elle. S'il existe la moindre chance que Gunther ait quelque chose à voir avec la disparition de Johnny, j'utiliserai mon émission pour l'approcher, lui et ceux qu'il connaît en dehors de la prison. Et dans ce cadre, je n'ai pas besoin de lui lire ses droits, de respecter des ordonnances du tribunal ou ce genre de chose. Ce n'est pas pour rien si nous avons pu déterrer des preuves que la police a ratées pendant des années dans certaines affaires. »

Marcy sentit la main d'Andrew serrer la sienne. « Qu'est-ce que tu en penses, chérie ? » demanda-t-il.

Elle ouvrit la bouche, mais aucun son n'en sortit.

Laurie lui adressa un petit sourire. « Cela fait beaucoup d'informations à la fois.

– Si nous acceptons, que ferais-tu en premier ? demanda-t-elle.

– La priorité serait de mettre mon boss au courant, mais je sais qu'il dira oui. Ensuite, je contacterais l'avocat de Gunther pour qu'il le pousse à accepter une interview dans mon émission. »

Marcy hocha la tête, laissant l'information s'ajouter aux autres faits. « Et y a-t-il quelque chose que tu pourrais faire tout de suite, ou…

– Non, dit Laurie. D'abord, je vais appeler l'avocat dans la matinée. Ça prendra un moment pour avoir une réponse. Mais une fois que ce sera réglé, nous commencerons l'interrogatoire dans les plus brefs délais.

– Donc, on a le temps d'y réfléchir un moment, d'après ce que tu dis. »

Marcy se leva du canapé, sans trop savoir vers où porter ses pas.

« Absolument, dit Laurie d'un ton calme. C'est juste que…

– Que Johnny a disparu, fit Marcy. Crois-moi, je n'ai pas besoin qu'on me le rappelle. » Tournant les yeux vers Andrew, elle dit : « Nous te donnerons notre réponse demain matin. »

Andrew tendit la main vers elle. « Ça va ? » murmura-t-il.

Elle lui lança un regard vide. « Si ça va ? » Elle ne reconnut pas sa voix quand elle répondit enfin : « Tu te souviens de ce que l'on dit dans la brochure, que l'anéantissement d'un parent qui apprend la disparition d'un enfant peut provoquer un traumatisme physique ? »

La dernière chose que Marcy entendit avant de s'effondrer fut le cri de son mari.

Quand elle se réveilla, elle était couchée. La pièce était plongée dans le noir, mais elle était consciente d'une chose : que la main qui tenait la sienne était celle d'Andrew.

Où suis-je ?

Elle avait l'impression d'avoir dormi pendant des années. Elle avait rêvé qu'elle aidait Johnny à faire les travaux pratiques de son cours de sciences. Il avait construit une pile à partir de nickels et de pennies, de papier d'aluminium, de papier-toilette, de sel et de vinaigre. Son sourire s'étirait d'une oreille à l'autre quand il réussit à allumer une ampoule de 100 watts avec son invention. « Maman, si on en fait assez, on pourra éclairer toute la maison ! »

Johnny !

Elle se redressa brusquement, pleinement consciente, le cœur battant à se rompre. Elle était recroquevillée dans le lit, en pyjama, mais à côté d'elle, Andrew était couché sur la couette, tout habillé.

Il se pencha vers elle et la serra dans ses bras, cherchant à la réconforter.

Elle regarda le réveil sur la table de nuit. Minuit dix.

« Qu'est-il arrivé ? demanda-t-elle.

– Tu t'es évanouie. Tu ne te souviens pas ? »

De quoi ?

Elle se souvenait d'Alex venant dans le salon de leur suite avec une inconnue, une cliente de l'hôtel qui se trouvait être médecin. Marcy avait répondu à toutes ses questions : son nom, l'année, le nom du président actuel. Elle se souvenait d'avoir enfilé son pyjama et d'avoir rangé soigneusement les vêtements qu'elle avait portés ce jour-là dans sa valise, comme elle le faisait toujours pour expédier la corvée de refaire celle-ci à la fin d'un voyage.

« Je me rappelle à peu près tout, en fait, dit-elle. Mais j'ai l'impression que quelqu'un d'autre que moi était aux commandes quand j'agissais. C'est dingue, non ? »

Andrew l'embrassa doucement sur le front. « Pas du tout. J'ai passé toute la journée dans un état d'hébétude. Chacun réagit au stress à sa façon. Tâche de dormir encore un peu…

– Les filles…

– Elles se sont déjà endormies. Je ne crois pas qu'elles aient encore vraiment compris. »

Un des avantages de la jeunesse. « Nous devrions tous avoir cette chance. » Elle se recoucha, la tête dans l'oreiller.

Ils restèrent ainsi, au lit dans le noir, respirant dans le silence et se tenant par la main.

« Andrew ?

– Oui ?

– Dans la brochure, il est dit que certains parents s'éloignent quand un enfant disparaît. Qu'ils… »

Il se tourna sur le côté et posa doucement une main sur sa joue. Marcy distinguait assez son visage pour voir qu'il pleurait. « Ça ne nous arrivera jamais. Tu entends ? *Jamais.* »

Elle tendit la main et essuya ses larmes. Quelques minutes plus tard, Andrew respirait profondément. Il s'était endormi.

Elle chercha en tâtonnant son portable sur la table de nuit. Aucun nouveau message.

Elle sélectionna le numéro de téléphone de l'inspectrice Langland et écrivit un texto. *Je vous en prie, rappelez-moi dès que possible. Il y a quelque chose dont je dois vous parler.*

Elle reposa le téléphone et le reprit, précisant : *Je suis Marcy Buckley. C'est à propos d'un dénommé Darren Gunther.*

Elle ferma les yeux et essaya, en vain, de se rendormir.

Où que tu sois, Johnny, essaie de dormir et n'aie pas peur. Nous allons te retrouver. Je te le promets.

21

En sortant de la chambre, l'homme bascula l'interrupteur près de la porte, plongeant la pièce dans le noir.

« Excusez-moi, dit Johnny au moment où il s'apprêtait à refermer la porte derrière lui, mais j'ai peur du noir. Mes parents laissent toujours une lampe allumée quand je m'endors. »

Il sentit que l'homme le scrutait pour en savoir davantage. Devinait-il que Johnny lui racontait un bobard ?

Johnny avait cessé de réclamer une veilleuse quand il était entré en primaire, mais c'était lorsqu'il se trouvait chez lui – dans sa *vraie* maison, avec maman, papa, Chloe et Emily et leurs deux chats, Sel et Poivre. À la maison, où il se sentait en sécurité. Il n'avait pas envie d'être dans une pièce sombre avec celui qui l'avait amené ici. Il ne voulait pas être dans cette maison.

Il eut peur que l'homme le gronde. Qu'il s'aperçoive d'une façon ou d'une autre qu'il mentait et qu'il le punisse. Ou qu'il le réprimande à nouveau, comme il l'avait fait quand Johnny avait dit « Euh » plus tôt dans la voiture. Si son ravisseur pensait qu'il était *assez grand pour dire oui ou non correctement*, il penserait probablement qu'il était aussi trop grand pour avoir peur du noir.

Mais l'homme le surprit en éteignant de nouveau la lumière avant de quitter la pièce et d'y revenir avec une de ces petites veilleuses qu'on branche directement dans une prise. Johnny remarqua que le couvercle de la veilleuse avait la forme d'un ange.

« C'est assez éclairé comme ça, Danny ? » lui demanda-t-il en éteignant le plafonnier. Je ne veux pas que la pièce reste éclairée toute la nuit et que ça t'empêche de dormir. Tu as sans doute besoin de te reposer après ce voyage en voiture. »

Johnny ne dit rien et la voix de l'homme s'adoucit : « Pas très confortable ce voyage, hein, Danny ? »

Johnny se retint pour ne pas crier. *Arrêtez de m'appeler Danny ! Ce n'est pas mon nom !* Au lieu de quoi, il se contenta de hausser les épaules. L'homme resta là à le regarder, semblant attendre une réponse différente.

« C'est assez éclairé », dit Johnny.

L'homme continua de le regarder.

« Merci », dit Johnny.

L'homme sourit légèrement, visiblement satisfait. « Il n'y a pas de toilettes ici, comme tu peux l'avoir constaté. Est-ce que tu as besoin d'y aller avant de dormir ?

– Non, merci.

– Tu pourras tenir toute la nuit ?

– Je n'ai plus de problèmes. »

Un autre sourire satisfait. « Bien sûr. Tu es un bon garçon, Danny. »

Puis il partit. Johnny entendit un bruit de verrou.

Maintenant qu'il était enfermé dans la pièce, tout seul, il pouvait à peine se représenter l'endroit à la faible lumière de la veilleuse.

Il remonta ses genoux contre sa poitrine et les entoura de ses bras, s'appuyant si fort contre les barreaux de bois de la tête de lit qu'ils lui rentrèrent dans le dos, comme s'il voulait disparaître dans le mur, aussi loin que possible de la porte. Il tira sur ses cheveux. Ils étaient si courts à présent. Il frissonna au souvenir de l'homme si près de lui qui les lui coupait avec ses ciseaux brillants.

Il n'avait pas vu grand-chose du reste de la maison – seulement la cuisine, pendant qu'on lui coupait les cheveux, et les toilettes au bout du couloir. Mais ce qu'il avait pu distinguer pendant que l'homme le conduisait d'un endroit à un autre était presque aussi sale que le garage.

Pas cette pièce cependant. Elle était propre. Non, elle était plus que « propre », du moins d'après les règles de ses parents concernant le rangement. À la maison, pour que votre chambre soit jugée impeccable, il fallait faire son lit, ranger ses jouets et tout remettre en place dans les tiroirs, les boîtes et sur les étagères.

Cette pièce-là était… vide. Et désolée. Il y avait le lit sur lequel il était assis et une commode près de la fenêtre. C'était tout.

Johnny lâcha ses genoux et passa ses jambes par-dessus le bord du lit. En essayant de se faire le plus léger possible, il posa les pieds par terre et se dirigea vers le meuble. La commode était en bois légèrement teinté, et les poignées étaient toutes de couleurs différentes – rouge, jaune, vert. Comment le méchant homme qui l'avait amené ici pouvait-il être propriétaire d'un si joli meuble ?

Il tira le tiroir du haut tout doucement. Il s'ouvrit facilement. À l'intérieur, il y avait des piles de T-shirts parfaitement pliés. Il craignit de les toucher, mais ils avaient l'air de vêtements à sa taille. À la taille d'un petit garçon. D'un petit garçon comme lui.

BAM !

Johnny sursauta et referma machinalement le tiroir. Le bruit provenait de quelque part dans la maison. En haut des escaliers ? Dans le couloir ? Il n'aurait su le dire. C'était comme un fracas. Très très fort. Comme quelque chose qui s'écrase par terre.

Il entendit la voix de l'homme crier un de ces vilains mots que M. Norton, leur voisin, ne devait pas dire devant

Johnny et ses sœurs. Cette voix semblait en colère et menaçante.

Johnny regagna précipitamment le lit, se glissa sous les couvertures et pressa de toutes ses forces ses mains sur ses yeux. *Ce n'est pas moi.* Il ne prononça pas les mots tout haut, mais dans sa tête. *Pitié, ce n'est pas ma faute. J'essaie de dormir, comme vous me l'avez ordonné.*

Il resta couché en silence, priant pour que l'homme ne revienne pas dans la pièce. Les minutes passèrent, puis Johnny entendit ce qui ressemblait à des pas sur le plancher au-dessus de lui. Et à nouveau la voix, mais cette fois plus basse et plus calme. Il n'y avait plus de bruit. C'était passé.

Johnny se demanda ce que ses parents, Chloe et Emily faisaient en ce moment. *Essayez de dormir, maman et papa.* Peut-être qu'ils rêveraient tous les uns des autres et que cela ferait comme s'ils étaient vraiment ensemble.

Johnny pensa qu'il s'était endormi et qu'il rêvait quand il entendit soudain un bruit nouveau et différent au-dessus de lui. Une voix, mais plus gentille. Plus aiguë.

Maman ?

Non, il était encore dans cette affreuse maison. Il était totalement éveillé, et la voix était réelle, et elle ne ressemblait pas du tout à celle de l'homme qui l'avait amené ici.

Il y a quelqu'un d'autre en haut, pensa-t-il. *Et c'est une dame.*

Jeudi 16 juillet
Deuxième jour

22

LAURIE SOURIT en sentant Alex repousser une mèche folle derrière son oreille et déposer un baiser sur sa joue. « Nous devrions peut-être nous marier ici, sur la plage, pendant que le soleil se lève, juste comme maintenant », dit-elle.

L'aube pointait, il était à peine cinq heures et demie, et ils avaient la mer pour eux tout seuls. Timothy ne se réveillerait pas avant deux heures et ils étaient allés en douce sur la plage pour profiter d'un moment de calme ensemble.

« J'ai promis de t'épouser au moment et à l'endroit où tu le souhaites. Un mot de toi et nous annulons tous les plans pour dimanche.

– Il faudrait tout annuler de toute façon, tu ne crois pas ? »

Elle s'en voulait de penser à leur mariage alors que Johnny n'était pas là, mais à un moment donné, ils allaient devoir prévenir l'église, les invités, le restaurant, le fleuriste, l'orchestre… elle était certaine d'en oublier. Même modeste, leur réception ne s'annulerait pas toute seule.

« Andrew et Marcy vont être effondrés », dit Alex.

Laurie se souvint de la nuit qui avait suivi la mort de Greg. Elle était restée au lit, seule, se rendant compte qu'elle ne dormirait plus jamais sous le même toit que lui. S'ils annulaient le mariage maintenant, cela reviendrait à admettre qu'ils ne croyaient pas que Johnny serait de retour dimanche, ce qui pouvait signifier qu'il ne reviendrait jamais.

« Tu as raison. Nous devons garder confiance. Avec de la chance, on le retrouvera avant même que Marcy et Andrew se réveillent.

– Et le monde continue de tourner, dit Alex. Anthony m'a envoyé un texto à quatre heures ce matin. Je t'assure, ce type travaille vingt-quatre heures sur vingt-quatre. Il dit que l'entrepreneur a installé le plan de travail de la salle de bains principale dans la cuisine et celui de la cuisine dans la salle de bains. Il pense que ça peut marcher, mais il a prévenu l'entrepreneur qu'il devrait tout refaire si ça ne nous plaisait pas. »

Anthony était le décorateur qui surveillait les travaux de rénovation de l'appartement qu'ils avaient acheté deux mois plus tôt dans l'Upper East Side. En théorie, il était neuf, « il ne reste plus qu'à poser vos meubles », s'était plu à leur dire l'agent immobilier. Mais après que Laurie avait été suivie et menacée par un assaillant armé d'un pistolet le jour où elle l'avait visité, ils avaient dit en plaisantant que quelques modifications décoratives seraient peut-être justifiées pour chasser les esprits maléfiques de l'appartement.

« Si Anthony dit que c'est bien, je suis sûre que c'est épatant. C'est un perfectionniste. »

Anthony leur avait été chaudement recommandé par Ramon, qui s'était lié d'amitié avec les parents d'Anthony aux Philippines avant qu'ils ne viennent tous s'installer aux États-Unis, trente ans auparavant. Ramon avait connu Anthony enfant, mais aujourd'hui Anthony Abad San Juan était devenu l'un des décorateurs les plus en vue de New York.

« D'après Ramon, Kara hésite à rester, étant donné la situation, dit Alex. Elle, Ashley et le surveillant de la plage sont complètement bouleversés. Ils se sentent affreusement coupables. Ils ont passé toute la nuit à arpenter la plage et à distribuer des affichettes.

– Je sais que Marcy et Andrew ne leur reprochent rien, mais je comprends que Kara ne soit pas à son aise dans ces circonstances. »

Charlotte, l'amie de Laurie, abattue et impuissante devant la disparition de Johnny, avait offert de les aider dans la mesure de ses moyens. Mais Kara et son amie se sentaient personnellement responsables.

« Je me disais que Ramon pouvait louer une voiture pour la reconduire chez elle aujourd'hui et rester en ville pour l'aider s'il arrivait quelque chose pendant que nous sommes encore ici. Il surveillerait la pose du carrelage par la même occasion.

– Et d'entre nous, c'est lui le plus concerné par la cuisine, il y passera pas mal de temps ! dit Laurie avec un petit rire. Je lui fais confiance. »

Autre signe que le nouvel appartement leur était destiné, ils avaient pu acheter un deux-pièces, deux étages plus bas, pour y loger Ramon.

Alex l'attira contre lui et l'entoura de ses bras. Comme c'était bon. Comme elle se sentait en sécurité contre lui…

Quand il desserra son étreinte, elle s'étonna de voir des larmes mouiller ses yeux. Elle leva la main pour les essuyer. « Pas exactement la façon dont nous devions fêter ton quarantième anniversaire, mon chéri ! »

Il secoua la tête. « Je suis désolé, c'est tellement égoïste, mais tout ce que je désire depuis si longtemps, c'est d'entamer une nouvelle vie avec toi. Je n'ai cessé de redouter que ton émission, ou mon travail, ou je ne sais quoi d'autre, se mette en travers de notre mariage ou de notre lune de miel. Et voilà que c'est ce pauvre petit Johnny ! C'est à croire qu'une force cosmique complote contre nous.

– Mais réfléchis ! Quelles étaient les chances pour que nous nous rencontrions, appréciions mutuellement nos deux familles, aimions la même gastronomie, pensions la même chose au même moment ? Ou tombions tellement amoureux que je ne peux même pas imaginer un jour sans toi ? »

Le visage d'Alex s'éclaira d'un sourire qui lui coupa le souffle. « D'accord, tu viens de réussir à transformer ce drame en un heureux anniversaire, après tout. Le plus heureux, en réalité.

– Jusqu'au prochain, et à tous les autres. »

Il l'embrassa et, pendant une petite seconde, elle cessa de s'inquiéter.

23

MARCY POUVAIT compter sur les doigts d'une main le nombre de fois où elle avait menti à Andrew.

C'était à leur cinquième rendez-vous que la conversation s'était aventurée sur les histoires d'amour qu'ils avaient vécues dans le passé. L'une d'entre elles avait-elle été sérieuse ? Au point de parler mariage ? Pourquoi n'avait-elle pas abouti ? En ce qui concernait Marcy, le passé d'Andrew lui importait peu. Elle avait su dès leur premier rendez-vous – une rencontre organisée par un ami commun – qu'elle passerait le reste de sa vie avec lui. Et quand il le lui avait proposé, exactement un an plus tard, il avait reconnu qu'il avait ressenti la même chose.

Ils avaient néanmoins eu cette inévitable conversation. Andrew raconta qu'il avait un peu flirté à l'université, mais jamais sérieusement, jusqu'à Christina. Ils étaient restés ensemble jusqu'à leur stage dans un cabinet juridique et avaient même parlé mariage, mais ensuite, elle avait accepté un job à Londres et la distance avait fait son œuvre. Ils étaient restés bons amis.

Comme Andrew, Marcy n'avait eu qu'une autre histoire d'amour : Brian Lassiter. Ils étaient ensemble à l'université en Californie du Nord et avaient voulu vivre leurs rêves à Los Angeles, elle pour être actrice, lui, scénariste. Ils ne s'étaient pas mariés parce qu'ils n'en avaient pas les moyens, mais ils s'étaient promis de se passer la bague au doigt dès qu'ils auraient un pied dans le monde du travail. C'était Marcy qui y était arrivée la première. Elle n'était pas devenue une star à proprement parler, mais n'avait pas mis plus d'un an pour obtenir sa carte de la Screen Actors Guild, un tournage pour deux annonces publicitaires, et un rôle dans une série télévisée. Elle serait volontiers passée devant monsieur le maire, mais Brian voulait attendre un peu plus longtemps, le temps d'avoir vendu son premier scénario. Elle avait accepté sans condition, par amour.

« Un peu plus longtemps » avait duré plus de trois ans, mais l'attente avait payé – du moins pour le scénario de Brian. Une semaine avant la retentissante première de ce qui devait devenir le « film de l'année », Brian lui avait annoncé la nouvelle. Il l'aimait beaucoup – il l'aimerait toujours –, mais il n'était plus *amoureux* d'elle. C'était fini. Marcy avait été dévastée. Elle ne sortait plus de son lit, mais était incapable de dormir. Elle ne mangeait plus. Et elle ne pouvait plus jouer. Pour la première fois de sa jeune vie, elle n'avait plus envie de rien.

Mais tout ça, c'était du passé. Et ce jour-là, elle fêtait son cinquième rendez-vous avec Andrew, qui lui demandait : « Et pourquoi ça n'a pas marché ? »

Alors, elle mentit. « Nous étions si jeunes. Nos chemins se sont séparés, c'est tout. »

Elle se sentit aussitôt coupable de ce mensonge, mais se convainquit que c'était sans importance. Elle ne voulait pas qu'Andrew se demande si elle l'avait choisi pour se consoler, ou si elle s'était contentée d'un « second choix ». La vérité était que Marcy avait toujours pensé que la notion d'« âme sœur » était ridicule, jusqu'à ce qu'elle rencontre Andrew.

Et ce matin-là, pour la première fois depuis leur cinquième rendez-vous, voilà qu'elle se retrouvait en train de mentir à Andrew qui lui demandait où elle allait en la voyant prendre les clefs de la voiture sur la table de nuit. « Faire photocopier davantage d'affichettes. »

C'était un mensonge, mais seulement par omission. La boutique de photocopies serait le deuxième arrêt de Marcy en ville. Elle voulait d'abord s'entretenir seule avec l'inspectrice Langland.

Trois minutes après son arrivée, Marcy aperçut Langland à travers la fenêtre et se leva pour l'accueillir à la table d'angle qu'elle avait réservée.

« J'ai pris la liberté de vous commander un café, dit Marcy.

– Merci beaucoup. Vous tenez le coup ?

– Pas vraiment. Je me sens… engourdie. Comme si je devais me forcer pour mettre un pied devant l'autre, bien que je ne sache même pas vers où je suis censée me diriger.

– Je suis navrée que nous n'ayons pas encore retrouvé votre fils. La bonne nouvelle, c'est que nous avons eu l'autorisation de déclencher l'Alerte Orange. Elle devrait résonner dans tous les téléphones et apparaître sur les panneaux indicateurs des autoroutes d'une seconde à l'autre. Et nous avons une centaine de volontaires qui forment des sections de recherche et des agents qui se sont proposés pour aller frapper aux portes, de maison en maison, quand ils ne seront pas en service. »

Marcy parvint à esquisser un sourire. « Nous vous sommes très reconnaissants.

– J'ai donc examiné le passé de Darren Gunther, comme vous me l'aviez demandé », dit Langland. L'inspectrice avait appelé Marcy à six heures ce matin, probablement dès que l'alarme de son réveil avait sonné et qu'elle avait vu le texto écrit dans la nuit. Marcy lui avait parlé de la théorie de Leo selon laquelle un meurtrier du nom de Darren Gunther pouvait avoir kidnappé Johnny, croyant qu'il était Timmy, son petit-fils. Lui et Laurie voulaient se servir de l'émission de Laurie pour entrer en contact avec Gunther sans passer par les voies légales.

« Avec tout le respect dû à l'estimé ancien commissaire, je crains que ce soit un peu plus compliqué que lui et sa fille ne le pensent. »

C'était précisément pour cette raison que Marcy avait voulu parler à l'inspectrice en privé. Leo et Laurie faisaient partie de la famille d'Alex à présent, et par conséquent, ils faisaient partie de celle d'Andrew, et donc de la sienne. Mais à quel point les connaissait-elle en réalité ? En revanche, Johnny était toute sa vie. Il était son cœur. Laurie avait déjà bouleversé Marcy en émettant l'hypothèse que la mère biologique de Johnny soit à sa recherche. Maintenant, elle était convaincue qu'une personne dont Marcy n'avait jamais entendu parler avait orchestré depuis sa cellule de prison l'enlèvement de son fils. Laurie était une femme brillante, mais une partie de son talent était due à sa grande imagination, qui lui permettait d'inventer de multiples scénarios. D'un autre côté, elle avait de bonnes raisons de faire confiance à son père.

« En parlant de Leo Farley, mon beau-frère, ex-avocat de la défense, dit qu'il n'a jamais vu un officier de police doté d'une intuition aussi puissante, dit Marcy. À son avis, si Leo pense que Gunther projette d'une façon ou d'une autre de mettre sur pied un moyen de contester une décision de justice, il doit avoir raison.

– Avez-vous entendu parler de la vision du tunnel ? demanda Langland.

– Bien sûr, c'est ce qui arrive lorsque vous vous focalisez sur une seule chose. C'est ce qui m'arrive en ce moment même, je ne peux penser qu'à mon fils.

– Oui, c'est ça, mais cela signifie autre chose quand nous parlons de vision du tunnel lors d'une enquête de police. Si un inspecteur est convaincu qu'un suspect est coupable, lui et ses collègues se focalisent uniquement sur ce suspect, à l'exclusion de toute autre possibilité. Ce n'est pas qu'ils *essaient* intentionnellement de piéger quelqu'un, mais ils voient ce qu'ils veulent voir, entendent ce qu'ils veulent entendre. Ils cessent d'être objectifs et considèrent toutes les preuves à travers le prisme de la théorie à laquelle ils croient déjà.

– Vous pensez que Leo Farley n'est pas objectif pour ce qui est de Darren Gunther ? » demanda Marcy.

Langland haussa les épaules et prit une autre gorgée de café. « Je dis que c'est possible. Il faut plus qu'un livre écrit en prison pour obtenir le genre de soutien que Gunther aurait trouvé pour l'aider à obtenir sa libération. » Elle reposa sa tasse de café sur la soucoupe et se pencha en avant, essayant de clarifier sa pensée. « Gunther a affirmé pendant tout son procès qu'une tierce personne s'était interposée dans la bagarre entre lui et un client du bar lorsqu'ils ont atterri sur le trottoir, et que cet inconnu était celui qui avait sorti un couteau et poignardé le patron du bar. À l'évidence, le jury ne l'a pas cru, mais Gunther n'a pas démordu de cette histoire pendant toutes ces années de prison.

– Tous les condamnés ne clament-ils pas qu'ils sont innocents ?

– Beaucoup. Mais peu d'entre eux en ont la preuve ADN. Avez-vous par hasard entendu parler de l'ADN de contact ? » demanda Langland.

Marcy secoua la tête.

« C'est la possibilité d'obtenir l'ADN des cellules de peau laissées sur un objet. Cette technologie n'existait pas il y a dix-huit ans, mais nous l'appliquons constamment aujourd'hui. Ce n'est pas tout à fait comme à la télévision où le criminel entre dans une pièce et laisse partout des traces de son ADN, mais les méthodes de test sont beaucoup plus fiables que celles qui existaient il n'y a pas plus de dix ans. Eh bien, l'année dernière, Gunther a obtenu d'un tribunal qu'il ordonne à l'État de vérifier le couteau qui avait servi à poignarder Lou Finney. Le tribunal a accepté. Le labo a pu obtenir un échantillon testable sur l'extrémité du manche du couteau, près de la lame, et il ne correspondait ni à Gunther, ni à l'autre homme qui avait participé à la querelle dans le bar. À ce point, l'affaire a été confiée à la Commission de révision du procureur.

– C'est-à-dire ? » demanda Marcy.

Elle imagina soudain Johnny assis dans le siège vide à côté d'elle en train de pleurer. Il était partout et nulle part.

« Une commission chargée de réenquêter sur des affaires classées ou s'il y a une présomption raisonnable d'innocence. New York conserve une banque de données d'ADN qui contient des échantillons de certaines catégories de criminels. Le bureau du procureur a comparé l'ADN trouvé sur le couteau à l'ADN classé dans leur base de données, et il correspond à un homme nommé Mason Rollins.

» À l'époque, Rollins avait à peine vingt ans et n'avait encore été arrêté que pour violences et usage de drogue. Mais aujourd'hui, il a un casier judiciaire long comme le bras, y compris quatre années de prison dans le nord de l'État. Devinez pour quoi ?

– Aucune idée.

– Il a poignardé quelqu'un dans une bagarre de bar il y a dix ans.

– Leo n'en a rien dit, fit Marcy.

– C'est ce que je veux dire en parlant de la vision du tunnel. Il a probablement une théorie selon laquelle Rollins et l'ADN importent peu parce qu'il est convaincu de la culpabilité de ce type.

– Leo dit que Gunther a avoué.

– Et Gunther dit que non. Personne n'a été témoin de ses aveux, et c'était avant l'ère des interrogatoires en vidéo. »

Marcy ne connaissait pas bien Leo Farley, mais c'était un homme bon et droit, elle en était convaincue. Elle ne pouvait l'imaginer en train de fabriquer une déclaration qui n'avait pas été faite. Elle en fit part à Langland.

« Je ne dis pas qu'il l'a fabriquée. Il a interrogé Gunther à plusieurs reprises pendant plusieurs heures, seul et sans avocat. Les flics ne veulent pas souvent l'admettre, mais il est prouvé que les innocents peuvent être amenés à faire de faux aveux dans certaines circonstances.

– Avec tout le respect que je vous dois, inspectrice, vous ne ressemblez pas à un officier de police typique. En fait, vous ressemblez plus à mon beau-frère, Alex, et il était avocat de la défense. »

Langland leva les mains. « Je ne dis pas que c'est ce qui est arrivé. Mais j'ai passé un coup de fil à une personne que je connais au bureau du procureur de la ville, et on m'a dit qu'il n'est pas près de lâcher l'affaire. Il se sent personnellement attaqué dans son intégrité. Elle m'a dit que si c'était un inspecteur ordinaire qui s'était occupé de l'affaire, Gunther aurait probablement été relâché aujourd'hui.

– Grâce aux preuves fournies par l'ADN de contact ?

– Ils ont l'ADN d'un criminel endurci sur l'arme du meurtre, et aucune explication de la façon dont il se trouvait là. Je ne veux pas m'en mêler, mais Leo Farley pourrait ne pas être objectif. Mon seul but est de retrouver votre fils, Marcy, pas d'éclaircir un crime qui a eu lieu dans le West Village il y a dix-huit ans. Réfléchissez : Leo Farley pense que Gunther est derrière la disparition de Johnny parce qu'il est convaincu que c'est le type de sociopathe qui kidnapperait un enfant pour se justifier. Mais s'il est *réellement innocent* et que son procès mérite révision ? »

Marcy voyait maintenant le rapport entre la nouvelle information que Langland apportait et sa propre conviction que Gunther n'avait rien à voir avec la disparition de Johnny. « Dans ce cas, il se garderait bien d'aller commettre un nouveau crime alors que le tribunal est sur le point de l'innocenter. »

Langland s'étira dans sa chaise d'un air satisfait.

« Vous pensez donc que je devrais demander à Laurie de ne pas poursuivre, dit Marcy.

– Laurie et Leo peuvent faire ce qu'ils veulent. Mais je ne crois pas que cela aidera à trouver Johnny, j'en suis désolée. Je ne veux pas que vous nourrissiez de faux espoirs. Et là-dessus, je crois qu'il est temps de préparer la conférence de presse dont nous parlions hier. »

Quand Marcy regagna sa chambre d'hôtel, elle tenait trois cents nouvelles copies de l'affiche TrouverJohnny.com. Son mari se leva aussitôt du canapé lorsqu'elle entra. Alex et Laurie était également présents.

« Dieu merci, dit Andrew en la prenant dans ses bras. Nous étions inquiets à ton sujet.

– L'impression a pris des heures. »

Un autre mensonge.

« Je t'ai envoyé un texto.

– Je n'ai pas beaucoup de réseau ici », dit-elle.

Ça, ce n'était pas un mensonge. Selon Laurie, la connexion internet dans les Hamptons était notoirement défaillante. « Je suis désolée si je vous ai effrayés. Où sont les filles ?

– Leo a insisté pour les emmener au phare de Montauk. Pour leur donner l'apparence de la normalité, comme disent les experts. J'espère que tu es d'accord. C'est pourquoi je t'ai envoyé un texto. En outre, je ne veux pas insister, mais je pensais à la conférence de presse. Je crois que nous devrions la donner.

– Tu lis dans mes pensées », dit Marcy, se sentant coupable d'avoir déjà demandé à Langland de l'organiser.

24

Un quart d'heure plus tard, Laurie raccrocha le téléphone dans la chambre d'Alex, où elle travaillait parce que Timmy dormait encore dans leur chambre. D'une chaise dans un coin, Alex la regardait.

« Bon, c'est le oui le plus facile que j'aie jamais obtenu de la part de Brett Young, annonça-t-elle.

– Tout va bien dans ce cas. »

Les yeux bleu-vert d'Alex brillaient d'approbation, et elle regretta encore davantage de ne plus travailler avec lui sur l'émission.

« Il est d'accord ?

– Mieux que ça. Il m'a dit qu'il me soutenait de A à Z pour utiliser les ressources du studio tant que je peux obtenir les réactions dont nous avons besoin.

– Peut-être que ton entêté de boss a un cœur, après tout.

– Ou peut-être veut-il simplement que ce soit bouclé à temps pour battre des records d'audience avant le prochain trimestre fiscal. Il a failli tomber dans les pommes à la pensée de pouvoir annoncer la venue à l'antenne de l'icône culturelle Darren Gunther, de surcroît dans l'émission de la fille du flic qui l'a fait coffrer. Quelles que soient ses intentions, ça signifie qu'il me donne son feu vert.

– Mais tu t'inquiètes toujours de la possibilité d'un conflit d'intérêts ?

– Pas vraiment, puisque ce n'est pas moi qui l'interrogerai directement, mais Ryan Nichols. Si Gunther est impliqué dans la disparition de Johnny, il faut le percer à jour. C'est juste une intuition pour l'instant, mais je suis dans une meilleure position pour agir que la police. Brett sera furieux, mais Johnny est la priorité des priorités. Maintenant, il me reste à prier pour que Gunther soit assez narcissique pour mordre à l'hameçon.

– Une seule façon de le savoir. »

Alex lui tendit son iPad. Il était ouvert sur le site web de Tracy Mahoney, l'avocate de la défense qui avait récemment accepté de représenter Darren Gunther gratuitement dans son appel pour erreur judiciaire. « Son numéro est marqué en bas. Si mes souvenirs sont exacts, ça bascule directement sur son portable si elle n'est pas au bureau. »

En fait, Mahoney était à son bureau. Laurie se présenta, expliqua pourquoi elle appelait et la secrétaire lui passa l'avocate.

« Miss Moran, quelle surprise ! Mais je devrais peut-être vous appeler madame Buckley dorénavant ? »

En dépit de tous ses efforts pour préserver sa vie privée, Laurie ne s'étonna pas que la nouvelle de son futur mariage avec Alex se soit répandue comme une traînée de poudre dans les cercles juridiques, où Alex était une célébrité.

« Tout d'abord, appelez-moi Laurie. Et nous ne sommes pas encore devant l'autel ; qui plus est, j'ai l'intention de garder mon nom. »

C'était une décision qu'elle avait finalement prise après des semaines d'hésitation. Elle était jeune quand elle avait épousé Greg, moins établie dans sa carrière. Elle avait pris son nom parce qu'elle voulait que toute la famille ait le même, et ce n'était pas une mauvaise idée pour la journaliste qu'elle était d'avoir un nom différent de celui de son célèbre père. En outre, il lui plaisait de s'appeler Laurie Moran. C'était son nom, celui qu'elle partageait avec Timmy et son père. Quand elle l'avait annoncé à Alex, il lui avait dit qu'il était surpris qu'elle ait pu hésiter.

« C'est parfait, dit Mahoney. J'ai fait la même chose, mais le nom de mon mari est Macy, si bien que la décision n'était pas difficile. Tracy Macy, vous imaginez ? Et à propos, pourquoi ne serait-ce pas aux hommes de prendre notre nom au lieu du contraire ? »

Alex avait déjà mis Laurie au courant de ce qu'il savait de Tracy Mahoney. Selon lui, c'était une femme décontractée, avec un sens aigu de l'humour. Mais à part ça, elle faisait aussi partie de ce qu'il appelait « les combattants » du barreau, qui croyaient le système de la justice criminelle pourri jusqu'à la moelle. Si Laurie reconnaissait que même le meilleur département de la police devait s'amender, Tracy Mahoney avait carrément comparé le NYPD à la mafia. Alex la considérait comme une avocate talentueuse, qui aurait pu gagner une petite fortune à défendre des corporations et des criminels en col blanc. Au lieu de quoi, elle prenait quelques affaires bien rémunérées afin de pouvoir représenter gratuitement le reste de ses clients et redresser ainsi des injustices. L'affaire Gunther faisait probablement partie des cas qui lui tenaient le plus à cœur, mais Laurie savait qu'il obtiendrait un énorme dédommagement si sa requête aboutissait et que son avocate serait en droit de percevoir un confortable pourcentage de la somme.

« Bon, j'espère que vous pourrez m'aider à faire mon boulot, Tracy. J'appelle au sujet de Darren Gunther.

– Si je ne me trompe pas, vous avez un lien personnel avec quelqu'un dans cette affaire. »

Laurie ne s'étonna pas que l'avocate sache qu'elle était la fille de Leo. « J'appelle en ma qualité personnelle, toutefois. Nous aimerions donner à votre client une chance de raconter sa version de l'histoire dans notre prochain numéro spécial de *Suspicion*. Connaissez-vous notre émission ?

– Bien sûr. Je suis probablement une de vos plus fidèles groupies. Je soutiens à fond tout programme qui dénonce les failles de notre système judiciaire.

– Ce n'est pas exactement ainsi que je vois notre émission.

– Pourquoi pas ? Vous avez montré à plusieurs reprises que vous et votre équipe étiez capables de faire surgir la vérité des années après que la police avait lâché une affaire. Vous avez non seulement coincé bon nombre de meurtriers, mais par la même occasion rendu leur honneur à des innocents qui vivaient dans l'ombre du soupçon depuis des années. Pour moi, cela fait de vous quelqu'un de bien.

– J'accepte le compliment. »

Laurie se souvint cependant qu'elle n'avait aucune intention de se lier, même superficiellement, avec la femme qui accusait son père d'avoir agi contre la loi.

« Tant mieux, parce que je crains que ce soit tout ce que vous obtiendrez de moi, dit Tracy d'un ton badin. Pas question que je laisse mon client se faire interroger sur une chaîne de télévision nationale par la fille de Leo Farley.

– En tant que fan de notre émission, je suis certaine que vous savez que ce n'est pas moi qui mènerai l'interview. Ce sera notre présentateur, Ryan Nichols.

– Oh, c'est encore mieux : un ancien procureur fédéral aussi nul que vantard. Non merci. »

Un an auparavant, Laurie aurait accepté cette description méprisante de Ryan Nichols. Son patron, Brett, l'avait choisi malgré les réserves de Laurie, non parce qu'il était diplômé de Harvard, stagiaire à la Cour suprême, qu'il avait brièvement travaillé au bureau du procureur des États-Unis, ou à cause de ses cheveux blonds, de ses yeux verts et de sa parfaite denture, mais parce qu'il était le neveu du camarade de chambre de Brett à l'université Northwestern. Toutefois, après des débuts difficiles, Ryan était parvenu à prendre ses marques. Jamais elle et lui ne deviendraient très bons amis, et il faisait toujours pâle figure en comparaison d'Alex, mais il avait prouvé son talent d'intervieweur à l'antenne, méritant au moins la moitié des éloges qu'il s'adressait à lui-même.

« En ce moment, une poignée de célébrités se gargarisent de leur soutien à votre client pour se donner l'image de croisés de la justice. Il a aussi séduit deux rédacteurs de seconde zone dans des magazines nationaux, mais je peux lui offrir une émission en *prime time* touchant une audience nationale.

– Cadeau d'une productrice mouillée dans l'affaire.

– Croyez bien que la question du conflit d'intérêts ne m'a pas échappé. »

Depuis sa place, Alex lui adressa un signe approbateur. Elle avait déjà préparé ses arguments avec lui. « En tout cas, je me donnerai un mal de chien pour assurer un traitement équitable à Darren. Ce que je veux éviter à tout prix, c'est qu'on doute de mon professionnalisme et qu'on me soupçonne de couvrir mon père.

– Lui assurer un traitement équitable, comme vous dites, pourrait ne pas être aussi facile quand il s'agit de porter de sérieuses accusations d'erreur de jugement contre le bien-aimé Leo Farley. »

Laurie ferma les yeux et prit une profonde inspiration. Rien ne la convaincrait jamais que son père était capable de parjure pour envoyer un innocent en prison, elle en était intimement convaincue. Elle se représenta Johnny, seul dans une chambre obscure, pleurant. *Une chose à la fois*, se rappela-t-elle. *D'abord Johnny, je m'inquiéterai de l'émission plus tard.*

« Je ne ferais pas cette proposition si je ne m'en sentais pas capable, dit-elle. Et si je ne me trompe, ce n'est pas à vous de prendre la décision, maître. Vous devez d'abord en parler à votre client, non ? »

Elle entendit Tracy soupirer à l'autre bout de la ligne. « Je suppose que vous ne pouvez pas être fiancée à Alex Buckley sans avoir appris une chose ou deux en matière de droit pénal.

– En effet. »

Laurie sourit à l'intention d'Alex.

« Je vous recontacterai », dit Tracy, et elle raccrocha sans ajouter un mot.

Laurie entendit frapper à la porte mitoyenne entre la chambre d'Alex et celle qu'elle occupait avec Timmy.

« Maman, tu es là ? »

Elle ouvrit la porte et Timmy entra. Il portait son pyjama *Star Wars* et avait les yeux encore endormis derrière les mèches blondes qui recouvraient son front.

« Pardon, je ne me suis pas rendu compte que la porte était fermée à clef, dit-elle. Tu peux donc m'entendre à travers les murs ? » Elle repoussa les cheveux de son fils en arrière et posa un baiser sur son front. « Je ne croyais pas parler si fort.

– Non, mais j'ai entendu une voix de femme et j'ai pensé : *Bon, mieux vaut que ce soit ma mère.* » Il sourit à Alex de toutes ses dents. « Bon anniversaire, Alex !

– Merci beaucoup, très cher ! »

C'était bien le genre de ce gentil gamin de penser à un anniversaire dès son réveil.

« Est-ce que Johnny est revenu ? »

Laurie n'eut pas besoin de répondre. Elle lut la déception dans le regard de Timmy et l'attira contre elle. « Tout le monde le cherche encore. Ne t'inquiète pas trop.

– Mais on avait une leçon de surf aujourd'hui. Et on devait ouvrir les cadeaux à l'heure du déjeuner. On ne peut rien faire sans Johnny. On doit attendre qu'il revienne.

– Je sais, chéri. Tu as raison. Nous allons l'attendre. D'ailleurs, ton grand-père a une idée de l'endroit où il peut être et je vais l'aider à le trouver.

– C'est vrai ? »

Les yeux de Timmy brillèrent d'un optimisme prudent. Elle sentit son cœur se serrer. Combien de temps ce petit bonhomme croirait-il que sa mère pouvait résoudre tous les problèmes du monde ?

« On va essayer. Et en fonction de ce qui se passe, nous devrons peut-être rentrer en ville plus tôt que prévu. »

Une heure plus tard, Alex et elle se trouvaient dans la chambre de Marcy et d'Andrew, prêts à participer à leur conférence de presse tandis que Timmy était plongé dans un jeu vidéo. Laurie alla dans un coin de la pièce pour répondre à un appel téléphonique. C'était Tracy Mahoney.

« J'ai parlé à mon client. Contre l'avis de son conseil, il accepte de participer à l'émission. À condition que tout soit enregistré. Je serai dans la pièce, mais je n'interviendrai pas, et vous me donnerez une copie de la séquence non montée, au cas où vous tenteriez de la trafiquer. Je vous laisse prendre les dispositions adéquates. »

Tous les yeux étaient braqués sur Laurie quand elle mit fin à la communication. « Gunther a mordu à l'hameçon. Il va participer à l'émission. »

Tout le monde fut d'accord pour qu'elle rentre préparer l'interview avec son équipe. Marcy hocha la tête stoïquement. « Merci beaucoup pour tout ce que tu fais, Laurie.

– J'assisterai à la conférence de presse.

– Non, dit Marcy. Ne perdons pas une minute. Tout ira bien ici. Je t'en prie, va te rendre utile à New York.

– D'accord. Je resterai constamment en contact avec vous. »

Elle avait presque fini de faire ses bagages quand Alex entra dans sa chambre, tirant sa valise à roulettes. Elle avait supposé qu'elle et Timmy rentreraient sans lui.

« Tu es sûr ? demanda-t-elle.

– Marcy et Andrew ont insisté. Je vais où tu vas. »

25

MARCY SOURIT malgré elle en entendant Chloe et Emily parler, tout excitées, à l'autre bout de la ligne.

Elle s'y était prise à trois fois avant de pouvoir les joindre. Leo n'avait plus eu de réseau pendant le trajet jusqu'à Montauk et elle avait passé ce laps de temps dans une panique totale, terrifiée à l'idée que les filles puissent être en danger, elles aussi. Elle se demanda si viendrait un moment où elle cesserait de s'inquiéter pour ses enfants quand ils n'étaient pas près d'elle.

Maintenant qu'elle entendait les exclamations joyeuses des filles, elle se rendait compte qu'elles ne pouvaient pas être plus en sécurité qu'avec Leo – toujours vigilant et toujours armé.

Pour la plupart des gens, il était impossible de distinguer les jumelles l'une de l'autre, mais Marcy n'avait aucun mal à les différencier, même quand elles criaient au téléphone.

« On est allés dîner, maman, et grand'pa Leo nous a laissées commander des pancakes aux pépites de chocolat avec du sirop de myrtille et de la crème fouettée sur le dessus ! » C'était Chloe, toujours enthousiaste quand il s'agissait de nourriture. « Et nous avons eu du bacon aussi – du vrai. Ne le dis pas à tante Laurie, parce qu'elle dit que grand'pa est censé manger de la dinde.

– Et maintenant, on va au phare, s'écria Emily. Grand'pa dit qu'on pourra monter jusqu'en haut et voir toute la mer. »

Elles avaient commencé la veille à appeler ainsi le père de Laurie, et Leo semblait heureux de ce titre honorifique.

Marcy était assise sur le canapé, dans la chambre d'hôtel. En face d'elle, dans un fauteuil, Andrew passait en revue le site TrouverJohnny.com au cas où des informations leur seraient parvenues pendant la nuit. Elle porta la main à son cœur, exprimant en silence son soulagement que les filles soient en sécurité.

« Bon, dit-elle. Je vais laisser Leo raccrocher le téléphone avant que vous lui cassiez les oreilles avec tous vos cris. »

Si Marcy avait téléphoné, ce n'était pas seulement pour le plaisir de les entendre, c'était aussi pour s'assurer que Leo savait que la conférence de presse allait rendre l'affaire publique. La police avait déjà organisé des battues dans la région. Au retour de l'imprimerie, elle avait remarqué un groupe de femmes d'un certain âge qui marchaient d'un pas lent dans une réserve naturelle aux abords du village.

Croyant qu'il s'agissait de quelques-unes des volontaires que l'inspectrice Langland avait mentionnées, elle s'était rangée sur le côté. C'était en effet un groupe d'habituées du cours d'aérobic de la piscine du YMCA, qui avaient décidé à la place de leur cours de participer aux recherches de ce « gentil petit garçon ».

En s'éloignant, Marcy n'avait pu s'empêcher de penser à la façon dont les femmes regardaient par terre et derrière les buissons. Elles n'imaginaient pas un garçon en train de jouer, de courir ou de chercher son chemin. Elles étaient à l'affût d'un corps.

Elle ne voulait pas que les filles sachent qu'on parlait de leur frère, et elle ne pouvait pas prévenir Leo, car son téléphone était sur haut-parleur et les filles étaient près de lui dans la voiture. Elle leur dit simplement qu'elle les aimait et remercia à nouveau Leo de s'occuper d'elles. Une fois qu'elle eut raccroché, elle lui envoya un bref texto qu'il lirait quand il aurait quitté le volant.

En raccrochant, elle regarda son mari avec un regard nouveau. Ils s'étaient rencontrés dix ans auparavant, mais dans son esprit il n'avait pas changé depuis leur coup de foudre réciproque. Mêmes cheveux noirs ondulés, mêmes yeux bleu-gris pénétrants. Il avait un visage plus arrondi que son célèbre frère aîné, mais pour elle, il était encore plus beau. Si Andrew et elle avaient la chance d'atteindre cent ans ensemble, elle le considérerait sans doute toujours comme un jeune homme. Mais à présent, elle voyait les fils gris qui parsemaient ses tempes et les rides qui s'étaient formées autour de ses yeux et de ses lèvres. Surtout, il paraissait épuisé. Tout comme elle.

Et dans dix minutes, ils allaient se retrouver devant les équipes de télévision rassemblées sur le parking devant l'hôtel. Ils mettraient leur chagrin à nu – devant des étrangers qui les soupçonneraient d'avoir fait du tort à leur propre fils, les jugeraient pour l'avoir mal surveillé, se féliciteraient de n'être pas eux-mêmes affligés par cette disparition –, et tout cela, dans l'espoir que peut-être, seulement peut-être, une personne reconnaîtrait Johnny sur la photo et le ramènerait à la maison.

Son téléphone vibra, annonçant un nouveau texto de l'inspectrice Langland. *Nous attendons tous dehors. Dites-moi quand vous serez prêts. Je viendrai vous chercher dans votre chambre. La foule est vraiment nombreuse.*

Marcy repensa à ce qu'elle avait lu sur le nombre de parents qui divorçaient après la perte d'un enfant. Ces fractures irréparables commençaient peut-être par une minuscule fêlure, un parent qui parlait à la police sans en avertir l'autre.

« Il faut que je te dise quelque chose avant la conférence de presse », annonça-t-elle.

Andrew ferma aussitôt son ordinateur et la regarda avec toute son attention.

« Ce matin, je ne me suis pas contentée d'aller faire imprimer des affichettes. J'avais rendez-vous dans un café avec l'inspectrice Langland.

– Je vois », dit-il, attendant la suite.

Elle lui expliqua qu'elle avait voulu savoir ce que pensait réellement Langland de l'affaire, y compris de la théorie de Leo et de Laurie à propos de Darren Gunther. « Et, peut-être parce c'est une femme, j'ai pensé utile de la rencontrer seule à seule – pour m'assurer que Johnny n'était pas qu'un dossier parmi tant d'autres. Mais je suis désolée, j'aurais dû t'en parler. »

Il se leva et se dirigea vers elle, posant au passage son ordinateur sur la table basse. « Tu n'as pas à t'excuser, ma chérie. Je ferais littéralement tout ce qui est possible – *tout* – pour te décharger de ce fardeau et le porter à ta place.

– C'est pourquoi je te dois des excuses. Je n'ai pensé qu'à moi et à mon chagrin – à mon lien particulier avec Johnny, à la façon dont, quand nous sommes rentrés chez nous avec lui pour la première fois, je me suis sentie différente, comme si la nature me disait qu'il était à moi, comme si je l'avais vraiment porté pendant neuf mois. Mais je ne suis pas son seul parent.

– Non, mais tu es sa seule mère.

– C'est toi qui devinais toujours qu'il s'agitait dans son berceau, même si nous n'entendions rien dans le babyphone. »

Il sourit à ce souvenir. Johnny était capable de devenir tout rouge d'excitation, d'agiter ses petits poings sans émettre le moindre son.

« Je ne sais pas si cela va te rasséréner, Marcy, mais tu as raison, j'ai toujours eu une connexion spéciale avec Johnny. Et, d'une certaine façon, je sais qu'il est quelque part à nous attendre, en vie et plein d'énergie, impatient de rentrer à la maison.

– Mais combien de temps peut-il encore attendre ? »

Elle envoya un texto à l'inspectrice Langland pour dire qu'ils étaient prêts. Ils allaient devenir ces malheureux parents que l'on voit aux informations.

26

Laurie sentit le fardeau de cette nouvelle tâche lui tomber littéralement sur les épaules lorsqu'elle sortit de l'ascenseur dans les bureaux des Studios Fisher Blake. Si tout avait marché comme prévu, elle n'aurait pas eu à remettre les pieds au 15 Rockefeller Center avant deux semaines et demie – elle n'aurait jamais été absente de son travail aussi longtemps depuis le meurtre de Greg. Maintenant elle était là, à tenter de lancer une nouvelle enquête dans l'espoir qu'une piste mènerait à Johnny.

Grace Garcia n'était pas à son bureau, mais elle entendit aussitôt la voix rauque dynamique de son assistante sortir du bureau de Jerry, voisin du sien.

« Crois-moi, Jerry, tu adorerais. Je t'ai vu danser en soirée. Viens avec moi et passe une audition.

– Moi, sûrement pas ! » Le ton de Jerry était moins réticent que les mots qu'il employait. « Se donner en spectacle dans une soirée avec des amis est une chose. Un atelier de danse sur des airs de Beyoncé ? Je m'étalerais la tête la première devant une salle pleine d'inconnus dès les premières notes. »

Un sourire éclaira le visage de Laurie et elle étouffa un fou rire. Elle aurait dû les interrompre, mais elle voulait les écouter encore un peu avant de les embarquer dans cette affaire sinistre.

Grace commença à chanter, pliant les genoux et se balançant au ras du sol. « *Six-inch heels*, fredonna-t-elle. *She walked in the club like...*

– Tu es folle, protesta Jerry. Mes genoux ne tiendront jamais le coup ! »

Laurie entra dans le bureau et applaudit Grace. « Belle démonstration ! Mais tu es probablement la seule à porter des talons de dix centimètres quand il neige, donc j'imagine que tu as un avantage sur les autres. Sans jeu de mots. »

Grace se redressa vivement. « Navrée, Laurie. Je ne m'attendais pas à ce que tu reviennes si vite en ville. »

Elle leur avait téléphoné en quittant les Hamptons afin qu'ils puissent préparer une séance de brainstorming sur Darren Gunther.

Grace les serra tous les deux dans ses bras.

« J'ai prié toute la journée pour le petit Johnny, dit-elle. Nous avons regardé la conférence de presse. Pauvre Marcy, pauvre Andrew. Ils doivent être complètement désespérés.

– Tu vas bien, Laurie ? demanda Jerry. Tu tiens le coup ? »

Comment je me sens ? pensa-t-elle. *Anxieuse. Accablée. Terrifiée que cette violence puisse frapper la famille d'Alex – ma famille, encore une fois.*

S'accrocher à l'affaire Darren Gunther avec l'espoir de retrouver Johnny ressemblait à un coup d'épée dans l'eau, mais elle se rappela le raisonnement de son père. Leo avait toujours été certain que Gunther ne laisserait pas passer sa chance, qu'il aurait recours aux coups les plus tordus pour obtenir gain de cause. Jusqu'à présent Leo n'arrivait pas à imaginer ce que Gunther pouvait manigancer pour faire pencher la balance en sa faveur. Avec la disparition de Johnny, il pensait avoir trouvé la réponse à sa question.

« Franchement ? dit Laurie. Rien ne me rassérénerait plus que de me remettre au travail. »

27

UNE FOIS qu'ils furent tous réunis dans son bureau, Laurie ouvrit la séance en demandant à Jerry d'exposer ce qu'il savait de Darren Gunther d'après les documents accessibles au grand public. Jusqu'à présent, la plus large part de ses informations provenait de Leo, qui avait visiblement sa propre opinion sur le personnage et les accusations qui pesaient sur lui. Maintenant, Laurie avait envie de connaître une autre version de l'histoire, même si elle devait ne pas l'approuver.

Jerry commença par le récit de la bagarre qui avait eu lieu dix-huit ans plus tôt dans le bar de Finn. Les deux protagonistes, Darren Gunther et Jay Pratt, avaient été arrêtés aussitôt après. « J'ai sorti des archives les articles de l'époque. Même avant que la police ne déclare lequel des deux hommes serait inculpé pour meurtre, les premiers rapports décrivaient Gunther comme quelqu'un de peu fréquentable, sorti fêter tout seul son vingt et unième anniversaire et se saoulant en solitaire. Déjà pas très catholique, non ? Et puis, il y a une déclaration d'un des clients de Finn ce soir-là, selon laquelle Gunther s'était montré agressif envers des femmes présentes au bar.

– Et Pratt ? demanda Laurie.

– C'était un agent immobilier de vingt-sept ans, qui avait été en pension et avait étudié à Yale. Ce n'est pas une preuve d'innocence, c'est sûr, mais les infos ont une façon particulière de glisser des sous-entendus. Pratt s'en est tiré avec une meilleure image.

– Pas toujours, dit Grace. Dites donc, ce Darren Gunther, il est plutôt chouette. »

Jerry lui lança un regard glacial et Laurie secoua la tête.

« Désolée, dit Grace. C'est inapproprié !

– Non, non, c'est à prendre en compte, dit Laurie. L'opinion publique n'est pas toujours guidée par les faits ou la trajectoire des individus.

– C'est sûr, dit Jerry, surtout si on fait « avance rapide » jusqu'à l'époque actuelle.

– Je n'ai pas suivi tous les détails de l'affaire, mais d'après mon père, la presse encense Gunther. Elle en fait un Hemingway moderne doté du physique de Paul Newman.

– Exactement. » Jerry parcourut les feuillets disposés devant lui et lut quelques extraits qu'il avait soulignés à cette intention : « Les yeux verts de Gunther brillent de la même intelligence tranquille qui illumine les pages de ses écrits au vitriol », « Le sourire chaleureux de Gunther et son jeune visage mince ne trahissent pas les années qu'il a passées en prison, que son impressionnant premier roman traduit si bien ». Oh, et voici mon article préféré : « C'est le condamné le plus hot que j'aie jamais rencontré. »

– Arrête, dit Laurie. C'est complètement dingue.

– Bon, c'est un commentaire d'un lecteur à propos d'un petit article publié dans *Vanity Fair*, mais je l'ai trouvé marrant. »

Pendant une minute, Laurie eut l'impression que c'était un jour de travail comme un autre. « Il est parvenu à s'attirer la faveur du public. Mais qu'en est-il des faits ? Papa dit que même le bureau du procureur a fini par renoncer au premier chef d'accusation, en dépit du fait que Gunther a avoué. Il y a quand même un truc que je ne comprends pas.

– Eh bien, c'est simplement que – hum… », Jerry consulta à nouveau ses notes, mais resta silencieux.

Laurie ne l'avait jamais vu aussi nerveux depuis qu'elle l'avait eu comme jeune stagiaire, à peine sorti de l'université. De son côté, Grace contemplait ses mains et évitait son regard.

« Allons, mes amis. Parlez franchement. Je sais que Gunther prétend que la confession fournie par mon père est un faux. Si nous voulons mettre sur pied cette émission, il faut que je sois certaine d'avoir une vue complète de l'affaire. »

Devant sa détermination, Jerry respira un bon coup et reprit : « Donc, après avoir obtenu quelques articles favorables sur son livre, Gunther a rédigé une demande en révision de son procès, prétendant avoir été condamné à tort. Il l'a rédigée lui-même, en se servant des ouvrages juridiques de la bibliothèque de la prison. Il s'est appuyé sur les progrès techniques de l'analyse de l'ADN pour demander qu'il en soit effectué une nouvelle sur l'arme du crime. Lorsque le tribunal a ordonné que l'on procède au test, Tracy Mahoney a accepté d'assurer la défense de Gunther. »

Laurie savait que l'empreinte ADN trouvée sur le manche du couteau correspondait à celle d'un prisonnier du nom de Mason Rollins. Leo avait tenté de trouver une explication à la présence de l'ADN de Rollins sur l'arme du crime, mais sans résultat jusqu'à présent. Maintenant que les faits lui étaient exposés par Jerry plutôt que par son père, Laurie commençait à comprendre pourquoi le tribunal prenait en considération les protestations d'innocence de Gunther. Rollins avait été condamné pour de nombreuses agressions à l'encontre d'étrangers qu'il accusait de l'avoir offensé, invectivé ou bousculé dans la rue ou dans le métro. C'était indiscutablement un individu violent.

« Pour être honnête, dit Jerry, dont la voix trahit de nouveau un soupçon d'hésitation, les choses seraient différentes s'il s'agissait d'un individu lambda dont l'ADN se trouverait par hasard sur le couteau – le vendeur, par exemple. Mais il se trouve que l'ADN en question est celui d'un homme qui a poignardé un client dans un bar huit ans après le meurtre de Lou Finney. En outre, ton père m'a emailé tout ce qu'il avait sur Rollins et je l'ai imprimé. Rollins a plaidé coupable pour une agression perpétrée à l'âge de dix-neuf ans, deux ans avant l'assassinat de Finney. Il était poursuivi pour coups et blessures, il avait attaqué sa victime durant une fête alors qu'on lui demandait de cesser son petit jeu de lanceur de couteau. Ce qui prouve que Mason Rollins avait déjà l'habitude d'avoir un couteau sur lui.

– J'admets que cela peut soulever des doutes, dit Laurie. Mais le problème est que Gunther est passé aux aveux.

– Voilà pourquoi il clame que tout a été inventé par Leo, dit Jerry.

– C'est ridicule, dit Laurie, mais quelqu'un qui ne connaîtrait pas mon père personnellement pourrait en effet s'interroger sur cette histoire d'ADN. En outre, si je comprends bien, Gunther a prétendu que c'était Finney qui les avait menacés d'un couteau, Pratt et lui, et qu'il essayait de le maîtriser quand quelqu'un l'avait poussé vers lui. Le jour où mon père est retourné au commissariat pour l'interroger à nouveau, il a avoué qu'il avait été pris d'un accès de rage aveugle parce qu'une femme au bar l'avait repoussé.

– Jane Holloway », précisa Jerry.

Laurie était toujours étonnée de la faculté qu'avait Jerry de mémoriser les noms de toutes les personnes qui avaient un lien avec une enquête en cours.

« Oui. Mais voilà ce que je pense : si un inspecteur de police devait falsifier une confession, pourquoi proposerait-il deux versions des aveux ? Mon père aurait pu simplement dire que Gunther avait avoué durant son premier interrogatoire. Cela n'a pas de sens.

– C'est plus compliqué que ça, dit Jerry. Gunther avoue avoir fait une première déclaration – que Finney s'était blessé sur le couteau qu'il avait lui-même sorti. Il prétend l'avoir dit parce qu'il était épuisé et à moitié ivre, et que les deux enquêteurs refusaient de croire qu'il était innocent. Il leur a alors raconté une histoire qui les amènerait, pensait-il, à lâcher prise.

– Les deux enquêteurs ? s'étonna Laurie. Je croyais que Gunther et mon père étaient seuls dans la pièce.

– Pas à ce moment-là. Il y avait Leo et un autre inspecteur, un dénommé Mike Lipsky. »

Laurie se souvenait de cet homme que son père surnommait Belle Gueule. « C'était son ancien équipier. Un type formidable. Il est mort il y a six ans.

– Eh bien, Gunther dit qu'ils n'ont pas paru convaincus par cette histoire de coup de poignard accidentel, qu'ils ont quitté la salle d'interrogatoire et l'ont fait inculper pour meurtre. Puis ton père est revenu seul environ deux heures plus tard, et l'a harcelé pour qu'il reconnaisse avoir une plus grande responsabilité dans le drame. Gunther soutient qu'il n'a pas dévié de son récit, mais que Leo s'est brusquement levé et a prétendu que Gunther avait avoué, et que c'était donc un cas d'homicide volontaire. »

Dans sa hâte de gagner du temps dans l'espoir de retrouver Johnny, Laurie comprit qu'elle avait manqué de prudence et omis de rassembler tous les détails de l'interrogatoire de Gunther par son père. Elle comprenait maintenant que les deux inspecteurs étaient partis après une première séance d'interrogatoire, et que seul Leo était revenu pour suivre la piste du « Casanova éconduit ».

« Mon père m'a prévenue que Gunther est un personnage retors. C'est facile pour lui de démentir uniquement les aveux qu'il a faits alors que Leo et lui étaient seuls dans la pièce. Plus facile d'accuser de faux témoignage un seul inspecteur que deux. »

Grace suivait la conversation en hochant la tête. « Il n'était peut-être pas au courant de la mort de l'un des deux inspecteurs.

– Et il n'avait sans doute pas idée de la difficulté de s'attaquer à quelqu'un d'aussi réputé que Leo Farley, dit Laurie. Mon père pense que Gunther aurait déjà été libéré si le bureau du procureur n'avait pas eu peur d'avoir des problèmes avec la police de New York en reconnaissant qu'un innocent avait été victime d'un coup monté par un de leurs membres les plus renommés.

– Sans oublier que d'autres accusés sortiraient du bois en prétendant avoir été piégés eux aussi, ajouta Jerry.

– Mais si mon père admettait cette version des faits, Gunther sortirait ce soir de prison, libre. »

Jerry secoua la tête. « Je commence à comprendre pourquoi Leo est tellement convaincu que Gunther a pu organiser le kidnapping de Timmy. Il ferait n'importe quoi pour cet enfant.

– Tout ça est bien joli. » Grace leva les deux mains dans un geste théâtral. « Mais comment un homme peut-il manigancer un truc pareil à partir d'une cellule de prison ?

– Il aura eu besoin d'une aide extérieure, dit Laurie. La seule famille de Gunther est sa mère et, d'après mon père, elle vit dans une maison de retraite à Staten Island. Mais Gunther s'est attiré le soutien de supporters convaincus. Il y a une page Facebook intitulée *Darren Gunther est innocent.* Elle promeut son livre, mais défend également ses protestations d'innocence. Nous devrions faire une liste des contributeurs les plus actifs sur la page et voir où ça nous mène.

– Je m'en occupe, dit Jerry. Je sais que notre objectif principal est de retrouver Johnny, mais j'ai pris l'initiative de demander les minutes du procès. Et j'ai commencé à dresser une liste des personnes que nous pourrions interroger. Jusqu'ici il y a Jay Pratt, naturellement. Et il faudra contacter la famille de la victime.

– La femme de Finney est morte il y a quelques années, dit Laurie. Ils avaient trois enfants, dont seule la fille vit encore à New York – Samantha. Elle tient un salon de coiffure dans Midtown. Je lui ai déjà laissé un message. » Laurie savait par son père que la fille de Finney était inquiète à l'idée que Gunther puisse être libéré. Laurie voulait être sûre que Samantha apprenne de sa propre bouche que grâce à *Suspicion*, on allait à nouveau enquêter sur cette affaire.

Jerry ajouta Samantha à sa liste de personnes à contacter et cocha son nom. « Il faudra aussi retrouver la femme que Gunther poursuivait de ses assiduités ce soir-là, Jane Holloway. Et Clarissa DeSanto, la barmaid qui était de service. »

Laurie approuva machinalement ces remarques, elle avait du mal à se concentrer sur autre chose que son inquiétude pour Johnny. « Mon père a mentionné que Clarissa n'avait pas témoigné au procès de Gunther. Ce qui lui avait paru bizarre à l'époque. Elle était un témoin essentiel de son attitude agressive ce soir-là, et elle était très proche de Finney. Gunther a été condamné sans que sa déposition soit nécessaire, mais ce serait intéressant d'avoir sa vision de l'affaire pendant l'émission. »

Laurie se retourna en entendant frapper légèrement à la porte entrouverte. Ryan Nichols leur décocha ce sourire séducteur qui l'avait aidé à figurer sur la récente liste des « hommes les plus sexy du moment » publiée par *People*, ce dont il se vantait plus effrontément que du diplôme de Harvard accroché à sa porte. Ses cheveux blonds étaient légèrement humides.

« J'ai cru entendre des voix à l'intérieur, dit-il. Ne deviez-vous pas être dans les Hamptons ? «

Les Hamptons. L'anniversaire d'Alex. Le mariage, le voyage de noces. Pour Laurie, cela semblait n'avoir été qu'un rêve à présent. « Vous n'êtes pas au courant ? » demanda-t-elle.

Le sourire de Ryan s'effaça. « Vous avez rompu ? »

Jerry sursauta devant la grossièreté de la question.

« Non, merci de vous inquiéter pour moi. C'est le neveu d'Alex, Johnny. Il… il a disparu. Nous pensons qu'il a été kidnappé. Je croyais que vous le saviez. » Laurie présumait que Brett en aurait déjà informé Ryan. Depuis ses tout débuts aux Studios Fisher Blake, il avait un rapport plus étroit avec le boss qu'elle ne l'aurait jamais. En tant que bénéficiaire des nombreux avantages du népotisme, Ryan aurait dû, selon elle, suivre les actualités d'assez près pour avoir entendu parler d'un enlèvement sur Long Island.

Mais son étonnement paraissait sincère. « Je suis vraiment désolé, Laurie. Que pouvons-nous faire pour vous aider ? Vous n'avez pas besoin de venir au bureau. Nous nous occuperons de tout. »

Il fallut quelques brèves minutes à Laurie pour exposer la théorie de Leo suivant laquelle Darren Gunther avait pu enlever Johnny par erreur en croyant qu'il s'agissait de Timmy, et l'idée qu'ils avaient eue d'utiliser l'émission pour confondre Gunther. « Son avocate est Tracy Mahoney. Il a accepté d'être interviewé, en dépit de l'avis contraire qu'elle a formulé.

– C'est son avocate ? »

Les yeux verts de Ryan s'élargirent, trahissant son inquiétude.

« Alex m'a avertie qu'elle pouvait être coriace. Une *pasionaria*, c'est ainsi qu'il la définit.

– Oh, elle est bien plus redoutable encore. Si vous avez envie de savoir d'où Gunther tient son aide, la réponse est Tracy Mahoney. »

28

JOHNNY ÉTAIT ASSIS en tailleur sur un plancher de bois. Devant lui étaient éparpillées les deux cent cinquante pièces du puzzle que l'homme avait apporté dans la matinée après le petit déjeuner – des œufs sur le plat et des toasts de pain blanc. Johnny préférait les œufs brouillés, et sa maman lui donnait toujours du pain complet, mais il se força à tout avaler. Il ne voulait pas fâcher l'homme, c'est pourquoi il se donnait beaucoup de mal pour reconstituer le puzzle. Il n'était pas si grand que ça. Il en avait vu des géants de plus de mille pièces, mais toute la famille s'y mettait, et son père était surnommé le Roi du Puzzle, tellement il était fort.

Quand l'homme lui avait donné le puzzle, il avait dit : « Ça devrait t'empêcher de t'ennuyer. En plus, ça fait travailler le cerveau, Danny. » Il s'était frappé la tempe de l'index pour souligner son propos. Johnny pensa qu'il s'agissait d'une sorte de test – un test qu'il ne voulait pas rater.

Adoptant la stratégie de son père, il avait d'abord repéré les quatre angles du puzzle et mis de côté tous les bords. À présent, il étudiait la reproduction sur le couvercle de la boîte et essayait de trouver les pièces correspondantes. L'illustration représentait deux enfants, un garçon et une fille, assis dans l'herbe à côté d'un gros chien sur un plaid bleu, blanc, rouge, les yeux levés vers le ciel où éclatait un feu d'artifice.

Johnny se revit soudain marchant dans l'herbe dans le Meridian Hill Park un 4-Juillet. Il avait cinq ans. Il se souvenait que sa maman l'avait pris dans ses bras et serré contre elle si fort qu'elle lui avait presque fait peur. *Où étais-tu ?* Il se souvenait de l'inquiétude dans sa voix. Il cherchait juste les toilettes, mais elle lui avait fait promettre de ne plus jamais s'éloigner seul. Le lendemain, ils avaient eu une longue conversation sur la manière de se préserver du danger et de ne pas parler aux inconnus.

Je ne me suis pas éloigné, maman. Pas cette fois-ci. Pas vraiment. J'étais avec Ashley, l'amie de Kara, et le surveillant de la plage qui s'appelle Jack. Nous sommes allés à la cabane manger des glaces. Ils parlaient d'une musique que je ne connaissais pas, alors je suis parti chercher des coquillages. J'allais choisir les plus beaux et les mettre dans ta chambre à l'hôtel pour que tu les trouves à ton retour du golf. Je suis allé derrière la cabane, mais seulement une seconde, et je pouvais encore entendre Ashley rire, donc je ne m'étais pas vraiment éloigné. J'ai vu le chauffeur du camion de glaces entrer dans la cabane en disant qu'il avait besoin de plus d'esquimaux pour continuer sa tournée. Et puis, j'ai entendu une voiture. Elle s'est arrêtée derrière le camion de glaces. J'ai fait demi-tour pour retourner près d'Ashley et de Jack, puis j'ai entendu une voix d'homme qui disait que j'avais laissé un joli coquillage derrière le camion. Je me suis souvenu de ce que tu m'avais dit, maman. Je n'ai pas parlé au monsieur, j'ai essayé de me sauver quand il s'est dirigé vers moi, mais il a été trop rapide. Il m'a rattrapé et je me suis réveillé dans le coffre de sa voiture.

Johnny entendait à présent l'homme marcher au-dessus de lui, à l'étage. Il s'était remis à parler. Johnny rampa jusqu'à l'angle de la pièce et s'accroupit pour placer son oreille devant la bouche d'aération. Il ne put comprendre que quelques mots. *Le petit… Ça change tout.* Plus l'homme parlait, plus il avait l'air inquiet.

Puis il entendit une deuxième personne. C'était la femme qu'il avait entendue la veille. *Comment allons-nous nous débarrasser de lui ?* La voix était plus aiguë et Johnny entendit distinctement tous les mots.

L'homme ajouta quelque chose à propos d'une grosse somme de l'assurance. Puis il parla d'une *décision de justice.*

Quand sa maman l'avait mis en garde contre les inconnus, elle lui avait dit que s'il se trouvait seul et perdu, s'il avait besoin d'aide, il devrait chercher à contacter un policier ou un professeur. Et s'il n'en trouvait aucun, il devrait essayer de trouver une femme ou un groupe de femmes. Peut-être parce qu'elles étaient plus comme des mamans ?

Mais comment savoir quel genre de femme se trouvait dans cette maison avec cet homme ? *Est-ce qu'elle pourrait m'aider ?*

L'homme parlait de nouveau : « Tout va bien se passer. Fais-moi confiance, Diane. »

C'est le nom qu'il croyait avoir entendu. Diane ? Roseanne ? Lee Ann ? Quelque chose de ce genre. Peut-être serait-elle plus gentille que l'homme. Peut-être pourrait-elle le ramener à sa maman.

Johnny entendit des pas dans l'escalier et retourna précipitamment à son puzzle. Il avait l'air très difficile. Il y avait trop de pièces. Mais il eut le sentiment terrible qu'il allait devoir passer beaucoup de temps en sa compagnie.

29

Ryan Nichols faisait les cent pas dans le bureau de Laurie, tel un avocat développant ses derniers arguments devant un jury.

« Tracy Mahoney n'est pas une banale avocate, comme Alex.

– Alex Buckley n'est pas un avocat banal, protesta Jerry. D'ailleurs, il est devenu juge fédéral. »

Laurie savait que Jerry prenait un malin plaisir à comparer Ryan à son vénéré prédécesseur. L'année précédente, un fan de l'émission avait posté un questionnaire « Quel est le meilleur présentateur ? » sur la page Facebook de *Suspicion,* demandant aux téléspectateurs de choisir entre Alex et Ryan. Jerry avait pris sur lui de publier les résultats sur le site de l'émission, parlant de sondage « rigolo » ! Quand le vote avait donné un avantage de quinze points à Alex, Ryan n'avait pas paru goûter particulièrement cette forme d'humour.

« Ce que je veux dire, précisa Ryan, c'est que même en tant qu'ancien procureur, j'apprécie pleinement le rôle que joue un avocat d'assises dans notre système judiciaire. Il garantit le contrôle de l'action du gouvernement. Il nous protège tous en s'assurant que chaque accusé est traité équitablement et qu'une condamnation ne peut être prononcée sans preuves suffisantes.

– Nous sommes bien d'accord sur ce point, dit Laurie. Comme le dit l'adage : "Mieux vaut libérer dix coupables que de voir un innocent condamné." Et quelle est la position de Tracy Mahoney dans tout ça ?

– Pour elle, il est simplement impossible de faire son job dans le cadre du système. Elle pense que les avocats d'assises sont fondés à agir *en dehors* du système. Elle se définit elle-même comme une "avocate du mouvement", expliqua Ryan. Elle défend les intérêts de ses clients au sens politique le plus large, plutôt que de se limiter aux aspects spécifiquement légaux qu'on peut rencontrer au cours d'un procès.

– Donnez-moi un exemple, demanda Laurie.

– Il y a quatre ans, elle défendait un client poursuivi pour cambriolage. C'était un vol avec effraction à Southampton. L'homme avait été pris en flagrant délit, mais la police pensait qu'il faisait partie d'un groupe plus vaste s'attaquant en priorité à des millionnaires et des milliardaires qui soutenaient des causes politiques auxquelles ils s'opposaient. Ils transféraient cet argent volé au bénéfice de celles-ci. Quand la police voulut le questionner, l'accusé invoqua immédiatement ses droits. Il n'eut même pas besoin de demander le numéro de téléphone de l'avocat commis d'office, comme le faisaient la plupart des suspects. Celui de Tracy Mahoney était déjà enregistré dans son téléphone portable. Elle se présenta, déclara que son client était prêt à plaider coupable, mais voulut connaître les preuves existant contre lui avant de conclure un accord. Les informations communiquées par le bureau du procureur comprenaient certains éléments provenant des écoutes téléphoniques de l'équipe des malfaiteurs au complet. Le procureur ne mentionna pas leur existence, mais Tracy était assez fine pour se demander comment la police avait eu vent de certaines de ces conversations. Les appels cessèrent aussitôt. Silence radio. Et Mahoney ne conclut jamais d'accord.

– Vous pensez qu'elle les avait avertis ?

– En tout cas, c'est sûrement ce qu'a pensé le bureau du procureur. Ils ont envisagé de l'attaquer ou de la signaler au Conseil de l'ordre, mais ils n'avaient aucun moyen d'étayer leurs soupçons.

– Comment se fait-il que vous en sachiez autant sur cette affaire ? » demanda Laurie.

Ryan avait travaillé au bureau du procureur des États-Unis, qui traitait des affaires au niveau fédéral. Le procureur du district traitait des affaires au niveau de l'État.

« C'est parce qu'elle avait tenté un coup semblable quand j'étais au bureau du procureur fédéral. Le système pénitentiaire avait mis en place ce qu'ils appelaient les "mesures administratives spéciales", pour contrôler les conversations entre les détenus à haut risque et leurs conseils. À la base, il s'agissait d'empêcher qu'un avocat communique à d'autres ce qu'il avait appris d'un de ses clients.

– Et Mahoney avait violé cette règle ?

– Son client faisait partie d'un gang d'écoterroristes. Ils vandalisaient des sociétés qui dilapidaient les ressources naturelles ou procédaient à des expériences sur des animaux. Tracy Mahoney recueillait des déclarations auprès de ses clients et les transmettait *in extenso* aux services d'information des chaînes câblées. Son rôle n'était pas vraiment celui d'un avocat, plutôt celui d'un chargé de com'.

– Et comment s'est-elle débrouillée pour ne pas s'attirer d'ennuis ?

– C'est une sacrément bonne avocate, dit Ryan. Et elle choisit astucieusement ses clients. Au moins une moitié lui apportent des procès classiques, un tiers est constitué par des hommes d'affaires qui ont de l'argent et assurent la subsistance de son cabinet, et le reste, ce sont des projets personnels, et c'est là qu'elle flirte avec les limites de la loi. »

Le téléphone de Laurie interrompit ses réflexions. « Laurie Moran à l'appareil, dit-elle.

– Ici Samantha Finney. Vous avez appelé à propos de mon père ? »

Laurie expliquait que la prochaine émission de *Suspicion* serait consacrée à Darren Gunther et à sa requête en révision de son procès, quand Samantha l'interrompit : « Je ne traite jamais aucune affaire d'importance au téléphone. J'ai besoin de regarder quelqu'un dans les yeux pour me former une opinion. J'ai appris ça de mon père.

– Dites-moi seulement le lieu et l'heure », dit Laurie.

30

UNE ODEUR d'ammoniaque mêlée à un imperceptible parfum de lys accueillit Laurie quand elle poussa la porte d'Organique, le salon de coiffure dont Samantha Finney était propriétaire. Le décor était « naturaliste minimaliste », avec un mobilier en bois cérusé et une abondance de plantes vertes.

« Oooh, superbe couleur ! » s'extasia la réceptionniste lorsque Laurie s'approcha de son comptoir. D'après son badge, elle se nommait Rachel. Ses tresses étaient striées de rose et rassemblées en un chignon lâche sur la nuque. Un anneau d'or perçait une de ses narines. « Vous ne venez sûrement pas pour une teinture. Vos cheveux sont parfaits avec vos superbes yeux noisette. »

Laurie avait lu un jour que la règle, quand on travaillait dans le monde de la beauté, était de valoriser les attraits de la personne qu'on avait en face de soi avec des commentaires positifs. Pour renforcer l'estime de soi de la cliente et, par conséquent, l'importance de l'esthétique. À moins que le compliment de Rachel ne soit sincère. En réalité, Laurie avait rendu visite à son propre coiffeur trois jours plus tôt. Charlotte l'avait convaincue de faire éclaircir quelques mèches de ses cheveux pour le mariage, afin de mettre en valeur leur couleur miel. D'après son amie, leur éclat en serait rehaussé sur les photos, sans paraître artificiel. Le temps où la couleur de ses cheveux pouvait être le sujet le plus important de la journée lui paraissait appartenir à une autre vie.

« J'ai rendez-vous avec Samantha », dit Laurie, élevant la voix pour se faire entendre dans le brouhaha des séchoirs. Rachel feuilleta le cahier de rendez-vous. « Je suis Laurie Moran, je ne suis probablement pas sur votre registre. Mais Samantha attend ma visite, je lui ai parlé au téléphone cet après-midi. »

Au fond du salon, une des coiffeuses regardait dans leur direction. Rachel se tourna et surprit son regard. La femme réussit à envelopper habilement une mèche des cheveux de sa cliente dans du papier d'aluminium tout en articulant un *C'est pour moi ?* silencieux.

Rachel fit un signe de tête affirmatif, et Samantha leva trois doigts.

« Elle sera là dans trois minutes », dit Rachel à Laurie.

En effet, trois minutes plus tard, Samantha se levait, ôtait ses gants en latex et les jetait dans une corbeille en se dirigeant vers la salle d'attente. Elle sécha rapidement ses paumes moites sur sa blouse noire avant d'accueillir Laurie et de lui serrer la main.

« Samantha Finney. Merci d'être venue jusqu'ici. »

Elle avait de grands yeux bleus, un teint pâle et ses cheveux ondulés châtain foncé encadraient un visage rond aux traits réguliers. Elle ne devait avoir que quelques années de plus que Laurie. « Désolée, je me souviens de vous avoir dit que j'avais un trou dans mon emploi du temps, mais mon rendez-vous de cinq heures est arrivé avec une demi-heure de retard. Sans s'excuser, bien sûr, et elle ne donne jamais plus de 5 % de pourboire, mais, comme on dit, le client a toujours raison. » Elle lui adressa un sourire forcé. « Quoi qu'il en soit, je présume que votre émission va chercher à mettre en valeur la crapule qui a tué mon père, et donc, c'est vrai, je vous ai fait faire tout ce chemin pour vous dire en face que vous êtes en train de vous faire rouler dans la farine. Vous pouvez filmer ce que vous voulez, mais je ne vais pas vous aider à faire de ce type…

– Darren Gunther. »

Samantha tressaillit en entendant ce nom. « Je refuse de prononcer son nom. Mon père était un héros. Il était *mon* héros. Et cette ordure me l'a pris pour toujours. Pour moi, il ne mérite même pas d'être considéré comme un être humain, et encore moins… comme une sorte d'artiste maudit. » Elle secoua la tête. « Vous ne pouvez pas comprendre. Vous pensez seulement qu'il va améliorer votre taux d'audience.

– Je sais un peu ce que c'est d'avoir un héros pour père. Je suis la fille de Leo Farley. »

Les yeux de Samantha s'agrandirent. « Waouh ! » Laurie vit son expression s'adoucir. « Nous pouvons aller dans le salon de repos pour parler. »

Samantha ne se détendit qu'une fois la porte refermée. « Cette pièce est sous air conditionné, avec un purificateur. Les produits chimiques que nous utilisons ne sont pas inoffensifs.

– Mais ils sont... bio ?

– La gamme a été modifiée l'année dernière. Tout le monde veut paraître plus vert et plus naturel de nos jours. Mais si vous voulez avoir des cheveux raides alors qu'ils sont frisés, ou faire friser vos cheveux raides, vous devez avoir recours à des produits chimiques. » Samantha s'assit à une petite table au centre de la pièce et invita Laurie à l'imiter. « Quoi qu'il en soit, ce que vous m'avez dit me donne à réfléchir. Votre père a été un réel soutien tout au long de l'enquête et du procès. Je suis surprise qu'il ne m'ait pas téléphoné lui-même. Je suis prête à tout faire pour Leo Farley. »

Se rendant compte que les minutes passaient et qu'elles n'avaient pas encore abordé le sujet, Laurie s'efforça d'expliquer qu'elle préférait ne pas mélanger le rôle de son père en tant que témoin et celui qu'elle jouait en tant que journaliste et réalisatrice de l'émission. Elle ne jugea pas utile à ce stade de mentionner l'enlèvement de Johnny, ni le possible rapport avec le meurtrier du père de Samantha.

« Je pense ne pas me tromper en disant que vous n'êtes pas fan de l'homme qui accuse votre père de parjure », dit Samantha.

Laurie leva les deux mains. « Je n'ai pas d'*a priori.*

– D'accord. Eh bien, malgré tout ce que je viens de dire, vous n'avez pas besoin de me convaincre. Je suis de votre côté, demandez-moi ce dont vous aurez besoin. Mais il n'acceptera pas de participer, surtout s'il découvre qui vous êtes. »

Laurie comprit que le « il » était Darren Gunther, l'homme dont Samantha refusait de prononcer le nom. « *Il* a déjà accepté, en dépit du conseil de son avocate. J'ai seulement besoin de mettre au point les aspects pratiques avec l'administration pénitentiaire. »

Samantha hocha lentement la tête. « C'est son ego qui le fait agir. Quel meilleur moyen de blesser un homme comme votre père que de dresser sa propre fille contre lui ? Alors, dites-moi ce que vous attendez exactement de moi. »

Laurie tira de sa serviette une copie du contrat de participation à l'émission et la remit à Samantha. « Nous pourrons voir le planning et les détails plus tard, mais tout est ici. »

Samantha se leva et prit un stylo près de la machine à café posée sur le comptoir d'une petite cuisine destinée au personnel.

« Prenez votre temps et lisez-le. Je passerai le chercher demain... »

Samantha lui tendait déjà le document signé. « Inutile. J'ai confiance en vous comme en votre père. »

Laurie sourit devant cette marque de sympathie. Remettant le document dans sa serviette, elle en sortit une seconde copie et la déposa sur la table. « Très bien, mais je vous laisse celui-ci. Si vous avez des remords, appelez-moi. »

Au moment où elles sortaient de la pièce, Samantha se retourna et dit : « Finn's.

– Le bar de votre père.

– Oui. Mais c'est le nom que j'aurais dû donner au salon de coiffure. En son honneur. J'adorais vraiment ce bar. Quand j'étais petite, mon père me laissait tirer des bières au comptoir pour les habitués. Au mépris total des règlements, mais qui aurait protesté ? Cet endroit était pour moi comme un second foyer. »

Les yeux de Samantha étaient rivés sur un écran invisible où défilaient des scènes de son passé.

« Vous n'avez pas eu envie de le garder ouvert après la mort de votre père ?

– Si, bien sûr. Clarissa et moi avions projeté de le reprendre ensemble. »

Laurie reconnut le nom. « Clarissa DeSanto ? dit-elle.

– Oui. Elle était pratiquement la deuxième fille de mon père. Une femme délicieuse. Mais deux jeunes femmes ne sont pas crédibles aux yeux des agents immobiliers. Les propriétaires savaient que le voisinage se serait révolté s'ils avaient envisagé d'augmenter le loyer de mon père, mais leur loyauté ne s'étendait pas à la génération suivante. Ils prétextèrent notre manque d'expérience et dirent qu'ils ne voulaient pas courir de risques avec deux novices. À la vérité, c'était pour eux une occasion de se faire plus d'argent, et ils l'ont saisie.

– Qui occupe les locaux à présent ?

– Encore une banque. J'ai le cœur brisé chaque fois que je passe devant.

– Je suis désolée.

– Moins que moi, dit Samantha tristement. Bon, je ferais mieux d'y aller. Si le minuteur sonne pendant que je suis en train de bavarder avec vous, ma cliente va hurler comme si je l'avais abandonnée sur le bord d'une autoroute.

– Encore une chose, si vous permettez. Étiez-vous restée en contact avec Clarissa ?

– Bien sûr. » Le visage de Samantha s'éclaira à l'évocation de son nom. « C'était la meilleure amie que j'avais jamais eue. Elle se demandait toujours ce qui se serait passé ce soir-là si le copain de ce loser de Darren Gunther n'avait pas quitté le bar. Peut-être n'aurait-il pas été animé par le même désir de vengeance. Mon père serait en vie si ce salaud ne s'était pas senti aussi seul pour son anniversaire.

– Gunther était avec quelqu'un ? C'est un fait nouveau pour moi.

– Clarissa a dit qu'il était arrivé accompagné, mais l'autre type est parti sans lui, et Gunther a continué à importuner une des clientes.

– J'aimerais parler à Clarissa en personne. Si vous avez un numéro de téléphone, ou si vous pouviez la prévenir…

Une expression de tristesse se peignit sur le visage de Samantha. « Clarissa est morte il y a trois mois.

– Oh, non. Je suis désolée, Samantha. J'ignorais…

– Un accident de voiture. Elle était partie à Boston pour rendre visite à sa tante, et il pleuvait des cordes. Elle est sortie de la route et tombée dans un ravin. Il n'y avait aucun témoin, mais la police pense qu'elle a pris un virage trop vite et perdu le contrôle du véhicule. Tout ce que je sais, c'est que ma meilleure amie est partie et que c'était la seule personne qui savait tout ce que ce bar représentait pour mon père. »

En partant, Laurie leva les yeux et regarda l'enseigne du magasin, se demandant combien de temps Samantha attendrait avant de rebaptiser le salon. Un salon de coiffure appelé Finn's serait, en effet, un bel hommage à son père.

Dimanche 19 juillet
Cinquième jour

31

SUR L'ÉCRAN de télévision de Laurie, dans son appartement de l'Upper East Side, le chef de la police de Los Angeles remontait les bretelles à un politicien local, l'accusant d'utiliser une affaire d'homicide à des fins électorales. Laurie jeta un coup d'œil en direction de son père, assis dans son fauteuil favori près du canapé. Dans les séries télévisées, c'étaient en général le genre de scènes qui l'horripilaient en raison de leur manque de réalisme. Aujourd'hui cependant, il hochait la tête d'un air approbateur.

À côté d'elle, Timmy paraissait tout aussi passionné. Tous trois rattrapaient le retard pris dans la dernière saison de *Bosch*. Timmy avait fait un cauchemar la nuit précédente, comme il en faisait chaque nuit depuis la disparition de Johnny. Elle essayait de trouver un dérivatif à ses angoisses. Un film policier n'était peut-être pas le moyen le plus adapté pour réconforter un enfant de dix ans, mais Timmy n'était pas un enfant ordinaire. C'était son programme favori, et ils le regardaient toujours en famille. Elle espérait que voir justice rendue dans une fiction pourrait, d'une certaine manière, le réconforter.

Leo avait de profonds cernes sous les yeux, et elle n'avait rien à lui envier. Ils connaissaient l'un et l'autre les statistiques. Plus de 90 % des enfants victimes d'enlèvement survivaient et étaient finalement retrouvés, mais, concernant Johnny, chaque jour qui passait voyait ses chances s'amenuiser. Plus d'un tiers des enfants étaient retrouvés dans les premières vingt-quatre heures, un autre tiers au cours des quarante-huit heures suivantes. Au-delà d'une semaine, ils risquaient fort de ne plus être en vie. Il y avait cinq jours qu'on fouillait les environs et que les gardes-côtes poursuivaient leurs recherches en mer, en bateau et en hélicoptère, et toujours aucune nouvelle de Johnny.

Le moment le plus difficile avait peut-être été celui où Marcy et Andrew avaient pris la cruelle décision de rentrer à Washington avec les filles. Le mystère de la disparition de leur fils était sur toutes les lèvres de la côte est de Long Island. Savourant leurs margaritas ou leur rosé, les vacanciers échafaudaient des théories : il s'était noyé. Il avait été assassiné par un psychopathe, ou encore, des preneurs d'otages, rendant ses parents responsables d'un méfait qu'ils n'avaient pas commis, s'étaient trompés de cible. Il était devenu un sujet de conversation plutôt qu'un être réel.

Et chaque fois que Marcy et Andrew quittaient leur chambre d'hôtel, ils devaient tenir leurs filles à l'écart des bavardages ou de la curiosité du public. Finalement, un ami de la famille, thérapeute, les avait poussés à rentrer chez eux tout en restant en contact avec la police locale. Laurie imaginait leur déchirement à la pensée de laisser Johnny derrière eux.

Aussi leur programme de télévision favori offrait-il pour le moment à Laurie et à sa famille une distraction bienvenue. L'intrigue arrivait à son point le plus palpitant quand le téléphone sonna sur la table basse. L'indicatif de l'appel, le 518, indiquait qu'il provenait du nord de l'État de New York. Elle mit la télévision en pause.

« Maaaaman ! protesta Timmy.

– Désolée, lança-t-elle en se dirigeant vers la cuisine, il faut que je prenne cet appel. »

Elle ne fut pas surprise de voir Leo se lever à son tour, essayant de suivre la conversation d'un air impatient.

« Absolument, le directeur de la prison… je comprends… nous respecterons scrupuleusement ces conditions. Merci encore de nous recevoir. Je sais que cette situation est tout à fait inhabituelle. »

Organiser une rencontre avec un prisonnier était toujours une affaire compliquée, mais ce que Laurie avait tenté dans le cas de Darren Gunther était sans doute sans précédent. Il s'agissait de l'interview d'un condamné pour meurtre, en présence de son avocate, destinée à une émission de télévision produite par la fille de l'inspecteur qui avait été chargé de l'enquête initiale. Elle avait eu besoin, non seulement de l'accord de Gunther et de son avocate, Tracy Mahoney, mais aussi de celui de la police de New York, du bureau du procureur et de l'administration pénitentiaire. Avec la signature du directeur de la prison, elle avait maintenant rassemblé toutes les autorisations nécessaires.

Jusqu'ici, seuls le commissaire de la police de New York et l'inspectrice Langland savaient qu'ils soupçonnaient Gunther d'être impliqué dans l'enlèvement de Johnny. Ils ne voulaient pas courir le risque de voir quelqu'un en avertir Tracy Mahoney et les priver ainsi d'un élément de surprise.

Laurie leva le pouce en direction de Leo au moment de raccrocher. « Le directeur est d'accord. Nous pouvons enregistrer demain. Nous avons rendez-vous à deux heures. »

Gunther était détenu à la prison Clinton de Dannemora. C'était à cinq heures de route de New York. « Ce sera juste, mais toute l'équipe est prête. Comme je m'en doutais, nous ne pourrons utiliser qu'une seule caméra, donc le tournage sera plutôt basique. »

Toute l'équipe, ainsi qu'elle-même, avait passé le week-end au bureau.

« Ça va aller, lui assura Leo. Je sais que c'est toi qui prends les décisions, mais Ryan connaît parfaitement l'affaire maintenant – aussi bien que moi en fait. »

Ils avaient dû maintenir un équilibre fragile entre les décisions propres à la production de l'émission et le rôle de son père qui représentait la police. Laurie savait d'expérience que s'ils parvenaient à découvrir de nouveaux éléments à charge contre Gunther, son avocate prétendrait que l'émission avait joué le rôle de cheval de Troie au profit de la police. Cela étant, Laurie et Ryan avaient déjà procédé à une scrupuleuse interview de Leo en tant que responsable de l'enquête initiale. Laurie avait fait en sorte de montrer qu'elle s'en tiendrait, cette fois encore, à la démarche observée dans les émissions précédentes. Autrement dit, ils pouvaient communiquer avec Leo en tant que témoin dans l'affaire dont ils reprenaient l'enquête, mais ce ne serait pas lui qui déciderait du déroulement de leur propre investigation.

Elle regarda sa montre. Il était déjà sept heures moins le quart. « Zut. Je ferais mieux de me changer avant qu'Alex vienne me chercher. »

Elle était vêtue d'un jean et d'un T-shirt du Coldplay Concert qu'elle avait portés deux heures plus tôt pour regarder la télévision. « Peut-être devrais-je annuler…

– Tu n'y penses pas, la gronda Leo. À tout le moins, vous avez droit à des moments de détente tous les deux. Je vais rester ici avec Timmy, comme prévu, et je reviendrai demain si tu as besoin de moi pour que tu puisses commencer la journée en pleine forme. »

Alex avait appelé plus tôt, annonçant qu'il avait une surprise et qu'il viendrait la prendre à sept heures « pour son rendez-vous ».

« OK, mais en contrepartie, tu dois me promettre de trouver le temps de me présenter Maureen. »

Son père avait fait la connaissance de la juge Maureen Russell lors de la nomination d'Alex au tribunal fédéral trois mois plus tôt. Il n'avait pas soufflé mot de leurs relations depuis, mais elle pouvait voir, à la manière dont il souriait en lisant ses textos, qu'il l'appréciait. « Je ne suis pas la seule à avoir une vie amoureuse.

– Et je n'ai pas l'intention de discuter de ce sujet avec ma fille. Tu as fait le maximum avant l'interview de Gunther – que ce soit pour ton émission ou pour Johnny. Alors sauve-toi ! »

Son père avait raison. Laurie se dirigea vers le dressing de sa chambre et y choisit un ensemble noir pour la soirée. Elle l'accompagna de sandales à fines brides et d'un collier original. En refermant la porte du dressing, elle s'efforça de ne pas s'arrêter sur la housse blanche qui prenait une bonne partie de l'espace.

Il contenait sa robe de mariée. Dans un monde différent – un monde où Johnny serait resté en sécurité sur la plage avec le reste de sa famille –, elle aurait dû être en train de la porter aujourd'hui même. Tandis qu'elle luttait avec le fermoir de son collier, elle se rendit compte que les mancherons, le col en V et la coupe princesse de son ensemble étaient semblables à ceux de la robe inutilisée, et elle se demanda si ce n'était pas pour cette raison qu'elle l'avait choisi ce soir. Son collier attaché, elle donna un dernier coup d'œil à son image dans le miroir et essuya furtivement une larme.

Une fois dans la rue, elle aperçut Ramon qui s'apprêtait à lui ouvrir la porte de la Mercedes noire d'Alex.

Celui-ci, en smoking, l'attendait à l'intérieur. « Tu es superbe, dit-il.

– Tu crois ? J'étais en T-shirt et je me suis changée en vitesse, mais j'ignorais que c'était une soirée habillée. Je dois me lever très tôt demain, Alex. »

Il lui prit la main et la serra. « Pendant une minute, faisons comme si tout était normal. »

Normal. Cela ne faisait que cinq jours, mais elle n'arrivait pas à se souvenir de ce que « normal » signifiait. L'inimaginable s'était produit, et maintenant, jour après jour, ils se demandaient comment continuer.

Ramon prit à gauche dans la 86e Rue, continua après le croisement de la Troisième Avenue, et tourna à droite dans la Deuxième, se dirigeant à nouveau vers le sud.

« Ramon, je suis désolée de me comporter comme une New-Yorkaise typique et de m'inquiéter de la route que nous prenons, mais où allons-nous ? »

Alex lui pressa doucement le genou. « Tu reconnais sûrement l'endroit où nous nous trouvons ? »

Elle comprit lorsque Ramon tourna au croisement suivant sur la 85e Rue. Ils étaient au coin de leur nouvel appartement. Ramon ralentit en arrivant devant l'immeuble puis s'arrêta.

Voyant sa surprise, Alex dit : « Nous avons juste besoin de donner notre accord au décorateur à propos de quelques derniers détails. Nous en avons pour quelques minutes, puis nous profiterons de notre soirée. »

Elle reconnut Luis, le portier de service, originaire de Porto Rico, qui avait une fille de l'âge de Timmy. Il leur fit un geste amical de la main. « Vous allez relever le niveau de la clientèle par ici. Quand emménagez-vous officiellement ?

– Demandez aux entrepreneurs », répondit Alex.

La plupart des meubles qu'ils avaient commandés avaient déjà été livrés, mais les salles de bains et la cuisine n'étaient pas tout à fait terminées.

« Dans ce cas, ce sera l'année prochaine », dit Luis ironiquement.

Laurie sentit un petit frisson la parcourir lorsque Alex glissa la clé dans la serrure de la porte d'entrée. Pendant tant d'années, il n'y avait eu qu'elle et Timmy. À présent, Alex allait s'ajouter à la famille, et leur installation dans cet appartement marquait ce changement. Ils étaient tout près de la ligne d'arrivée.

Quand la porte s'ouvrit, elle fut accueillie par un parfum frais et naturel, un mélange de fruits sucrés et de musc. Alex actionna l'interrupteur de l'entrée. L'appartement était entièrement rempli de fleurs. Des roses, des lis, des orchidées, des tulipes, des jonquilles. Blanches, jaunes, rouges, roses, violettes.

Elle fit le tour du salon, contemplant les énormes bouquets de différentes variétés de fleurs. « Avons-nous choisi fleuriste comme deuxième métier ? »

Alex contint un éclat de rire. « Te souviens-tu de tous les coups de téléphone que nous avons été obligés de passer ?

– Comment pourrais-je les oublier ? »

Ils n'avaient pas hésité une seconde à retarder le mariage, mais chaque appel leur avait cruellement rappelé leur excitation à la pensée d'entamer une nouvelle vie ensemble, avant que la disparition de Johnny ne les oblige à annuler la cérémonie.

« J'ai bien appelé le Four Seasons pour annuler notre suite. » Après le mariage et la petite réception qui devait suivre, ils avaient projeté de passer la nuit dans la suite du penthouse. « Mais j'avais apparemment oublié la commande de fleurs que j'avais faite séparément, c'était une surprise pour notre arrivée dans la chambre. Alors, elles se retrouvent dans notre nouvel appartement.

– Alex, c'est de la folie. Il y a combien de fleurs ?

– Une pour chaque jour du calendrier depuis notre rencontre. »

Elle lui passa les bras autour du cou. « Tu es un peu fou, mais tu es mon fou à moi.

– T'ai-je assez dit que je suis le plus heureux des hommes ? »

Elle leva les yeux au plafond, feignant de chercher une réponse. « Pas depuis une heure. Mais, franchement, je n'arrive pas à croire que tu aies fait tout ça. »

Il ramena une mèche de ses cheveux derrière son oreille et déposa un baiser sur sa nuque. « Laurie Moran, acceptez-vous de prendre pour époux l'homme que vous avez complètement envoûté ?

– Oui. Oui. Cent mille fois oui. »

Lundi 20 juillet
Sixième jour

32

Six jours

IL FUT UN TEMPS où six jours passaient comme l'éclair, entre les réunions de parents d'élèves, les après-midi jeux des enfants, les leçons de musique… en bref, tous les événements qui rythment une vie familiale.

Six jours que Marcy n'avait pas pu parler à son fils. Chaque seconde paraissait durer une heure. Chaque heure, une année. Chaque nuit, une éternité. Elle enfouit son visage dans ses mains, tâchant de garder son calme.

Cela faisait tellement longtemps qu'il avait disparu, et maintenant elle était obsédée par la distance qui la séparait de la plage où elle l'avait vu en dernier.

« Nous aurions peut-être dû rester là-bas. » Elle avait prononcé ces mots au moins une centaine de fois en vingt-quatre heures, après son retour avec les filles à Washington.

Ils avaient consulté, en plus de leur ami thérapeute, deux psychologues pour enfants avant de prendre la décision de rentrer chez eux. L'inspectrice Langland les informait en permanence de l'avancement de l'enquête, dont l'issue était bien incertaine. Avant tout, il leur fallait penser à Emily et à Chloe. D'après les pédopsychiatres, les enfants sont en général remarquablement résilients. Cependant, le changement intervenu dans la routine de leurs journées leur rappelait constamment que quelque chose d'anormal était arrivé. À rester coincées dans un hôtel des Hamptons, dans l'attente quotidienne de nouvelles de Johnny, elles perdaient leurs repères. Et chaque fois que les Buckley quittaient leur chambre, ils redoutaient de rencontrer un inconnu venu leur offrir maladroitement des condoléances ou, pire, quelqu'un qui prendrait en douce une photo de la famille affligée pour la poster sur internet.

Une fois à la maison, les filles se sentiraient davantage en sécurité. Elles retrouveraient l'atmosphère et le déroulement des journées dont elles avaient l'habitude, ce qui les aiderait à traverser les semaines ou les mois à venir.

Ils étaient donc tous rentrés à Washington.

Au moins, c'était l'été. Dans quelques mois, les jumelles iraient à la maternelle à mi-temps. En ce moment, Marcy ne voulaient pas s'éloigner d'elles trop longtemps.

Elle était assise à la table de la terrasse à l'arrière de leur maison et lisait les commentaires postés sur le site TrouverJohnny.com, espérant de tout son cœur que la personne qui l'avait enlevé entrerait en contact avec eux. *Je vous donnerai tout ce que vous demanderez*, pensait-elle, *tout ce que nous possédons. J'échangerai ma vie contre la sienne. Je vous en prie, rendez-le-nous.*

Mais elle ne trouva que les messages habituels d'inconnus bien intentionnés qui exprimaient leur compassion et priaient pour Johnny et sa famille. Elle s'efforça d'ignorer ceux qui versaient dans le pessimisme. Un petit groupe de conspirationnistes soutenait que ses parents étaient mêlés à une entreprise criminelle et que c'étaient des représailles. Il y avait aussi les cinglés qui supposaient que toute l'affaire était un canular destiné à leur attirer de la publicité pour une raison inconnue. Mais les commentaires les plus cruels venaient des gens qui reprochaient à Marcy et Andrew d'avoir exposé leur fils au danger. *Quelle sorte de parents laissent leur enfant seul avec une baby-sitter en période de vacances ?* Parfois, elle se sentait mourir de culpabilité.

Elle sursauta en lisant les commentaires suivants :

Peut-être l'auraient-ils mieux surveillé s'il ne s'agissait pas d'un enfant adopté.

Un enfant adopté ? Comment le savez-vous ?

Je suis passionné par cette affaire et j'ai lu tout ce que j'ai pu trouver à son sujet sur le Net. L'adoption n'a été mentionnée par aucun des grands médias jusqu'à présent, mais je l'ai trouvée ici (un lien était cité). Très intéressant.

Marcy cliqua sur le lien. Il donnait accès à un site web intitulé New York Crime Beat. Elle n'en avait jamais entendu parler. L'article n'était pas signé. Elle passa rapidement sur le rappel des faits, déjà largement rapportés, jusqu'à ce qu'elle tombe sur le mot qu'elle cherchait : *adoption.*

D'après une source policière, l'enfant disparu a été adopté à sa naissance par les Buckley. Quand on a demandé si sa disparition pouvait avoir un rapport avec son adoption, la source a signalé que la police avait écarté cette hypothèse et indiqué qu'elle retenait celle d'un enlèvement par un inconnu.

Lorsque l'inspectrice Langland répondit à son appel, Marcy ne s'embarrassa pas de préambules. « Comment se fait-il qu'un site web sache que Johnny a été adopté ?

– De quoi parlez-vous ? »

La voix était calme, en dépit du ton agressif de Marcy. « Quel site web ? »

Marcy comprit que Langland n'était pas au courant de l'article. Elle lui donna des détails, puis elle attendit que l'inspectrice l'ait lu.

« Marcy, je suis navrée, je vous promets que je n'ai rien à voir avec ça. C'est à la fois une bonne et une malheureuse chose, cet événement a eu un retentissement énorme, au moins localement. L'aspect négatif, c'est d'avoir attiré les vautours. Aucun journaliste digne de ce nom ne montrerait ce manque de respect envers votre vie privée. Il semble, en outre, qu'ils n'aient eu qu'une seule source anonyme, ce qui est tout à fait insuffisant pour un média respectable.

– Les filles ne savent rien. Johnny non plus. Nous le mettrons au courant quand il sera un peu plus âgé. »

Marcy entendit un profond soupir à l'autre bout de la ligne.

« Écoutez, je ne puis vous dire à quel point je suis désolée, Marcy. Mais ce site web ? Je n'en ai jamais entendu parler, et je suis dans la police. Je vais m'assurer auprès de nos équipes que ce genre de fuite ne puisse pas se reproduire. C'est inacceptable, et j'espère que l'histoire de ce petit site minable s'arrêtera là. »

« Maman, regarde ! » Chloe tapait du pied dans la petite piscine qu'Andrew avait montée pour les jumelles dans le jardin.

« Vous me tiendrez au courant si des journalistes vous contactent ? demanda Marcy.

– Absolument. Je vous le promets. »

Quand elle coupa la conversation, Chloe essayait toujours de capter son attention, pataugeant dans l'eau. « Regarde comme j'arrose loin ! »

Emily protesta, les bras croisés. « Arrête, Chloe. Tu fais n'importe quoi, tu vas vider la piscine.

– On la remplira avec le tuyau.

– Alors… » Emily essaya de trouver une réponse : « … tu enlèves de l'eau aux poissons. »

Chloe était en train de dire à sa sœur que ce n'était pas exactement comme ça que les choses se passaient quand on sonna à la porte. Marcy se leva précipitamment. *Faites que ce soient de bonnes nouvelles. Je vous en prie.*

À travers la fenêtre du salon, elle aperçut une Buick gris clair arrêtée dans l'allée.

« Andrew, cria-t-elle. Il y a quelqu'un ! » Le bureau se trouvait un peu plus loin dans le couloir.

Elle courut jusqu'à la porte et jeta un coup d'œil par un des panneaux latéraux. Elle ne reconnut pas la femme qui se tenait là, les yeux baissés, l'air mal à l'aise. Elle avait une soixantaine d'années, un visage rond encadré de cheveux blonds tirant sur le gris, avec une raie au milieu. Elle portait une robe bleu marine à manches courtes et autour du cou une simple chaîne où pendait une petite croix.

« Est-ce que je peux vous aider ? demanda Marcy, sans ouvrir complètement la porte.

– Madame Buckley ?

– Que puis-je faire pour vous ?

– Je m'appelle Sandra Carpenter. Ma fille était la mère de votre fils. C'est lui que vous avez adopté. »

33

MARCY SERVIT un verre de thé glacé à la visiteuse puis s'assit près d'Andrew, qui était sorti de son bureau au moment où elle ouvrait la porte d'entrée. Ils étaient assis autour de la table de la cuisine, d'où Marcy pouvait surveiller les filles par les portes vitrées coulissantes.

Elle sentit la main d'Andrew lui presser le genou sous la table. Ce simple geste la rassura. Il était la seule personne sur terre à pouvoir partager son chagrin.

Elle pressa sa main à son tour et la garda posée sur la sienne. Sandra avait déjà expliqué la raison de sa présence. Elle désirait sincèrement les aider.

Comme elle l'expliqua, elle avait découvert l'adresse des Buckley, mais pas leur numéro de téléphone, sur d'anciens documents qu'elle avait pu retrouver dans ses dossiers datant de l'époque de l'adoption. Marcy se demanda pourquoi elle n'avait pas plutôt appelé le père Horrigan pour les joindre, mais elle se souvint que Sandra avait choisi une autre paroisse après la naissance de Johnny. Peut-être n'avait-elle pas envie d'impliquer encore une fois le père Horrigan dans cette affaire qui concernait sa fille et l'adoption. Quelles que soient ses raisons, Marcy regretta soudain de lui avoir ouvert sa porte.

« Merci d'avoir pensé à nous, parvint-elle à dire. Je sais que tout ceci doit vous bouleverser, vous aussi.

– Je ne peux pas dormir, dit Sandra. J'aurais trouvé injuste de ne pas me manifester. Je sais que Michelle a fait adopter son enfant, mais pour moi Johnny est tout ce qui reste de ma petite fille, même si je n'ai jamais fait partie de sa vie. Le savoir en danger – et imaginer à quel point vous devez être terrorisés – me rappelle combien Michelle me manque. Vous voyez ce que je veux dire ?

– Bien sûr.

– Quand Michelle était jeune, nous étions très proches. Elle me disait que j'étais sa meilleure amie, jusqu'à ce qu'elle entre au lycée. Elle a ensuite choisi de s'inscrire à l'université à Baltimore plutôt que dans un établissement plus prestigieux dans le Colorado, parce qu'elle ne voulait pas s'éloigner de la maison. Elle s'est toujours montrée une brillante étudiante, tout en étant serveuse à temps partiel dans un restaurant pour subvenir à ses besoins. Je lui ai fait confiance lorsqu'elle m'a annoncé qu'elle désirait prendre une année sabbatique. Le couple qui était propriétaire du restaurant dans lequel elle travaillait à Baltimore ouvrait une succursale à Rehoboth Beach, dans le Delaware, et proposait de lui en confier la direction. C'était apparemment un bon plan. Ils lui offraient un logement agréable dans leur petite maison d'amis. Elle pourrait gagner beaucoup d'argent en été et ils lui proposaient pratiquement l'équivalent pour surveiller leur maison. J'ai compris pourquoi elle trouvait l'offre intéressante. Elle était à quelques minutes à pied de la plage et à peine à deux heures et demie de chez moi, ce qui nous permettait de nous voir régulièrement. Elle avait même de la place pour me recevoir, c'était une sorte de petite maison de vacances pour moi. Elle espérait économiser suffisamment en trois ans pour reprendre ses études sans avoir à s'endetter. Elle voulait être l'une des meilleures de sa classe. Je me souviens qu'elle disait : *Être en tête de classe dans une université publique vaut mieux qu'être dans la moyenne à Harvard.* Elle avait de grandes ambitions. Elle voulait devenir journaliste. »

Marcy ne doutait pas que Sandra était venue avec le désir sincère de les aider, mais il était clair que son esprit et son cœur étaient toujours accaparés par son propre chagrin.

Comme s'il lisait dans ses pensées, Andrew fit mine de se lever. « Merci d'être venue et, une fois encore, nous sommes vraiment reconnaissants à Michelle… »

Ce n'était pas assez pour arrêter Sandra dans l'évocation de ses souvenirs. « Mon plus grand regret est la manière dont j'ai accueilli la nouvelle quand Michelle est tombée enceinte. J'avais des principes très traditionnels. *Très*. Elle n'a même pas pu me dire qui était le père, juste qu'elle l'avait rencontré dans un bar… J'aurais dû me montrer plus compréhensive. J'ai essayé de régler les problèmes immédiats – s'occuper du bébé –, mais je suis sûre qu'elle s'est sentie jugée. Je pense que c'est à ce moment qu'elle a commencé à perdre pied. Après avoir abandonné son enfant, elle s'est éloignée de moi. Elle avait sans doute honte. J'espérais que ce serait passager, mais les semaines et les mois ont passé, puis les années. Le jour où la police de Philadelphie m'a annoncé qu'elle était morte d'une overdose, leur ton était tellement froid, comme si j'étais une étrangère. »

Il était visible que cette femme – une mère, comme Marcy – était inconsolable, qu'elle était encore sous le coup de la perte de sa fille. Mais pour Marcy, elle *était* une étrangère, et son arrivée subite ne les aidait en rien à retrouver Johnny.

À côté d'elle, Andrew se leva et, cette fois, il ne laissa pas Sandra l'interrompre. « Madame Carpenter, votre perte nous touche beaucoup, et nous sommes désolés pour vous. Mais nous avons besoin d'être seuls en famille, en ce moment. Laissez-moi vous raccompagner. »

Quand Andrew et Mme Carpenter eurent quitté la cuisine, Marcy se mit à trembler, imaginant sa réaction si elle recevait un appel téléphonique semblable à celui qu'avait reçu Sandra. De l'inspectrice Langland à East Hampton, par exemple. Ou d'un agent de la police de New York, de Cleveland ou de La Nouvelle-Orléans, d'un endroit où les ravisseurs auraient emmené Johnny. Combien de temps allait-elle devoir encore attendre pour avoir une réponse ? Et tout comme Sandra se reprochait sa conduite envers sa fille, Marcy se sentirait éternellement coupable d'avoir laissé Johnny seul sur la plage avec une baby-sitter qu'elle connaissait à peine.

La sonnerie de son téléphone portable interrompit ses réflexions. C'était un texto de Laurie.

On arrive à la prison.

34

LAURIE RANGEA son téléphone. Elle imaginait trop bien l'angoisse de Marcy et d'Andrew. Elle-même dormait peu et mal depuis la disparition de Johnny. Être séparée de Timmy près d'une semaine sans savoir où il était ? Elle ne l'aurait pas supporté.

Elle fourra le téléphone dans la poche de sa veste et se tourna vers l'opérateur qui étudiait son écran numérique. « Comment ça se présente, Nick ? »

L'espace mis à leur disposition dans la prison était exigu, c'était l'une des petites pièces qu'utilisaient en général les avocats pour y rencontrer leurs clients. Laurie s'était organisée en conséquence, ne conservant qu'une équipe réduite – elle, Ryan et son chef opérateur avec une seule caméra. Tracy Mahoney, l'avocate de Gunther, s'était déjà présentée à l'équipe et avait déclaré qu'elle était prête à s'asseoir n'importe où, à condition de ne pas apparaître à l'écran.

« Viens voir par toi-même, dit Nick en se reculant. C'est le mieux que je puisse faire. »

Le mobilier consistait en une petite table ronde et deux chaises. Ryan était assis le dos à la porte, occupé à compulser ses notes.

La difficulté, c'était de cadrer Ryan et Gunther ensemble avec si peu de recul. Nick y était parvenu en plaçant la caméra dans l'angle de la pièce le plus éloigné de la table.

« Comme tu peux le voir, expliqua-t-il, on a une vue légèrement meilleure sur le siège de Ryan. »

Ryan sourit et fit un geste de la main en direction de la caméra. La prise de vues n'était pas d'une qualité parfaite, mais ce serait suffisant.

« Donc, nous placerons Gunther ici et prendrons Ryan de profil. Et nous avons cette chaise hors champ pour l'avocate.

– Parfait, dit Ryan. De toute façon, j'ai horreur de tourner le dos à la porte. »

Laurie leva le pouce à l'adresse de Nick. « Comme toujours, tu fais des miracles, un vrai pro.

– Tu me dis ça uniquement parce que je me suis levé à l'aube pour arriver jusqu'ici.

– Au moins, tu as fait le trajet avec un petit paquet-cadeau de Doughnut Project. »

Laurie savait que Nick adorait cette pâtisserie, en particulier leur barre au bacon et au sirop d'érable.

Nick tapota son estomac d'un air satisfait. « Mes artères disent non, mais mon ventre dit merci. À propos, ajouta-t-il en baissant la voix, je voulais te dire que ma femme et moi avons inclus Johnny dans nos prières. Tout ce qui pourrait t'aider, nous sommes prêts à le faire. »

L'enlèvement présumé de Johnny paraissait en première page dans les journaux locaux, ainsi que les liens de sa famille avec le juge fédéral Alex Buckley.

« C'est gentil, dit Laurie. Ton aide m'est précieuse. »

Nick hocha la tête. « Bon, tu sais que j'irai là où tu iras. »

Laurie eut tout à coup l'impression que Nick soupçonnait l'existence d'un lien entre la disparition de Johnny et l'urgence soudaine avec laquelle elle traitait le sujet de l'émission, mais il n'était pas du genre à poser des questions, hormis pour les angles de prise de vues et les choix d'éclairage.

Elle regarda Ryan, qui était revenu s'asseoir à la table.

« Que la fête commence », dit-il.

Laurie frappa à la fenêtre de la porte de sécurité. « Nous sommes prêts, dit-elle au gardien.

– Je vais chercher le prisonnier. Son avocate est déjà arrivée. »

Lorsque la porte se referma, Laurie eut un moment de panique. C'était peut-être leur dernière chance de sauver Johnny, ils ne pouvaient pas la rater.

Sans sa combinaison verte de détenu, on aurait pu prendre Darren Gunther pour une vedette de cinéma s'avançant d'un pas assuré dans une salle d'audition, confiant et content de lui.

« Ah, quel plaisir de passer un moment dans la luxueuse suite attribuée aux avocats de la défense. Bien plus raffinée que la partie commune fréquentée par la racaille. »

Il remercia poliment le gardien qui lui ôtait ses chaînes et ne laissait qu'une menotte accrochée à la table.

Tracy Mahoney, l'avocate, était une grande femme aux épaules carrées dotée d'une abondante chevelure blonde indisciplinée. Son accent de Brooklyn était immédiatement reconnaissable. « Est-ce bien nécessaire ? Nous sommes filmés, et les serrures de la porte sont dignes de Fort Knox. »

Le gardien secoua la tête. « Vous connaissez le règlement. »

Une fois le gardien parti, Gunther tendit sa main libre à Ryan.

« Vous êtes Ryan Nichols, dit-il. Je vous ai souvent vu à la télévision. J'ai aussi consulté votre C.V., impressionnant. Je suis impatient de pouvoir vous exposer la vérité concernant mon affaire.

– Nous allons donc avoir une conversation tout à fait éclairante », répliqua Ryan.

Gunther se tourna vers Laurie. « Et vous devez être madame Moran.

– C'est exact. » Habituellement, à ce stade elle aurait déjà procédé à une interview préparatoire, mais les circonstances n'étaient pas ordinaires. « Je suis moi-même impatiente d'entendre votre version de l'histoire. »

Il leva l'index de sa main libre. « Faites gaffe à ce que vous souhaitez entendre, madame Moran. Vous savez ce que dit la chanson : il ne faut jamais tenter de rencontrer ses héros. Votre père est considéré comme un véritable héros, et ce que je vais dire de lui ne vous plaira peut-être pas. Il y a un côté chez lui qu'il ne montre sans doute pas devant sa fille admirative et son adorable petit-fils. Il s'appelle bien Timmy, n'est-ce pas ? »

Son sourire forcé voulait l'amadouer, mais une brûlure insupportable monta à la gorge de Laurie en entendant le nom de son fils sortir de la bouche de Gunther. Elle se rendait compte du défi qui les attendait tous. Si Gunther avait organisé l'enlèvement d'un enfant qu'il croyait être le petit-fils de Leo, il n'allait sûrement pas l'admettre devant la caméra. Il allait distiller des indications voilées pour confirmer un accord implicite : la liberté de l'enfant en échange de la sienne. Gunther avait immédiatement cité le fils de Laurie. Était-ce le genre d'indice qu'ils attendaient, ou simplement sa façon de manipuler la productrice de l'émission ?

« Si nous commencions ? » dit-elle.

35

Tandis que Ryan écoutait Gunther exposer sa version de la mort de Lou Finney, Laurie se sentait de plus en plus déterminée à défendre le nom de son père, même si Gunther n'avait rien à voir avec l'enlèvement de Johnny.

L'interview avait passé en revue tous les événements qui s'étaient produits durant la nuit du meurtre et abordé la question de l'ADN de contact sans que l'avocate de Gunther intervienne à aucun moment. Pour l'instant, Gunther n'avait pas dévié de la ligne qu'il avait adoptée dans ses déclarations. Il était séduisant, s'exprimait parfaitement et pouvait se montrer charmant à l'occasion. Le téléspectateur moyen penserait qu'il était impossible que cet homme soit un assassin. Cependant, Laurie savait d'expérience qu'un individu lambda pouvait cacher un meurtrier. Il devait y avoir une autre explication à la présence de l'ADN de Mason Rollins sur l'arme du crime.

Laurie ne pouvait croire que son père ait falsifié une confession pour confondre un innocent.

Comme s'il lisait dans ses pensées, Gunther abandonna soudain l'argument de l'ADN, regarda la caméra et déclara : « Je sais ce que vous pensez tous, même si j'ai l'air de quelqu'un d'équilibré, même si j'ai été un prisonnier modèle pendant les dix-huit longues années où j'ai clamé mon innocence, même si je peux *prouver*, irréfutablement, que l'ADN trouvé sur l'arme du crime n'est pas *le mien*, mais celui d'un criminel *avéré* avec un penchant pour les agressions au couteau » – il comptait chaque point sur le bout de ses doigts –, « à la fin de l'histoire, vous vous direz, *Mais un flic couvert de médailles a déclaré qu'il avait avoué*, et vous estimerez que c'est suffisant. Parce que le flic auquel je suis confronté n'est pas n'importe quel type en uniforme, c'est l'ancien commissaire Leo Farley, qui a franchi après ma condamnation tous les échelons de la police telle une fusée. Pour ceux qui ne le savent pas, il est juste en dessous du préfet lui-même. C'était d'ailleurs le job qui lui était promis s'il n'avait pas décidé de prendre sa retraite mais, encore aujourd'hui, il est considéré comme une star. Il a droit à son portrait dans le *New York Magazine*, il est invité dans la loge du maire pour les grands événements sportifs. »

Laurie frémit à la mention de ce portrait paru dans la presse. C'était le même magazine qui avait publié une photo de sa famille dans la loge du maire au Yankee Stadium. Timmy ressemblait alors au Johnny d'aujourd'hui. Ils avaient au moins la confirmation que Gunther avait vu cette photo. Elle se força à rester concentrée sur lui, à l'écouter dévider la liste des hauts faits de Leo.

« Vous le verrez à côté du cardinal en tête de la grande parade de la Saint-Patrick. Cet homme a tellement de décorations que ses médailles scintillent comme les lumières d'une boule disco.

– Je pense que nous avons tous compris où vous voulez en venir, dit Ryan avec ironie. Vous pensez qu'entre votre parole et celle du commissaire, la plupart des gens font tout naturellement confiance au vétéran médaillé.

– Exactement. Voilà le problème. » Gunther dirigea à nouveau son regard vers l'objectif. « Qu'est-ce qui a permis à Leo Farley d'atteindre si vite les hautes sphères ? Qu'est-ce qui le rendait si différent de tous les autres policiers ou inspecteurs ordinaires dont personne ne connaît le nom ? Qu'est-ce qui fait que Farley représente l'honneur de la police ? »

Ryan profita de l'occasion. « Peut-être le fait qu'il est le genre d'enquêteur obstiné qui, sa journée terminée, retourne au commissariat parce qu'il n'a pas encore découvert toute la vérité. Et qu'il est assez habile pour amener quelqu'un d'aussi intelligent et maître de soi que vous à avouer avoir poignardé un homme dans un accès de rage parce qu'il a été repoussé par une femme dans un bar. »

Gunther garda son calme et sourit. « On pourrait croire que vous travaillez pour la fille de Leo Farley. Je présume que cette émission dévoilera un flagrant conflit d'intérêts et permettra aux spectateurs de se former une opinion en conséquence.

– Nous ne présentons que des faits indiscutables à nos spectateurs.

– Eh bien, connaissiez-vous ce fait indiscutable, à savoir que Leo Farley était pressenti pour le poste de commissaire adjoint au renseignement de la police de New York à l'époque de mon arrestation ? Jusque-là, c'était un flic ambitieux qui n'avait jamais traité d'affaire prestigieuse susceptible de le mettre en vedette. Mais l'affaire Finney était de celles qui font la une des journaux. Les protagonistes : un sympathique propriétaire de bar d'un quartier chic de Manhattan, un étudiant d'une université renommée et le jeune héritier d'une fortune immobilière. Un conflit de classes. Une histoire où se mêlaient l'ancien et le nouveau New York. Et dont Farley, m'ayant prétendument démasqué, devenait l'acteur principal. Et que s'est-il alors passé ? Il a obtenu sa super promotion, il est devenu le porte-parole du département de la police de New York, capable d'attirer l'attention des médias, à l'égal d'un maire. »

Ces paroles mirent Laurie mal à l'aise. Gunther utilisait la réputation exemplaire de son père comme une arme contre lui. Sur l'écran de Nick, elle vit le regard de

Gunther se détourner de la caméra. Il la fixa un moment, avant de revenir à Ryan.

« Je vous suggère de vous renseigner sur le déroulement de la carrière de Leo Farley. Vous verrez que j'ai raison. Savez-vous que je ne suis pas le premier prisonnier à accuser Farley d'avoir falsifié des preuves ? »

Même de profil, Laurie crut déceler un léger flottement dans l'attitude de Ryan. Il se disait sans doute que dans n'importe quelle autre affaire – qui aurait impliqué un enquêteur lambda, et pour laquelle ils auraient eu un vrai temps de préparation –, Laurie aurait prévu ce genre d'accusation dans le cadre d'interviews préliminaires hors caméra. Il se reprit vite, cependant.

« Vous avez passé dix-huit ans de votre vie en prison, dit-il. Je présume que vous savez que les pourvois en cassation pour accusations infondées sont monnaie courante. N'importe quel policier avec trente ans d'états de service à son actif a pu affronter ce type d'accusation. Cela ne prouve en rien la véracité de ces allégations.

– Le nouvel ADN qui a été découvert est celui d'un homme connu pour ses agressions au poignard, y compris une attaque au cours d'une bagarre dans un bar, exactement ce dont j'ai été accusé. Savez-vous qu'il a été confirmé que Mason Rollins vivait dans Greenwich Village au moment des faits ? Son appartement n'était qu'à dix minutes à pied du bar de Finney. Rollins a claqué la porte au nez de mon avocate quand elle a voulu lui parler, et je crois savoir qu'il refuse même de parler à l'enquêteur du bureau du procureur.

– Alors, comment expliquez-vous que Rollins ait pu poignarder un propriétaire de bar avec lequel on ne lui connaissait aucun différend ?

– Nous avions tous atterri sur le trottoir. Je tentais de me dégager, mais l'autre type, Jay Pratt, continuait à me frapper et à s'agripper à ma chemise. Nous avons heurté un autre individu – brutalement – et c'est lui qui a sorti un couteau. Et aussitôt après, Lou Finney s'est écroulé. Il y avait tellement de sang. Et l'autre type… Il avait filé depuis longtemps. Je suis persuadé que cet homme était Mason Rollins, et la preuve en est son ADN. Vous êtes un excellent avocat, alors dites-moi : si tout cela ne suffit pas à vous faire douter de ma culpabilité, que vous faut-il de plus ? »

36

GUNTHER SOUTENAIT le regard de Ryan, comme s'il le mettait au défi de trouver un point faible dans sa démonstration. *Si tout cela ne suffit pas à vous faire douter de ma culpabilité, que vous faut-il de plus ?*

C'était le point d'orgue de l'interview, une scène pleine d'émotion jouée spécialement pour les caméras. À aucun moment Ryan n'avait réussi à mettre Gunther en difficulté. Au contraire, il était sorti vainqueur de l'interview, parvenant à utiliser les preuves ADN à bon escient et à mettre en doute la crédibilité de Leo.

Ryan regarda Laurie. Elle comprit qu'il approchait de sa conclusion. Elle acquiesça d'un signe de tête.

« Encore quelques questions avant d'en finir, monsieur Gunther. Je vais vous lire la liste des personnes qui se trouvaient chez Finn's le soir du crime et vous demander si vous avez été en contact avec certaines d'entre elles avant ce soir-là, ou depuis.

– D'accord, mais je n'en vois pas l'intérêt.

– D'après votre version des faits, vous étiez seul dans le bar et vous n'y connaissiez personne. Pouvez-vous nous le confirmer ? Nous aimerions nous assurer que vous n'avez pas tenté d'influencer d'éventuels témoins qui auraient fait pencher la balance du mauvais côté, soit durant votre premier procès, soit lors de votre pourvoi. »

Pour la première fois depuis le début de l'émission, Tracy Mahoney prit la parole : « Ne répondez pas, Darren. La question est trop vague. »

Gunther balaya ses craintes d'un geste. « Je vous en prie, il n'y a rien qui puisse m'inquiéter. Voyons cette liste. »

Un par un, Ryan égrena les noms que Laurie avait notés. Lou Finney, naturellement ; Jane Holloway, la femme que Gunther poursuivait de ses assiduités ce soir-là ; Jay Pratt, l'homme avec qui Gunther s'était battu ; DeSanto, la serveuse qui avait, à la surprise de Leo, refusé de témoigner au procès, et finalement Mason Rollins. D'après Gunther, il n'avait eu aucune relation préalable, ni aucun contact par la suite avec aucun d'entre eux.

« Et qui était l'ami avec qui vous célébriez votre anniversaire au début de la soirée, avant votre altercation avec M. Pratt ? Il pourrait peut-être nous donner quelques éclaircissements sur votre comportement ce soir-là. »

Gunther cligna des yeux, comme désorienté par la question. « J'étais seul dans le bar. J'avais l'intention de rencontrer d'autres étudiants de Vassar qui étaient en ville pour les vacances, mais je ne les ai pas vus de la soirée. Je suis allé faire un tour dans le Village pour me distraire. Je n'imaginais certes pas que cette décision ruinerait ma vie. »

D'après Samantha Finney, la fille de la victime, la serveuse, Clarissa, avait déclaré que Gunther était arrivé avec un autre homme, mais il n'y avait aucune certitude. Cette check-list ne servait en fait qu'à amener la question suivante – celle qui importait le plus.

« Et enfin, dit Ryan, nous aimerions savoir qui pourrait vous servir de témoins de moralité ?

– C'est-à-dire ?

– Y a-t-il des gens qui pourraient nous dire quel genre de personne vous étiez il y a dix-huit ans ? Des gens qui seraient encore proches de vous actuellement. Vous dites que vous étiez un prisonnier modèle. Nous pensons que les téléspectateurs aimeraient entendre des témoignages des gens qui vous connaissent le mieux, afin de comprendre qui vous êtes en réalité. »

Si Gunther était impliqué dans l'enlèvement de Johnny, c'était l'occasion pour lui de les mettre en contact avec un intermédiaire en dehors de la prison qui pourrait continuer à négocier un éventuel échange contre sa liberté.

« Ma mère est dans une maison de retraite depuis quatre ans, elle souffre de la maladie d'Alzheimer, dit-il en prenant un air accablé. Ils n'ont même pas voulu me laisser sortir pour lui dire au revoir pendant qu'elle reconnaissait encore son fils. Je dirais que c'est mon avocate qui me connaît le mieux aujourd'hui. » Il fit un signe en direction de Tracy. Laurie savait qu'un avocat ne pouvait pas servir de témoin à un de ses clients.

« Personne d'autre ? demanda Ryan. Un ancien ami du quartier, voire un ex-prisonnier avec lequel vous êtes resté en contact et que nous pourrions interroger ? »

Allez, pensa Laurie. *Mords à l'hameçon. Mets-nous sur la piste.*

« Désolé, dit Gunther en haussant les épaules, mais il n'est pas facile de garder des amis ou de s'en faire derrière les barreaux. »

Ryan ne put cacher sa déception. Il regarda Laurie pour qu'elle décide de la suite. C'était évident. Ils n'avaient pas obtenu ce qu'ils cherchaient.

« Je crois que nous allons en rester là, dit-elle.

– Vous en êtes sûre ? demanda Gunther. Je n'ai pourtant pas de grands projets pour le reste de la journée. »

Et à nouveau cette étincelle dans le regard et ce sourire ironique. Elle comprenait pourquoi tant de journalistes étaient tombés sous son charme.

« C'est bon pour aujourd'hui. » Un frisson la parcourut au moment où elle passait derrière la chaise de Gunther pour aller frapper à la porte et signaler au gardien qu'ils avaient terminé.

Au moment où la clé pénétrait dans la serrure, Gunther reprit la parole : « Je voulais vous dire, madame Moran, que mes pensées et mes prières vont au neveu de votre fiancé et à toute sa famille. »

Elle faillit bondir en l'entendant mentionner la disparition de Johnny. « Qu'est-ce que vous dites ?

– Je suis un lecteur assidu de la presse. Je lis au moins cinq journaux par jour, locaux et nationaux. Le *Post* et le *Daily News* ont fait un excellent travail en diffusant sa photo. Il a l'air d'un gentil petit garçon. J'espère qu'on va le retrouver sain et sauf sans tarder. »

L'esprit en alerte, Laurie se rappela les articles de journaux qu'elle avait compulsés. Plusieurs d'entre eux mentionnaient que Johnny se trouvait dans les Hamptons à l'occasion de l'anniversaire de son oncle, Alex Buckley, récemment nommé juge fédéral, mais jusqu'à présent aucun n'avait jamais mentionné Laurie et son père. Le commentaire de Gunther révélait que lui-même avait fait le rapprochement. Mais était-ce sa manière de dire qu'il pouvait les mener jusqu'à Johnny ?

Rien de tout cela ne la faisait avancer d'un pas.

« Disons seulement que toute la famille est anxieuse de le voir revenir à la maison – d'une façon ou d'une autre. »

Elle chercha une réaction sur le visage de Gunther tandis que le gardien lui repassait ses menottes, mais il sortit de la pièce sans se retourner.

Nick sortit en premier de la prison, portant la caméra dans un sac à dos en cuir.

Laurie marchait lentement, elle voulait en savoir davantage avant de grimper dans le bus du studio.

Elle s'arrêta près du guichet du contrôleur et se tourna vers Ryan à côté d'elle. « Est-ce seulement une impression de ma part ou les choses se sont réellement mal passées ?

– Ce n'est pas une impression, dit Ryan. Nous avons entendu tout ce que nous savions déjà, mais interprété à sa manière. Et franchement, il a fait bonne impression. Vous le savez, j'aime beaucoup votre père, mais Gunther a marqué quelques points. Il va falloir vérifier le timing entre son arrestation et la promotion de M. Farley. »

Laure porta une main à son front. Il y avait autre chose à faire avant de partir. « Les salles réservées à la racaille », dit-elle.

Ryan eut l'air interrogateur.

« Gunther a fait remarquer que nous étions dans une salle confortable réservée aux avocats, bien plus luxueuse que celles destinées à la *racaille*.

– Donc, il a d'autres visiteurs. »

Dix minutes plus tard, ils avaient un nom : Summer Carver. Elle apparaissait dans le registre des visiteurs environ un an plus tôt mais, au cours des six derniers mois, elle avait rarement manqué une des visites autorisées deux fois par semaine.

« Voilà ce que signifie n'avoir aucune relation excepté avec son avocate », dit Ryan ironiquement.

Tandis qu'ils attendaient qu'un employé de la prison imprime pour eux une copie du permis de conduire de la visiteuse, ils virent Tracy Mahoney debout à la porte d'entrée de la prison. Elle se détourna et souleva son téléphone comme si elle passait un coup de fil, mais Laurie était certaine qu'elle les avait épiés.

Mardi 21 juillet
Septième jour

37

Le lendemain matin, dans son bureau, Laurie contemplait les trois tableaux blancs où figurait tout ce qu'ils savaient jusqu'ici sur la disparition de Johnny, sur Darren Gunther et sur le meurtre de Lou Finney, et les probables connexions qui existaient entre les deux. Jerry, Grace et Ryan étaient assis autour de la table ovale blanche de la salle de réunion.

Laurie entoura d'un cercle rouge le nom de Summer Carver. « Si Gunther a quelqu'un qui lui sert d'yeux, d'oreilles et de jambes à l'extérieur de la prison, c'est probablement cette femme. Elle est la seule à lui rendre visite en prison, à l'exception de son avocate et, occasionnellement, de son éditeur. »

Elle traça un deuxième cercle plus petit autour du nom de Tracy Mahoney. « Il n'est pas impossible que son avocate joue un rôle en facilitant les communications, mais il est peu plausible qu'elle se charge de la sale besogne. »

Tracy les avait vus parler au gardien chargé du contrôle des entrées. Elle avait pu informer Summer Carver que l'équipe de télévision était à présent au courant de ses contacts avec Gunther. Le but de cette réunion était de préparer une rencontre avec Summer.

« Jerry et moi avons commencé dès ce matin à chercher des infos sur cette femme sur les réseaux sociaux, et nos recherches ont payé. Jerry, à toi de résumer ce que nous avons découvert. »

Jerry avait connecté son ordinateur à un projecteur qui lui permettait de faire sa présentation sur un plus grand écran.

Au moment où Laurie s'asseyait, le profil Facebook de Summer Carver apparut sur l'écran. Une photo l'illustrait, celle d'une jeune femme mince aux longs cheveux noirs et au teint pâle, le visage enfoui dans la fourrure d'un petit chat blanc. « La présence de Summer dans les médias sociaux se limite à Facebook. La première chose qui nous a frappés, c'est que ses seuls posts publics – ceux que l'on peut consulter sans être sur sa liste d'amis – figurent sur la page *Darren Gunther est innocent.* Nous savons aussi qu'elle est active sur sa page de soutien, ce qui n'est pas surprenant puisqu'elle lui rend visite en prison. »

Jerry déplaça le curseur sur les profils des membres de sa famille. Deux personnes étaient concernées : sa mère,

Julie Carver, et un frère, Toby Carver. Jerry positionna le curseur sur le nom de Toby et cliqua.

« Son frère n'a rien posté depuis quatre ans. Donc... c'est une impasse. » L'illustration du profil ne représentait même pas une personne. C'était une photo pittoresque d'une forêt traversée par un ruisseau. Jerry afficha ensuite le profil de la mère de Summer. « Maman Julie, en revanche, est une utilisatrice active de Facebook. »

La photo montrait deux femmes souriantes en gros plan. L'une était Summer Carver, et l'autre portait un T-shirt bleu avec l'inscription *La vie commence à 60 ans* en grosses lettres blanches. Julie était plus petite et plus forte que sa fille, avec des cheveux plus clairs et plus courts, mais elles avaient toutes les deux les mêmes taches de rousseur. Jerry cliqua deux fois sur la photo pour faire apparaître la date et la légende. « Elle date d'environ trois ans. Et, d'après la légende, elles fêtent le soixantième anniversaire de Julie. La légende est la suivante : « Mon plus beau cadeau d'anniversaire. Ma ravissante fille est de retour à la maison. Heureuse de l'avoir de nouveau avec moi. »

Grace leva la main, mais n'attendit pas qu'on lui donne la parole : « Serait-ce malvenu de demander où se trouvait Summer avant tout ça ?

– Si seulement nous le savions. C'est le mystère numéro un. Continuons. » Jerry déroula des centaines de posts typiques des réseaux sociaux, ne s'arrêtant que pour souligner les mentions régulières que Julie faisait de sa fille, y compris plusieurs photos d'elles, dont deux prises dans une association de distribution gratuite de repas appelée God's Love We Deliver.

« J'ai amené un extra avec moi pour mon service du mardi aux cuisines, avait légendé Julie. Cliquez ici pour faire un don à une cause importante ! »

Jerry continua de dérouler le site avant de s'arrêter sur un post qui datait de quatre mois. « Et maintenant, c'est *ici* que les choses deviennent intéressantes. »

Au lieu de photos personnelles, le post était un texte rédigé en lettres cursives blanches sur fond bleu foncé. *Les mères ne dorment pas*, lisait-on. *Elles s'inquiètent les yeux fermés.* C'était accompagné de la légende *: TELLEMENT VRAI !*

Laurie remarqua que Ryan avait laissé tomber son stylo, cessant de griffonner fébrilement sur son carnet de notes, comme s'il jugeait que rien d'intéressant ne pouvait sortir du fil d'actualité complaisant de cette mère. Il se trompait. La clé se trouvait dans les réponses des amis de Julie.

Katie Lundt : *Julie, j'espère que tu plaisantes, mais ça ne présage rien de bon.*

Beth Trainor : *LOL, chérie, mais je suis de l'avis de Katie. Tu nous inquiètes. Comment va Summer ?*

Julie avait alors répondu : *Elle a fait des choix qui sont… vraiment… je ne les comprends pas.*

Katie Lundt : *Mais est-ce que tout va bien ?*

Julie : *Je ne pouvais pas tenir ma langue plus longtemps, aussi a-t-elle quitté la maison pour s'installer chez Toby, son demi-frère. C'est une longue histoire, mais sérieusement, je suis inquiète. Prie pour moi et pour ma fille, s'il te plaît. Je peux la guider, mais je n'arrive plus à la contrôler. Pourquoi faut-il qu'ils grandissent si vite ?*

Laurie ne comprendrait jamais que l'on puisse avoir des conversations privées sur internet. Mais Julie Carver n'aurait peut-être jamais imaginé que des inconnus exploreraient un jour les réseaux sociaux pour y glaner des détails intimes sur sa famille.

Ryan avait repris son stylo et noircissait fiévreusement son bloc. « Il semble qu'il y ait eu une dispute, dit-il. Et le timing correspond. Il y a six mois, Summer a augmenté le nombre de ses visites à Gunther, deux par semaine. Sa mère n'a peut-être pas apprécié ce nouvel ami.

– C'est exactement ce que nous pensons, dit Jerry. Depuis ce post, rien n'indique que Julie ait revu sa fille même une seule fois. En réalité, on ne trouve aucune mention directe de Summer. Pour la fête des Mères, quelques personnes ont écrit à Julie qu'elles pensaient à elle et souhaitaient que les choses s'arrangent avec ses enfants, ce qui signifierait qu'elles étaient toujours en froid. Le profil de Summer indique bien qu'elle a un frère appelé Toby. C'est un demi-frère, mais pas le fils de Julie. »

Ryan se pinça l'arête du nez. « C'est mince. La seule chose que nous sachions, c'est que Summer apporte son soutien à Gunther et s'est éloignée de sa mère. Rien à voir avec un kidnapping. Peut-on imaginer Summer capable de ça ? »

Jerry arrêta la projection tandis que Laurie expliquait qu'elle avait téléphoné la veille à l'inspectrice Langland.

Grace secoua la tête, ne cherchant pas à cacher son irritation. Ses ongles rouge vif étincelèrent quand elle leva une main en signe d'opposition. « Je suis désolée, je n'ai jamais rencontré cette femme, mais d'après ce que je sais, elle est convaincue que nous sommes sur une fausse piste avec Gunther. Laissons ton père prendre l'affaire en main. La police de New York peut trouver des informations sur Summer dans n'importe quelle base de données. »

Grace n'avait pas tort. Langland était visiblement sceptique quant à l'implication de Gunther dans l'enlèvement de Johnny, mais elle était aussi l'inspectrice chargée de l'enquête. Elle était l'interlocutrice privilégiée de Laurie, à moins qu'un plan B devienne nécessaire.

« Je crois avoir parlé à Langland au bon moment, dit Laurie. Apparemment ils ont passé presque deux jours à filer un type qu'on avait vu en train d'épier des gosses sur la plage le jour de l'enlèvement de Johnny. Ils l'ont finalement arrêté pour avoir omis d'actionner son clignotant. Ils ont cru avoir mis la main sur le bon client quand ils ont trouvé dans la voiture un reçu daté du même jour dans un des food trucks qui desservent les plages. Mais en relevant l'itinéraire du camion, ils se sont aperçus qu'il était à Southampton quand Johnny a disparu. Quoi qu'il en soit, qu'elle pense que nous sommes sur la bonne piste ou qu'elle-même soit coincée dans une impasse, elle m'a promis de filer Summer et de revenir vers moi.

– Son demi-frère aussi ? demanda Grace.

– Tous ses contacts.

– C'est un point de départ, dit Grace sans enthousiasme, mais j'ai l'impression que Mme Carver mère pourrait nous en dire long sur ce que Summer a fabriqué. Il s'agit de quelques posts sur Facebook, mais je sais reconnaître le langage d'une mère qui voit son enfant s'engager sur une mauvaise pente. Bien que je n'aie jamais été ce genre d'enfant, précisa-t-elle.

– C'est sûr, dit Laurie. C'est drôle que tu dises ça, Grace, parce que si je voulais rencontrer Mme Carver aujourd'hui pour une interview préliminaire, où pourrait-on la trouver ? »

Le visage de Grace s'éclaira d'un large sourire. « Le mardi après-midi, elle travaille bénévolement aux cuisines de la soupe populaire. Est-ce que je peux venir ? Les mères qui se connectent sur Facebook m'adorent. »

Laurie cherchait un moyen de donner davantage de responsabilités à son assistante, et il était vrai qu'elle avait un talent naturel pour faire parler les gens. « Excellente idée. »

Elle jeta un coup d'œil à la tenue de Grace : une robe chasuble bleu marine s'arrêtant au-dessus du genou, presque un costume de bonne sœur, comparé à ses tenues habituelles, assortie de chaussures vernies couleur chair à talons aiguilles de douze centimètres. « Ne t'inquiète pas, j'ai toujours une paire de ballerines dans le tiroir de mon bureau pour avoir l'air moins…

– Spectaculaire ? dit Laurie.

– Exactement. »

38

GRACE REGARDA la façade étincelante de l'immeuble de six étages, à l'angle de Spring Street et de la Sixième Avenue. Depuis le trottoir, Laurie et elle pouvaient voir la scène qui se déroulait à l'intérieur dans une cuisine de pro ultramoderne. Des chefs en tablier et toques blanches tranchaient carottes et oignons, épluchaient des pommes de terre et préparaient des boulettes de viande.

« *C'est ça*, la soupe populaire ? » s'émerveilla Grace. Elle jeta un coup d'œil aux simples ballerines noires qu'elle avait enfilées pour leur expédition Downtown. « Mes Louboutin auraient été parfaites ici, bien que, pour être honnête, ce soient des imitations. »

Laurie expédia un court texto. *Venons d'arriver*, puis tint la porte à Grace. « Tu ne t'attendais pas à ça, hein ? Ils ont créé ce nouveau siège il y a quelques années pour développer leurs opérations. Et ce n'est pas une soupe populaire. Ils livrent à domicile près de deux millions de repas à des clients qui sont trop handicapés pour faire des courses ou la cuisine eux-mêmes. »

Laurie avait souvent assisté au gala annuel de God's Love We Deliver et en était devenue une donatrice régulière. L'année précédente, pour la vente aux enchères destinée à lever des fonds, elle avait organisé une visite des Studios Fisher Blake, qui s'était terminée par un déjeuner en présence du présentateur et du producteur de *Suspicion*.

Ce qui s'était révélé utile quand elle avait cherché à rencontrer la mère de Summer Carter, Julie. Laurie avait passé en revue ses anciens e-mails pour retrouver le nom du membre de l'association qui avait sollicité une contribution pour la vente aux enchères.

« Caroline ! » lança Laurie, reconnaissant la jeune femme qui s'approchait du bureau de la réception pour les accueillir. Comme elle terminait les présentations, elle vit Grace fixer les hauts talons de Caroline avec un sourire connaisseur. « Merci infiniment de nous avoir aidés ainsi, surtout dans un si court délai.

– Je suis heureuse d'avoir pu le faire, dit Caroline. Julie Carver est une de nos bénévoles les plus efficaces. Son mari et elle avaient leur propre restaurant dans le Queens. Quand il est mort, elle a décidé de le vendre, mais ce travail a fini par lui manquer. Sa retraite nous a été bénéfique. »

Plutôt que de s'imposer à la mère de Summer sans l'avoir prévenue, Laurie avait préféré appeler Caroline et lui demander d'être son intermédiaire. D'après celle-ci,

Julie avait déclaré qu'elle était une spectatrice assidue de *Suspicion*, et semblait prête à évoquer les craintes que lui inspiraient les relations de sa fille avec un condamné pour meurtre.

Les yeux de Caroline brillèrent en voyant sortir de la cuisine une femme en train de s'essuyer les mains à son tablier. Laurie la reconnut d'après la photo de son profil sur Facebook. « Voici Julie. J'ai réservé une de nos salles de conférences afin que vous puissiez parler sans être dérangées. »

Il ne fallut que quelques minutes à Laurie pour expliquer qu'ils préparaient une émission consacrée au meurtre de Lou Finney et au pourvoi en cassation déposé par Darren Gunther pour erreur judiciaire. « Comme Caroline vous l'a probablement dit, le nom de votre fille est apparu dans le cours de notre enquête en raison de ses récentes visites à Gunther en prison. Nous avons consulté ses comptes sur les réseaux sociaux pour comprendre le type de relation qu'elle a avec Gunther et nous sommes tombés sur les messages qui trahissent votre inquiétude pour votre fille. Nous nous sommes demandé si Darren Gunther pouvait en être la raison.

– Ce sont ces visites à la prison qui m'ont vraiment mise en colère, dit Julie pensivement. Au début, j'étais réconfortée par l'intérêt qu'elle montrait pour cette affaire criminelle. Après deux années très agitées, Summer était revenue à New York, vivait avec moi, cherchait à se fixer. Elle avait repris les cours qui lui étaient nécessaires pour sa licence et s'était inscrite à l'examen d'entrée à l'école de droit. Elle s'est toujours intéressée à la justice pénale. En réalité, c'est grâce à elle que je suis devenue une fan de votre émission. Nous la regardions ensemble. »

Laurie décida de ne pas poser de questions pour le moment sur les « années très agitées » de Summer, mais elle se souvint du post Facebook de Julie, daté de trois ans plus tôt, qui mentionnait le retour de sa fille à la maison.

Julie poursuivit : « Il faut que vous compreniez, ma fille est l'une des personnes les plus adorables du monde. Vous ne pourriez avoir une amie plus loyale ou plus attentionnée. Mais parfois elle se laisse emporter par ses sentiments. Elle va se mettre en quatre pour quelqu'un, mais ce peut être à son détriment – ou à celui des autres éventuellement.

– Ma sœur est comme ça, dit Grace. Elle serait capable de ruiner sa vie pour quelqu'un qu'elle aime. »

Julie sourit tristement. « Vous pouvez donc comprendre. Permettez-moi de vous poser une question. La personne que votre sœur essaie d'aider le mérite-t-elle toujours ?

– Hélas non, dit Grace. Un jour, un type l'a larguée par texto – le jour de son anniversaire, en plus. Quand elle l'a appelé et lui a demandé pourquoi, il a passé le téléphone à sa nouvelle petite amie pour qu'elle lui explique. Si un crétin me faisait un coup pareil, la police ne retrouverait pas son corps. »

Laurie se demandait si ce n'était pas une erreur d'avoir demandé à Grace de l'accompagner, avant qu'elle enchaîne : « J'imagine que Darren Gunther n'est pas le premier dans la vie de votre fille à vous avoir causé du souci.

– Évidemment non, dit Julie. Elle aurait été la tête de classe au lycée sans un garçon qui l'a convaincue de rater un examen pour qu'il puisse prendre sa place. Il a prétendu qu'il en avait besoin pour obtenir une bourse, puis a rompu avec elle dès que les résultats ont été connus. Mais cela ne vaut pas le type qu'elle avait rencontré avant sa dernière année à Stony Brook. Il voulait être acteur. Il l'a persuadée d'abandonner ses études au début du dernier semestre et de venir s'installer avec lui à Los Angeles pour être son manager. Pendant deux ans, elle n'a vécu que pour lui, au point qu'elle a cessé de me téléphoner – nous ne pouvions plus nous parler sans nous quereller. Quand elle n'a plus eu d'argent à lui donner, il a trouvé une autre femme et l'a quittée. Le seul bon côté de l'histoire est qu'elle est rentrée à la maison. »

Le commentaire de Grace n'avait pas été inutile finalement. Ils savaient maintenant où s'était rendue Summer avant de regagner New York. Laurie commençait aussi à comprendre ce qu'une femme avec la personnalité de Summer pouvait apporter à Gunther. Si elle croyait vraiment qu'il avait perdu dix-huit ans de sa vie pour un crime qu'il n'avait pas commis, se pouvait-il qu'elle aille jusqu'à priver un enfant de liberté pendant quelques jours pour équilibrer la balance de la justice ?

« Et comment ont évolué vos relations depuis ? demanda Laurie.

– Elles ont été bonnes, au début. Elle voulait poursuivre ses études de droit pénal et s'est mise à se documenter sur l'Innocence Project, l'organisme qui œuvre à démontrer l'innocence de personnes condamnées par erreur. C'est là qu'elle a entendu parler de l'affaire Darren Gunther. Elle a d'abord prétendu qu'elle travaillait comme stagiaire pour son avocat ou quelque chose de ce genre. J'étais ravie, pensant que cela lui donnerait un avantage pour trouver un emploi à la fin de la fac de droit.

– Par son avocat, vous voulez dire Tracey Mahoney ? » demanda Laurie.

Julie s'excusa, disant qu'elle ne connaissait pas son nom. « En fait, je ne sais même pas si Summer a été en contact avec les avocats. Je sais seulement qu'à un moment, elle s'est mise à se rendre à Dannemora aussi souvent que l'y autorisait la prison. Dès lors, je savais qu'il ne s'agissait pas d'un soutien bénévole habituel, et je l'ai interrogée à ce sujet. En fait, elle avait écrit à cet homme pendant qu'il était incarcéré. Elle travaillait à son article sur les erreurs judiciaires et espérait recueillir des exemples vécus. La correspondance épistolaire s'est transformée en rencontre personnelle, pour devenir à mes yeux une véritable obsession. Soudain, il n'y a plus eu d'ouvrages de droit sur la table de la salle à manger, plus de discussions concernant les inscriptions dans une école. Seulement Darren par-ci, Darren par là. J'étais tellement inquiète que j'ai appelé la prison pour essayer de l'empêcher de le rencontrer, mais j'ai été incapable de justifier ma demande. »

Laurie perçut une note d'angoisse dans la voix de Julie. « Vous avez dit que ce sont ses visites à la prison qui vous ont mise en colère. Que voulez-vous dire exactement ?

– J'avais l'impression de tout faire pour elle, je l'entretenais, je payais ses factures, tout cela pour qu'elle puisse consacrer son temps et son énergie à cet assassin. Et honnêtement, même s'il est innocent, il abuse d'elle. Jamais je n'aurais imaginé qu'un jour ma fille pourrait être la proie d'un prisonnier qu'elle connaît à peine au lieu de vivre pleinement sa propre vie. C'est pourquoi je me suis interposée. Je lui ai dit qu'elle devait arrêter de lui rendre visite et réfléchir à son avenir si elle voulait continuer à vivre sous mon toit. C'était il y a quatre mois. Elle ne m'a plus adressé la parole depuis.

– Je suis désolée, dit Laurie. Cela doit être terriblement difficile pour vous. »

Julie hocha la tête, visiblement touchée par cette marque de compassion. « Je me demande si je n'ai pas commis une erreur en lui posant cet ultimatum. Je pensais qu'elle n'aurait pas d'autre choix que de m'obéir. Du moins de prendre un travail qui lui permettrait d'être indépendante et l'empêcherait de passer autant de temps dans le nord de l'État.

– Et qu'a-t-elle fait ? demanda Laurie.

– À ma grande consternation, elle est partie s'installer chez son *frère* !

– En quoi est-ce si surprenant ? demanda Laurie.

– Ils n'ont jamais été particulièrement proches – il est plus âgé qu'elle, et c'est en réalité son demi-frère, né d'un premier mariage de mon mari. À vrai dire, ils sont plus… *différents* qu'antagonistes. Alors que je m'étais toujours attendue à voir Summer terminer ses études et réussir, mon mari a eu un mal fou à obtenir que Toby finisse ne serait-ce que ses études secondaires. Et alors que Summer serait prête à donner son manteau au premier pauvre venu s'il se mettait à pleuvoir – eh bien, Toby n'est pas comme ça. Quand Summer a fait ses valises et dit qu'elle allait vivre chez lui, j'ai insisté pour qu'il la persuade de revenir chez moi, ou au moins qu'il lui trouve un travail. Mais pour autant que je puisse en juger, c'est lui qui l'entretient, alors que je ne sais même pas comment il fait pour s'entretenir lui-même.

– Vous ignorez quels sont les moyens d'existence de votre beau-fils ?

– C'est tout le problème : Toby ne fait rien, en réalité. À la mort de mon mari, chacun a reçu un peu d'argent. Pas une fortune, loin de là, mais un point de départ pour un jeune adulte. Summer a tout dilapidé à Los Angeles, et Toby a acheté une modeste maison dans le nord de l'État. Il fait du gardiennage de maisons de vacances quand les propriétaires sont absents et, pendant la saison, il vend du bois de chauffage, déblaie la neige, ce genre de choses. Je me demande parfois comment il se débrouille. Je sais qu'il a eu maille à partir avec la justice, il y a quelques années, mais il m'a dit qu'il n'y avait pas de quoi s'inquiéter. Puis, il est soi-disant parti camper pendant plusieurs mois.

– Vous avez l'air sceptique, dit Laurie.

– Je me suis dit qu'il avait *peut-être fait de la prison.* »

Elle baissa le ton comme si quelqu'un pouvait l'entendre.

« Il s'est mis à rire quand je lui ai fait part de mes craintes, mais cela ne m'a pas rassurée. C'est horrible de devoir douter de la parole du fils unique de mon mari. Mais maintenant, je me demande si Toby n'a pas lui aussi un lien avec Darren Gunther – comme si cet homme était en train de me déposséder de ma famille. Vous trouvez ça insensé ? »

Laurie songea à l'emprise de Gunther. Il voulait – non, il avait besoin – qu'on l'aime. Était-il possible qu'il ait séduit non seulement Summer et son grand cœur, mais aussi son frère ?

« Non, cela ne me paraît pas insensé.

– Tant mieux, car mon instinct de mère, toutes les fibres de mon être me disent que ma fille court au-devant de graves ennuis. D'une manière ou d'une autre, cet homme va s'arranger pour lui faire commettre un acte qui pourrait ruiner sa vie à jamais. Je vous en prie, madame Moran, il faut empêcher ça. »

Si les soupçons de Laurie étaient justifiés, il était peut-être trop tard pour sauver Summer Carver. La question était de savoir s'ils avaient même le temps de sauver Johnny.

Grace avait l'air morose en montant à l'arrière de l'Uber.

« Ça va ? » demanda Laurie.

Elle attendait que son téléphone portable se recharge.

« Cette femme me fait vraiment de la peine.

– Elle s'inquiète pour sa fille, ça c'est sûr. »

Grace semblait préoccupée. « Si j'avais une mère qui m'aime autant, je lui dirais tout – le bon, le moins bon et le reste. Un jour, Summer regrettera de l'avoir ainsi exclue de sa vie. »

Laurie se rendit compte que Grace parlait souvent de sa sœur et mentionnait parfois ses dîners mensuels avec sa marraine, mais rarement ses parents. Elle se demandait comment lui répondre quand son téléphone parut se réveiller. Un texto de Jennifer Langland. *Il semble que votre téléphone soit coupé. Appelez-moi dès que vous aurez ce message.*

Laurie obtempéra sur-le-champ.

« J'ai regardé ce que nous avions sur Summer Carver et ses associés, comme vous l'avez demandé », dit Langland sans détour.

Laurie se prépara à apprendre des nouvelles décevantes. Langland était persuadée que Gunther n'avait rien à voir avec l'enlèvement de Johnny.

« Je viens d'avoir une réunion intéressante avec sa mère, Julie, l'informa Laurie. D'après elle, Summer est extrêmement influençable. Elle m'a dit que sa fille était, je cite, "obsédée" par Gunther. Elle habite actuellement chez son demi-frère, pour lequel sa mère semble avoir peu d'estime, elle trouve même son comportement un peu louche. D'après elle, ce n'est pas sans arrière-pensées qu'il est venu au secours de sa sœur. »

La réponse de Langland fut immédiate : « Tobias Anderson Carver, de six ans plus âgé que sa sœur. Adresse actuelle Brewster, État de New York. Il a été accusé d'escroquerie, il y a quatre ans, pour avoir levé des fonds pour un projet immobilier inexistant. Il a fait trois mois de prison et son casier a été effacé deux ans plus tard parce qu'il s'est tenu à carreau.

– Il a raconté à Julie qu'il était parti camper pendant ces trois mois-là. Se pourrait-il que Toby ait fait la connaissance de Gunther en prison ?

– Non. Il a été condamné par un tribunal fédéral. Ce sont deux systèmes totalement différents. Mais si Toby a partie liée avec Gunther, il est possible que son intérêt soit d'ordre financier. Si Gunther est réhabilité, il pourrait toucher des millions à titre de compensation. Summer l'aide peut-être par amour, tandis que son frère voit la fortune au bout du chemin. »

Laurie s'étonna que Langland admette si facilement que les Carver puissent être à l'origine de la disparition de Johnny. « Vous avez donc découvert quelque chose.

– En effet. D'après les enregistrements de son pass électronique de péage, mercredi dernier à 13 heures 02, une Toyota Camry appartenant à un certain Tobias Anderson Carver a emprunté le pont George-Washington en direction de Manhattan, puis le pont de Throgs Neck à 13 heures 37. À 19 heures 52, elle est repassée à Throgs Neck dans la direction opposée, pour franchir ensuite le pont George-Washington. »

Tout en écoutant Langland, Laurie calculait le temps nécessaire pour aller de Brewster dans les Hamptons. Un jour entier pour faire l'aller-retour. « Cela concorde, dit-elle.

– Tout à fait. Et c'est la seule fois où l'historique des péages de Toby Carver indique qu'il s'est déplacé à l'est de Manhattan durant les douze mois écoulés. On dirait que votre père ne s'est pas trompé, Laurie. Maintenant, il faut trouver le moyen de ramener Johnny à la maison. »

39

Assise à la table de conférences, Laurie respira un bon coup avant de composer le numéro du portable de Summer Carver. Le sang battait à ses tempes tandis qu'elle attendait qu'on décroche. À chaque sonnerie, elle imaginait la petite maison de campagne entourée d'un hectare de terrain que Toby Carver possédait à Brewster. Elle imaginait aussi le petit Johnny enfermé dans une cave, un grenier ou une remise de jardin.

En liaison avec l'inspectrice Langland, la police locale avait envoyé une voiture banalisée aux abords de la propriété, mais ils n'avaient rien remarqué de suspect. Les enquêteurs avaient choisi de ne pas frapper à la porte. Jusqu'à ce qu'ils obtiennent un mandat de perquisition qu'un juge leur avait jusqu'à présent refusé par manque de preuves, ils ne voulaient pas alerter Summer et son frère et leur révéler qu'ils étaient suspectés de l'enlèvement de Johnny.

La voix qui répondit était claire et vive. Laurie se souvint que la mère de Summer avait dit qu'elle n'était plus la même depuis qu'elle était sous l'influence de Darren Gunther.

Summer poussa un petit cri aigu en entendant Laurie mentionner *Suspicion.* « Oh, vous ne pouvez pas savoir à quel point j'adore votre émission. J'ai vu tous les épisodes. Je lis tous les messages des fans sur les réseaux sociaux. Je dois dire que j'ai cru que vous faisiez fausse route avec l'affaire de la mariée enfuie, mais finalement j'ai tout compris une fois que les faits ont été établis. Vous êtes plus forts que le FBI. »

Laurie expliqua qu'elle appelait parce qu'elle avait appris par le personnel de la prison que Summer rendait fréquemment visite à Darren Gunther. « M. Gunther sera le personnage principal de notre prochaine émission, dit-elle. En fait, nous l'avons interviewé hier. Peut-être vous en a-t-il parlé.

– C'est une excellente nouvelle. J'ai suivi son affaire pendant plus d'un an et je suis convaincue qu'il est innocent. C'est un garçon charmant, et un brillant écrivain. Chaque jour qu'il passe derrière les barreaux est une tragédie.

– A-t-il mentionné que nous l'avions interviewé hier ? » questionna Laurie.

Après un long silence, Summer répondit : « Je me considère comme un membre de son équipe juridique. Je ne pense pas être autorisée à divulguer une conversation que j'ai eue avec lui. »

Laurie n'était pas juriste, mais elle était à peu près certaine que la clause de confidentialité entre un avocat et son client ne s'appliquait pas de cette manière. « En tant que fan de *Suspicion*, vous avez peut-être appris que le neveu de notre ancien présentateur, Alex Buckley, a récemment disparu sur une plage dans les Hamptons. »

Cette fois, Summer répondit tout de suite. « J'ai vu ça ! J'ai été vraiment désolée de l'apprendre. J'aurais dû vous exprimer ma sympathie dès que vous avez appelé. J'imagine à quel point ses parents doivent être terrifiés. »

Laurie eut l'impression qu'elle faisait fausse route. Elle devait amener Summer à évoquer spontanément la possibilité d'un échange – Johnny contre la libération de Gunther. « Sa famille… qui est aussi la mienne, comme vous le savez peut-être… est prête à tout pour retrouver Johnny. Peut-être est-ce également ce que vous ressentez pour Darren », ajouta-t-elle. Elle s'était approchée aussi près que possible d'une proposition directe de marché.

« Darren n'est pas un enfant, dit Summer, mais il était un très jeune adulte quand il s'est retrouvé en prison.

– Pouvons-nous nous voir demain ? demanda Laurie. Vous êtes certainement en mesure de nous fournir des informations importantes qui nous font défaut. Et si vous avez envie de me communiquer quelque chose, je suis toute prête à vous entendre – et, dans ce cas, vous pouvez compter sur ma totale discrétion. »

À nouveau, silence. « Laissez-moi vous rappeler. »

Laurie éteignit l'enregistreur raccordé à son téléphone.

40

Johnny essaya de ne pas tressaillir en sentant les doigts de l'homme ébouriffer ses cheveux. Il perçut son souffle sur sa joue quand il se pencha par-dessus son épaule pour inspecter son œuvre. « Tu fais du bon boulot. Je savais que tu serais heureux de pouvoir quitter cette petite chambre et te promener dans la maison. C'est un chouette endroit, non ? »

Johnny murmura un « hum hum » tout en continuant à colorier, mais il se reprit rapidement. « Oui, monsieur. C'est un endroit très agréable. Merci encore pour la table à dessin », ajouta-t-il.

Deux matins plus tôt, l'homme avait déverrouillé la porte de sa chambre et s'était éloigné sans rien dire, la laissant entrouverte derrière lui. Johnny était resté assis à contempler la porte ouverte pendant ce qui lui avait paru des heures. Puis, il avait entendu le cliquetis des casseroles dans la cuisine, suivi par l'odeur du bacon. Il était resté sans bouger jusqu'au retour de l'homme. « Le petit déjeuner est servi, si tu veux te joindre à moi dans la salle à manger. »

Depuis, il avait permis à Johnny de regarder la télévision une heure par jour dans le salon et de prendre tous ses repas avec lui dans la salle à manger. Ils s'étaient même assis sur la véranda la veille pendant que l'homme lisait le journal, demandant de temps en temps à Johnny de lire des articles à voix haute. « C'est bon pour un enfant de savoir ce qui se passe dans le monde. » Mais ensuite, son visage était devenu tout rouge à la vue d'une page qu'il avait aussitôt repliée et cachée sous un livre.

Ça parle de moi, j'en suis sûr, s'était dit Johnny. *Ils me cherchent. Ils vont me trouver, et ensuite vous irez en prison, vous y resterez enfermé comme vous m'avez enfermé dans cette pièce sinistre.*

« Tu comprends pourquoi je devais te mettre en sécurité dans cette chambre pendant les premiers jours, hein ? demanda l'homme tandis que Johnny continuait ses coloriages. Il faut que je sache si je peux te faire confiance – et vice versa. Je m'occupe bien de toi, pas vrai ?

– Oui, monsieur.

– Bon, maintenant tu as compris : tant que tu seras sage, tout ira bien. Plus je sais que je peux avoir confiance en toi, Danny, plus je pourrai te faire de cadeaux. »

Le cadeau de ce matin avait été cette table, que l'homme avait descendue de l'étage et installée dans le salon. C'était comme le pupitre de Johnny chez lui, mais elle était penchée et avait un rebord en bas qui empêchait le papier de tomber pendant qu'on travaillait. L'homme lui avait aussi donné des crayons de couleur et un album de coloriages. Il ne ressemblait pas aux albums de coloriages pour enfants. Il s'intitulait : *Bâtiments historiques de l'Amérique*, mais c'était mieux que rien. Tandis que Johnny coloriait en vert l'herbe devant Fort Alamo, il laissa son regard errer par la fenêtre. Il n'y avait aucune maison à l'horizon – pas même depuis le patio à l'arrière.

« Depuis combien de temps vous vivez ici ? » demanda Johnny, essayant de ne pas avoir l'air effrayé. C'était la première fois qu'il posait à son ravisseur une question aussi personnelle.

« Ça dépend de ce que tu entends par ici, mais j'habite cette maison depuis environ trois ans.

– Et avant ? Moi, je n'ai vécu que dans une seule maison – jusqu'à celle-ci, bien sûr. »

L'homme resta silencieux et Johnny se demanda s'il pouvait deviner qu'il faisait semblant d'être son ami. Quand il finit par parler, l'homme avait l'air triste : « Je suis venu ici pour prendre un nouveau départ après avoir eu quelques problèmes dans ma vie personnelle. »

Johnny se souvint d'avoir entendu l'homme et la femme parler dans la pièce au-dessus de sa chambre d'une sorte d'ordonnance judiciaire et de la façon dont le garçon allait tout changer. Est-ce que ça avait un rapport avec les problèmes de l'homme ? Et pourquoi Johnny n'avait-il pas encore vu la dame ? Pourquoi restait-elle toujours là-haut ?

Soudain, il eut une idée : « J'ai fait un cauchemar cette nuit, dit-il. J'ai cru entendre une voix de femme, comme si elle venait de l'étage au-dessus. »

Silence.

Quand Johnny regarda derrière lui, son ravisseur fixait sur lui des yeux sans expression. « Tu es vraiment un gosse très intelligent. »

Johnny n'aurait pu dire s'il était en colère ou amusé. « Je… » Il ne savait que répondre.

Le visage de l'homme se détendit, et il ébouriffa à nouveau les cheveux de Johnny. « Tu en sauras plus le moment venu. La confiance marche dans les deux sens, Danny. »

Je m'appelle Johnny, Jonathan Alexander Buckley. Mes parents sont Andrew et Marcy Buckley. Mes sœurs s'appellent Chloe et Emily. Nous habitons Washington, dans Massachusetts Avenue.

La veille, il avait machinalement répondu à ce stupide prénom, Danny, sans réfléchir. Il n'allait pas laisser cet inconnu le forcer à être quelqu'un qu'il n'était pas. Même s'il mettait dix ans à s'échapper de cette maison, Johnny se souviendrait de qui il était et d'où il venait.

« Merci encore pour les crayons et l'album de coloriages. » Il adressa à l'homme un sourire reconnaissant et ajouta : « Et pour cette chouette table. Je n'ai jamais eu un pupitre comme celui-là. »

Avant que la maman de Johnny soit sa maman, elle était actrice. Parfois, elle aidait Johnny à écrire des petites pièces pour lui et ses sœurs qu'ils jouaient quand papa rentrait à la maison. *C'est comme dans une pièce, ici, maman. Je jouerai le rôle qu'on attend de moi tant qu'il le faudra… jusqu'à ce que je rentre à la maison.*

41

Ce soir-là, à sept heures et demie, Alex cueillit Laurie à la porte de son appartement avec un doux baiser. Elle goûta un peu du sel du Dirty Martini qu'il lui tendait.

« Laurie, tu n'as vraiment pas besoin de frapper, tu as une clef maintenant. » Après leurs fiançailles, Alex avait fait faire des doubles de ses clefs et des siennes, ainsi que de celles de leur nouvel appartement.

« L'habitude. »

Leo avait acheté des billets pour le match des Yankees pour lui et Timmy, supposant que Laurie et Alex seraient en pleine lune de miel. Elle les avait convaincus d'y assister malgré les circonstances, promettant d'appeler Leo au cas où un événement nouveau surviendrait dans l'affaire de la disparition de Johnny. Ils s'efforçaient tous les deux d'assurer à Timmy un semblant de vie normale.

Alex, sachant qu'elle n'avait presque rien avalé de toute la semaine, l'avait convaincue de venir dîner chez lui.

« Excuse-moi d'avoir commencé sans toi », dit-il en levant son verre. En général, ils prenaient avec plaisir un cocktail avant le dîner en se racontant leur journée, mais il n'y avait rien de joyeux à dire ces temps-ci.

« C'est moi qui suis désolée d'être en retard. J'attendais que Summer Carver me rappelle, mais pour ce que j'en sais, ce moment ne viendra jamais. Je suppose que c'est pour cette raison qu'on a inventé les téléphones portables. » Elle fouilla dans la poche de sa veste pour s'assurer qu'elle n'avait pas manqué un appel quand elle était dans l'ascenseur.

Comme elle posait son sac sur la table ronde dans l'entrée, elle admira la vue sur l'East River. Au lieu d'être excitée à la pensée de leur prochaine installation dans un nouveau foyer, elle songea qu'elle regretterait cette vue. Elle regrettait aussi le temps où ses pensées n'étaient pas aussi pessimistes. Chaque jour qui passait sans que l'on retrouve Johnny les plongeait tous un peu plus dans la désolation.

« Tu as parlé à Marcy et Andrew ? demanda-t-elle.

– Oui, dès qu'ils ont obtenu un rendez-vous avec l'inspectrice Langland. Ils ont peur, mais ils tiennent bon. Ils m'ont demandé de te remercier pour tout ce que tu fais.

– Kara m'a rappelée aujourd'hui, elle veut savoir si elle peut nous aider. » La baby-sitter de Timmy avait contacté Laurie presque tous les jours depuis la disparition de Johnny. « En plus du reste, je m'inquiète des conséquences à long terme que cette culpabilité pourrait avoir sur elle et Ashley. »

Alex lui caressa les cheveux, repoussa une mèche derrière son oreille, et lui leva le menton pour la regarder dans les yeux. « Eh bien, te sentir coupable de sa culpabilité n'aidera personne. À chaque jour suffit sa peine. Lorsque Johnny sera de retour, nous appellerons Kara et Ashley et nous nous assurerons qu'elles ont des adultes à qui confier leurs angoisses. »

Laurie hocha la tête, espérant que ce jour viendrait.

Alex la conduisit à la cuisine, où deux couverts étaient déjà dressés sur l'îlot central.

« Ça sent drôlement bon, dit-elle. Bien meilleur que les plats à emporter avec lesquels je nourris Timmy toute la semaine. »

Voyant que le four était encore allumé, elle jeta un coup d'œil à l'intérieur et aperçut des filets de truite dans un plat avec une garniture d'épinards et de patates douces rôties.

« Il n'y a que Ramon pour préparer un poisson qui sente aussi délicieusement bon.

– Est-ce que je peux te servir un verre de vin ? Ou un Martini ? »

Elle refusa. « Je préfère avoir l'esprit clair si Summer téléphone. J'ai eu l'impression qu'elle allait me rappeler. D'après sa mère, elle est un peu paumée, mais maintenant j'ai peur qu'elle manigance quelque chose. Elle a peut-être trouvé un moyen de joindre Gunther derrière les barreaux. » Il était de notoriété publique que les détenus pouvaient facilement avoir accès à des téléphones mobiles prépayés à l'intérieur des prisons. « Ou peut-être est-elle conseillée par Tracy Mahoney.

– Ryan pense réellement que Tracy pourrait être impliquée dans un kidnapping ? » demanda Alex. Laurie lui avait parlé des inquiétudes du présentateur concernant l'avocate de Gunther. « J'ai du mal à le croire.

– Ce n'est pas qu'elle l'aide ou l'encourage expressément. Mais il pense qu'elle prend des libertés avec la déontologie dans l'intérêt de ses clients. Elle pourrait faire semblant d'ignorer ce qu'ils fomentent, ou leur donner un conseil mine de rien, par un hochement de tête ou un clin d'œil. »

Elle sursauta en sentant vibrer son portable dans sa main, prit le mini-enregistreur dans son autre poche et le brancha immédiatement. Dans l'État de New York, le consentement d'un seul interlocuteur suffisait pour enregistrer une conversation téléphonique.

« Laurie Moran à l'appareil, dit-elle.

– Summer Carver. J'ai repensé à notre conversation. Croyez-vous au karma ?

– La notion que le destin nous donne la vie que nous méritons ? » demanda Laurie. Pendant des années, l'homme qui avait tué Greg s'était promené en liberté, projetant de les tuer, elle et Timmy, dès que le moment se présenterait. Il avait finalement payé sa dette à la société, mais seulement après qu'elle avait vécu dans la peur pendant toute l'enfance de son fils. Pourtant, à présent, elle devait dire ce que Summer voulait entendre. « Bien sûr que je crois au karma.

– C'est-à-dire que les actes, les mots et les faits et gestes d'une personne ont une influence sur son avenir. Votre père a menti à propos de la soi-disant confession de Darren, et maintenant quelque chose de terrible est arrivé à votre famille.

– Et vous croyez qu'il s'agit de karma ?

– Je crois que s'il faisait ce qu'il fallait… s'il admettait qu'il s'est trompé au sujet de Darren – l'univers pourrait faire en sorte que justice soit rendue. Et cela serait peut-être une bonne chose pour le petit Johnny. »

Laurie approchait du but. Mais jamais Summer n'admettrait qu'elle et son frère détenaient Johnny. Au mieux, ils le relâcheraient après avoir obtenu ce qu'ils voulaient – que Leo avoue son erreur. Mais Leo avait déjà prévu tous les scénarios avec la police de New York et l'inspectrice Langland : il ne pourrait pas laver publiquement le nom de Gunther avant d'avoir la garantie que Johnny serait rendu sain et sauf. Sinon, c'était courir le risque que Gunther fasse aussitôt part de cet aveu aux médias. Il aurait ce qu'il voulait, et Johnny serait toujours porté disparu.

En bref, c'était l'impasse.

Mais ils avaient encore un avantage sur Gunther et les Carver. Summer ignorait que Laurie savait qu'elle vivait avec son demi-frère, Toby, dans le nord de l'État de New York.

« Vous savez quoi, Summer ? Nous devrions nous rencontrer. Juste vous, moi et mon père. Officieusement, bien sûr. Nous pouvons mettre les choses au point. Mon père vous racontera en personne ce qui s'est passé dans la salle d'interrogatoire avec Darren. Je trouve toujours que les gens sont plus ouverts quand ils peuvent parler librement. » Summer mordait à l'hameçon, Laurie pouvait *presque* le voir. « Je crois qu'une fois face à face, nous serons à même de vous donner ce que vous voulez. N'aimeriez-vous pas apprendre les faits directement de la bouche de Leo Farley ? »

Laurie proposa une rencontre le lendemain à dix heures. Connaissant l'endroit idéal, elle suggéra un café tranquille dans Greenwich Village. En comptant les encombrements, Downtown Manhattan était à environ deux heures de la maison de Toby à Brewster.

Quand Laurie raccrocha, Alex la regarda d'un air interrogateur. Elle lui adressa un sourire, espérant que son plan marcherait. « Maintenant, il me reste à m'occuper de Toby. »

Mercredi 22 juillet
Huitième jour

42

Le lendemain matin, Laurie et Leo croisèrent la camionnette d'un livreur de fleurs avant de pénétrer dans un café appelé Mocha Mike's à dix heures précises. Summer Carver les attendait déjà à une petite table d'angle au fond de la salle, derrière le comptoir. Elle fit une grimace en reposant son gobelet en carton.

Laurie avait choisi l'endroit pour une raison précise, et ce n'était pas la qualité des boissons. Elle y était entrée un jour par hasard avec Jerry et Grace après l'interview d'un témoin. Le café était si mauvais, et la salle tellement inhospitalière, que Jerry avait dit en riant que c'était sûrement la planque d'une organisation criminelle. Du genre blanchiment d'argent.

Mais ce matin l'endroit lui convenait parfaitement parce que la table qu'occupait Summer était la seule du café. Autrement, il aurait fallu se contenter des tabourets le long du bar devant la fenêtre.

De près, Summer était plus jeune et plus jolie que sur les photos postées sur internet, avec un teint clair, pâle, de longs cheveux noirs et de grands yeux bleus protégés par d'épais cils naturels. Une ravissante poupée.

Elle serra la main que Laurie lui tendait pendant les présentations, mais refusa celle de Leo. « Compris », dit Leo, tirant une chaise pour que Laurie puisse s'asseoir en face de Summer, et prenant ensuite un siège sur le côté.

« J'espère que vous n'attendiez pas depuis trop longtemps, dit Laurie.

– Je suis arrivée de bonne heure parce que je devais passer quelque part avant dix heures, dit-elle. Est-ce que vous avez déjà commandé votre café ou autre chose ? J'ai pris un *mocha*, le nom est alléchant, mais je ne vous le conseille pas.

– On peut attendre un peu », dit Laurie.

Elle savait déjà que le « quelque part » était chez son demi-frère, Toby, qui avait souvent rendez-vous avec sa belle-mère dans un autre café non loin de là, près du siège de God's Love We Deliver. Julie Carver avait envoyé un texto à Laurie un moment plus tôt, confirmant l'arrivée de Toby au rendez-vous qu'elle avait précipitamment organisé avec lui la veille au soir. Convaincue que sa fille avait perdu les pédales avec Darren Gunther, elle avait accepté d'aider Laurie en échange de la promesse qu'elle ferait l'impossible pour aider Summer et Toby s'ils finissaient par entendre raison.

Julie avait donné rendez-vous à son beau-fils sous prétexte qu'elle avait récemment appris que son mari avait laissé derrière lui une rente qui n'avait pas encore été distribuée. C'était une somme modeste, mais Toby en était le seul bénéficiaire. Elle avait besoin qu'il signe les papiers pour que les fonds soient libérés et proposait de le rencontrer en ville ce matin. Tandis qu'un officier de police dans une voiture banalisée avait pris les enfants Carver en filature, un autre agent avait installé un minuscule enregistreur sous l'unique table du Mocha Mike's. Le récepteur se trouvait à l'intérieur du faux camion de fleuriste garé le long du trottoir dans le virage, et permettait de transmettre la conversation en temps réel à l'inspectrice Jennifer Langland, dont la voiture était garée devant la maison de Toby Carver à Brewster.

Ça devait marcher.

« Ainsi, dit Leo, ma fille me dit que vous croyez au karma. »

43

JOHNNY BUCKLEY était assis seul dans sa chambre, rassasié par son petit déjeuner. L'homme ne faisait pas aussi bien la cuisine que ses parents, mais il savait préparer un petit déjeuner. Ce matin, c'étaient des œufs brouillés, des saucisses et des pancakes avec du vrai sirop d'érable. Sa maman disait toujours, si tu dois manger des pancakes, il faut que ce soient des vrais.

L'homme lui avait demandé de l'aider à charger le lave-vaisselle, puis lui avait ordonné d'aller dans sa chambre et de ne pas en sortir sans permission. « Tu comprends ? Ne quitte *pas* cette pièce. Sous aucun prétexte. Et n'oublie pas ce que je t'ai dit, que la confiance marche dans les deux sens. Tu as mérité des récompenses. Si tu essaies de me tromper, tu en seras privé. Et je peux toujours retrouver ces gens que tu appelles tes parents et tes sœurs. Ne l'oublie pas, Danny. »

Maintenant, seul dans sa pièce, Johnny se répétait de nouveau son mantra silencieux. *Je m'appelle Johnny, Jonathan Alexander Buckley. Mes parents sont Andrew et Marcy Buckley.*

Tout son corps se raidit au son d'un bruit inhabituel. C'était le premier son qu'il entendait depuis à peu près une heure. À un moment, il avait aussi cru entendre une voiture démarrer dans le garage. Quel était ce nouveau bruit ? Des pas dans l'escalier ? Ou peut-être quelqu'un qui frappait à l'entrée ?

Johnny fixa la poignée de la porte de sa chambre. Allait-elle tourner ?

Il se boucha les oreilles, refusant d'entendre de nouveau le bruit. *Ne quitte pas cette pièce. Quoi qu'il arrive. Quoi qu'il arrive.*

44

À UNE CENTAINE DE KILOMÈTRES de Greenwich Village, l'inspectrice Jennifer Langland, de la police d'East Hampton, écoutait dans son casque sans fil la transmission audio de l'enregistrement tout en regardant le chef du département de la police de Brewster, Isaac Dawson, frapper de nouveau à la porte de la maison de Toby Carver. Elle était venue avec le soutien de la police locale, mais ils la laissaient diriger les opérations.

« Johnny ! Johnny Buckley ! Tu es là ? Nous sommes venus t'aider, mon petit. » Dawson regarda Langland et secoua la tête.

Elle avait espéré que s'ils approchaient de la maison de Brewster pendant l'absence des Carver, Johnny trouverait un moyen de manifester sa présence. Jusqu'ici, le juge n'avait pas souhaité délivrer un mandat de perquisition. Un cri, un pleur, même un bruit de pas suffirait. Mais la maison semblait vide. Johnny pouvait être enfermé dans un endroit d'où on ne pouvait pas l'entendre, ou bien il pouvait être simplement trop terrifié pour répondre.

Dawson pointa son doigt sur une oreille, se demandant si la conversation que Langland écoutait avait un rapport avec ce qu'ils cherchaient.

Elle secoua la tête. Summer continuait à tourner en rond à propos de l'incarcération injuste de Gunther. Elle n'avait pas admis l'enlèvement, ni suggéré que Johnny serait relâché si Leo avouait qu'il avait menti au procès de Gunther.

« Je ne vais pas vous apprendre votre boulot, dit Dawson, mais les bruits de la nature peuvent vous empêcher de savoir ce que vous entendez exactement. Vous croyez entendre un petit garçon pleurer et il s'avère que c'est un oiseau. »

Il lui suggérait en fait de fabriquer des « circonstances exceptionnelles » qui justifieraient de pénétrer dans la maison sans mandat. Pendant un moment, elle fut tentée, mais Langland n'était pas ce genre de flic. En outre, une telle action risquait de détruire toute chance de punir les Carver et Gunther. Et s'ils ne trouvaient pas Johnny à l'intérieur, cela pourrait faire dérailler toute l'enquête.

Il devait y avoir un autre moyen.

Elle envoya un texto à Laurie Moran. Il était temps de passer au plan B.

45

LAURIE SE LEVA de sa chaise. « Je vais commander les cafés. Noir pour toi, papa ? »

Il fit un signe affirmatif.

« Autre chose pour vous, Summer ? »

Elle fit non de la tête. Laurie commanda deux grands cafés et se dirigea vers les toilettes pour femmes en attendant qu'ils soient prêts. À l'intérieur, elle sortit son téléphone portable, il avait vibré dans sa poche pendant qu'elle était à table.

C'était un nouveau texto de l'inspectrice Langland. « Aucun signe de Johnny à l'extérieur de la maison. Le juge est d'accord avec le plan B. Pas d'autre choix à ce point. On a besoin d'un mandat. »

Quand elle regagna la table avec les deux cafés, Laurie surprit le regard de Leo et hocha la tête. Il n'y avait aucune bonne nouvelle venant du nord de l'État. Ils devaient mettre la pression à Summer.

« Laurie, j'ai quelque chose à vous dire – à toi et à Summer – qui va être difficile à entendre, annonça Leo d'un air sombre. Je veux que vous le compreniez toutes les deux : je n'ai jamais *menti* pour obtenir une accusation. Mais parfois la police doit simplifier les preuves. Au tribunal, il faut être blanc ou noir. Pas gris et confus. »

Laurie fit de son mieux pour paraître choquée, même s'ils avaient répété la scène la nuit précédente et ce matin. Le texto de Langland était la confirmation que le juge avait approuvé le plan. Il prêterait l'oreille à leur conversation en temps réel et émettrait un mandat de recherche dès qu'il le jugerait bon.

Restait le risque que Gunther utilise les paroles de Leo pour faire annuler sa condamnation, mais au moins ils auraient l'attestation du tribunal pour prouver que cette déclaration n'avait eu pour autre but que de piéger Summer et son demi-frère. Laurie avait même été jusqu'à avertir la fille de Lou Finney, au cas où Gunther s'arrangerait pour qu'elle apprenne l'aveu de Leo avant d'en connaître les circonstances.

« Quand je suis revenu au poste de police cette nuit-là pour interroger Gunther seul à seul, il n'a jamais avoué avoir poignardé Lou Finney. Il n'a pas dévié de sa ligne de départ – à savoir que c'était l'autre homme qui était intervenu avec un couteau. »

Summer écarquilla les yeux. Elle semblait à la fois horrifiée et comme en extase. « Mais vous avez dit complètement autre chose, alors. C'était un mensonge pur et simple !

– Je vais vous expliquer pourquoi j'ai menti, Summer, mais, pour être totalement franc avec vous, j'ai besoin que vous soyez franche avec moi. »

Elle resta bouche bée, tremblante, craignant de répondre, mais elle était visiblement impatiente d'entendre le reste de l'histoire.

Ils étaient tout près du but. Leo l'encouragea à nouveau. « Vous savez où se trouve Johnny, n'est-ce pas ? »

Elle hocha la tête. Geste que le micro sous la table ne pouvait pas transmettre.

« Vous hochez la tête, dit-il, comme le fait un bon flic pour valider un interrogatoire. Mais il faut que vous me disiez si ce petit garçon va bien aujourd'hui.

– Il va bien. On prend bien soin de lui.

– Je veux votre parole que vous le déposerez quelque part sain et sauf – le plus près possible d'un poste de police, d'une caserne de pompiers ou d'un hôpital – une fois que vous aurez obtenu ce qu'il vous faut pour aider Darren à demander son pourvoi en cassation. D'accord ?

– Je le ferai. Promis.

– Très bien, dit Leo. Mon point de vue, à l'époque – et c'est toujours le cas, Summer –, c'est que Darren Gunther était en fait responsable de la mort de Lou Finney. C'est lui qui a commencé la bagarre. S'il n'y avait pas eu de bagarre, il n'y aurait sans doute pas eu de rixe dans la rue. »

Tandis que Leo retenait l'attention de Summer, Laurie jetait un coup d'œil à l'écran de son téléphone. Un nouveau message de Langland. *Ça y est ! On a notre mandat. On y va MAINTENANT. Également obtenu un mandat d'arrêt contre Summer. Copie à votre disposition.*

Moins d'une minute plus tard, deux agents en uniforme de la police de New York pénétraient dans le café. Laurie savait qu'ils s'appelaient Carrie Brennan et Stan Wojcik et qu'ils attendaient les instructions de Langland dans la camionnette du fleuriste.

« À toi l'honneur, papa. » Leo était encore un membre actif de la police depuis qu'il avait rejoint les forces spéciales antiterroristes.

« Summer Carver, vous êtes en état d'arrestation pour le kidnapping de Jonathan Alexander Buckley. »

46

Dawson leva le pouce en direction de Langland. Ça y est, elle pouvait y aller. Lorsque Summer Carver eut prononcé les mots magiques, déclarant qu'elle libérerait Johnny en échange de la (soi-disant) confession de Leo, le juge d'instruction avait eu ce dont il avait besoin pour délivrer le mandat de perquisition qu'ils espéraient.

Langland se précipita vers le porche de la maison de Toby Carver, suivie par Dawson et cinq autres agents en uniforme. Une seconde équipe approchait par l'arrière.

Boum boum boum ! Langland frappa du poing contre la porte d'entrée. « Police ! Nous avons un mandat d'arrêt contre vous ! Ouvrez ! »

Pas de réponse, comme prévu.

Elle s'écarta et leva les doigts. *Un… deux…*

En même temps qu'elle comptait, Dawson et un des agents se préparaient à enfoncer la porte.

Trois !

Sous leur poids, le battant de bois sortit de ses gonds.

Douze agents des forces de l'ordre se répandirent à travers la maison, fusil au poing, munis d'un gilet pare-balles. Une prise d'assaut tient plus de la science que de l'art. Fouille systématique pour s'assurer que personne ne prenne la police au dépourvu. Inspecter tous les coins. Les angles morts. Continuer.

« R.A.S. ! » cria Langland en se déplaçant à travers la cuisine.

« R.A.S. ! » fit en écho une voix d'homme depuis le bureau.

Elle entendit les bruits des portes qu'on ouvrait à coups de pied, des pas qui parcouraient bruyamment la maison.

Pour finir, elle atteignit le fond de ce qui semblait être la chambre principale au premier étage. Un ensemble de portes coulissantes en miroirs étaient entrouvertes de quelques centimètres. Elle s'approcha lentement de la penderie, gardant le dos contre le mur de la pièce pour limiter son exposition à un coup de feu.

Dawson apparut sur le seuil. Captant son regard, elle désigna les portes réfléchissantes. Il pointa son arme, prêt à la couvrir si elle tirait. Quand elle atteignit la penderie, elle fit coulisser une porte du pied gauche et se recula aussitôt, au cas où quelqu'un se cacherait à l'intérieur.

Mais il n'y avait rien que des vêtements suspendus à leurs cintres et un panier à linge plein à déborder. Elle se déplaça vers l'autre côté de la penderie et ouvrit les portes dans la direction opposée.

« R.A.S. ! » cria-t-elle d'une voix empreinte d'un profond désarroi.

Elle regagna la porte de la maison, enregistrant les expressions dépitées des agents des forces de l'ordre.

Pour être sûre de n'avoir rien négligé, elle parcourut à nouveau toute la propriété, à l'intérieur et à l'extérieur. Elle inspecta chaque mètre carré du terrain de deux hectares, fit une seconde fois le tour de toutes les pièces du bungalow de Toby Carter, ouvrit tous les tiroirs, cherchant désespérément la preuve qu'un enfant avait été détenu dans la maison.

Dawson l'attendait sur le porche, les mains sur les hanches, tout en regardant les trois voitures de patrouille s'éloigner, laissant un nuage de poussière derrière elles.

« J'ai renvoyé le reste de mes hommes », expliqua-t-il. Dawson avait entre soixante et soixante-dix ans, un visage doux et bienveillant.

« Encore merci pour tout. J'ai vraiment cru que nous allions sauver Johnny aujourd'hui.

– Je n'ai travaillé que sur un enlèvement d'enfant dans ma carrière, mais je sais ce que vous ressentez. Le coup de fil que vous allez devoir passer, vous auriez aimé qu'il soit bien différent. »

Une fois seule dans sa voiture, Langland refoula ses larmes en prenant son portable. Elle imaginait Marcy et

Andrew collés au téléphone, attendant des nouvelles. Son numéro allait s'afficher, ils le reconnaîtraient. Ils s'imagineraient que leur fils était sauvé, qu'une voiture l'attendait, qu'il serait consolé, réconforté.

Et elle allait devoir leur briser le cœur à nouveau : si Johnny Buckley s'était trouvé dans cette maison la semaine précédente, il n'y était plus.

47

DÉJÀ AVANT de prendre sa retraite, Leo Farley s'occupait davantage des aspects administratifs du département de la police de New York que d'affaires criminelles spécifiques. Il y avait plus de dix ans qu'il n'avait pas passé personnellement les menottes à un suspect, et qu'il n'avait pas non plus exercé ses talents lors d'un interrogatoire. Mais une fois « en situation », comme on dit, en présence de Summer Carver, il sentit ses vieux réflexes se réveiller. Peut-être que le boulot d'inspecteur de police, c'était comme faire de la bicyclette, ça ne s'oubliait pas.

Comme il était visible que Summer était totalement obsédée par Darren Gunther, il avait été décidé que Leo serait son interlocuteur, du moins pour débuter. En présence de l'homme qui, croyait-elle, avait piégé son amoureux, elle était susceptible de perdre pied.

Leo fut surpris de voir Summer décliner l'offre d'un avocat après qu'on lui avait lu ses droits au café. Et de l'entendre tout aussi rapidement déclarer qu'elle n'avait pas kidnappé Johnny. « J'ai dit ça pour que vous admettiez ce que vous aviez fait à Darren ! »

Leo insista : « Ça n'a pas de sens, Summer. Vous présenter comme complice d'un crime grave simplement pour aider votre petit ami est une drôle de stratégie !

– Vérifiez mon téléphone. J'ai enregistré toute notre conversation. Et cela a marché, il me semble ?

– Bien sûr que non, ça n'a pas marché, Summer. Vous avez peut-être enregistré notre conversation sur votre portable, mais de notre côté, un juge l'écoutait en direct. C'est nous qui vous avons manipulée, et nous l'avons fait pour une bonne raison. C'est vous qui avez laissé entendre que l'enlèvement de Johnny était dû à mon mauvais karma. Que justice serait rendue si j'admettais avoir menti. Pourquoi suggérer une telle chose si ce n'est pas vous qui détenez cet enfant ?

– J'ai seulement *prétendu* le détenir. C'est Toby qui a eu cette idée après que j'ai parlé à Laurie hier soir. C'est elle qui a fait le parallèle entre Darren dans sa prison et Johnny kidnappé. J'ai rapporté à Toby ce qu'elle avait dit, ça lui a donné des idées.

– Et vous avez donc décidé d'interférer dans une enquête concernant une disparition d'enfant ? De faire perdre une journée entière à la police ?

– Même pas une journée ! protesta Summer. Nous avons organisé la réunion hier soir. J'aurais posté votre confession sur internet dès que j'aurais quitté ce café minable, pour vous dire ensuite que je n'avais rien à voir avec la disparition du petit Johnny. »

Si Summer disait la vérité, son frère et elle s'étaient servis d'une enquête de police afin de s'assurer un avantage momentané dans leur tentative de faire libérer Darren Gunther. Mais l'explication la plus logique, c'était qu'elle mentait. Leo s'apprêtait à la pousser dans ses retranchements quand son téléphone vibra sur la table.

C'était l'inspectrice Langland.

Il laissa Summer seule dans la salle d'interrogatoire fermée à clé pour répondre à l'appel. *Ça y est*, se dit-il. *Elle va me dire qu'on a retrouvé Johnny. Mon Dieu, faites que ce soit ça.*

Mais il perçut immédiatement la déception dans la voix de l'inspectrice : « C'est un fiasco. Nous ne l'avons pas trouvé dans la maison. »

Il s'effondra comme s'il avait reçu un coup de poing dans l'estomac. « Sommes-nous arrivés trop tard ? L'ont-ils emmené ailleurs ?

– Je ne sais pas. Nous avons fouillé chaque centimètre carré de la propriété. Aucune trace de Johnny. Ni de signe qu'il ait pu s'y trouver, en fait. »

Leo raccrocha et prit cinq profondes inspirations. Il était tellement sûr qu'aujourd'hui ils ramèneraient Johnny à la maison. Tout cela n'avait-il été qu'une perte de temps ?

Il retourna dans la salle d'interrogatoire avec un nouvel objectif en tête. Ils avaient toujours les relevés du péage montrant que Toby avait fait l'aller-retour de Long Island le jour où Johnny avait été enlevé. Leo pensa que si Summer avait une explication pour ce trajet, elle disait peut-être la vérité. Si ce n'était pas le cas, il se pouvait qu'ils soient toujours sur la bonne piste.

« Summer, nous avons la preuve formelle que vous étiez à l'hôtel quand Johnny a disparu. » Ce n'était pas tout à fait vrai, mais il n'était pas obligé de le lui dire.

À sa grande surprise, elle ne le contredit pas.

« Je suis allée là-bas pour voir Laurie.

– Pourquoi diable auriez-vous dérangé ma fille pendant ses vacances ?

– Je suis totalement accro à son émission. J'ai pensé que je pourrais en appeler à son sens de la justice pour aider Darren. Quel meilleur moyen y avait-il de faire éclater la vérité que de convaincre la fille de l'inspecteur chargé de l'enquête ?

– Comment saviez-vous qu'elle était là ?

– La belle-sœur d'Alex Buckley a posté une photo sur Facebook, annonçant que toute la famille allait se rendre à Long Island pour fêter son anniversaire. Le post incluait une photo de l'hôtel. Je me suis dit que je pourrais déjeuner sur la terrasse et trouver un moyen de l'aborder. Mais juste au moment où j'entrais dans l'hôtel, je l'ai vue sortir avec Alex et un autre couple et monter dans une

Mercedes noire. Je me suis précipitée jusqu'à la voiture de Toby et je les ai suivis. Une fois au golf, je me suis dit que je n'arriverais pas à lui parler dans cet endroit, aussi suis-je revenue à l'hôtel pour l'attendre. Mais à leur retour, visiblement, un malheur semblait s'être produit. Tout le monde courait dans tous les sens sur la plage, affolé, puis la police est arrivée, et je suis partie.

– Johnny avait été kidnappé, c'est pour cela qu'ils étaient affolés.

– Je ne le savais pas à ce moment-là. J'ai eu peur et je suis rentrée à la maison. Il faut que vous me croyiez, autant j'aime Darren et désire l'aider, autant je serais incapable – absolument incapable – de faire du mal ou même *d'effrayer* un petit enfant. Vous n'avez pas remarqué combien j'étais nerveuse quand vous m'avez poussée à avouer que j'allais le relâcher ? Même faire semblant d'une chose pareille me rendait malade. »

Leo fixa les grands yeux de Summer. Elle paraissait dégoûtée d'elle-même.

« Johnny n'a que sept ans, dit-il. C'est un gentil garçon. Il adore nager, jouer au football et au baseball. Il a deux sœurs, des jumelles, qui ont quatre ans et sont pleines d'admiration pour lui, et un père et une mère qui l'adorent. Ils espéraient vraiment que nous allions leur ramener leur fils aujourd'hui – parce que c'est ce que vous nous avez fait croire. »

Summer baissa la tête, honteuse. « Je suis tellement, tellement navrée. »

À cet instant, elle disait la vérité, Leo en aurait mis sa main à couper – ce qui signifiait qu'il s'était trompé. Il avait été tellement perturbé par les fausses accusations de Gunther qu'il s'était laissé manipuler. Summer n'était pas la seule personne dans la pièce à se sentir honteuse.

« La moindre des choses, Summer, c'est de révéler maintenant tout ce que vous savez qui peut nous aider à retrouver Johnny. »

– Je vous l'ai dit, je ne sais rien. J'ai tout inventé. »

– Mais vous étiez bien à l'hôtel quand Johnny a disparu ?

– Je ne sais pas où il est allé. Je pense que je le remarquerais si quelqu'un enlevait un enfant juste devant moi !

– Un kidnapping ne se déroule pas forcément dans la violence. L'assaillant peut prétendre être envoyé par les parents pour venir le chercher. Ou qu'il est agent de police, ou un représentant de l'autorité quelconque. Vous avez peut-être vu quelque chose qui ne vous a pas frappée sur le moment, mais qui pourrait nous expliquer subitement toute l'affaire. Imaginez que vous êtes à nouveau dans la voiture de votre frère, sur le parking. Que voyez-vous ? »

Elle ferma les yeux et respira profondément, puis secoua la tête. « Tout est flou. J'ai vu passer quelques voitures, mais la seule qui m'intéressait, c'était la Mercedes noire d'Alex, et par conséquent, elles n'ont pas attiré mon attention.

– Pas un seul petit détail ? Rien n'est insignifiant. Réfléchissez, Summer.

– Il y avait le camion du vendeur de glaces, dit-elle.

– Et alors ?

– Rien. Simplement, je l'ai remarqué. Vous vous souvenez que pour gagner l'hôtel, on doit quitter la route 27 pour s'engager sur le parking ? »

Leo hocha la tête : il se rappelait bien la disposition des lieux.

« Eh bien, soit les voitures stationnent sur le parking, soit elles continuent jusqu'au rond-point, à l'entrée de l'hôtel, où des employés vous accueillent. Mais si vous ne vous dirigez pas vers l'entrée, vous pouvez continuer à rouler sur une petite route qui passe derrière l'hôtel. J'ai vu un camion de glaces prendre cette petite route. »

Leo savait que l'inspectrice Langland avait interrogé toutes les personnes qui travaillaient à la vente de glaces, y compris le conducteur du camion, qui était revenu à la cabane se réapprovisionner avant de reprendre la route.

Summer plissa les yeux comme si elle se souvenait de quelque chose de nouveau.

« Qu'est-ce qu'il y a, Summer ?

« Le camion de glaces. Il s'est engagé sur la petite route, mais une autre voiture a pris la même direction. Elle est réapparue quelques minutes plus tard, et j'ai pensé que c'était un client de l'hôtel qui était parti sur cette route de service par erreur. Mais au lieu de tourner en direction de l'hôtel ou de s'arrêter sur le parking, cette voiture est ressortie sur la route 27. »

Johnny avait été vu pour la dernière fois en train de chercher des coquillages près de la cabane du marchand de glaces. C'était peut-être le véhicule du kidnappeur que Summer avait vue. « Quel genre de voiture était-ce ? »

Elle secoua la tête. « Aucune idée. Une voiture blanche, peut-être ? De couleur claire en tout cas. Pas un break ou un 4 × 4. »

– Une berline ?

– Oui. Quatre portes, je dirais. Je n'en suis pas sûre, pourtant. Oh, mais je me souviens d'une chose ! La plaque minéralogique – elle était de Washington. Pas de l'État de Washington, de la capitale fédérale, Washington DC. Je l'ai remarqué parce qu'il y avait un macaron contre le paiement des impôts. »

« *Pas d'impôts sans représentation.* » On trouvait souvent cette revendication sur les plaques minéralogiques de la capitale, une référence au fait que ses résidents payaient des impôts mais n'élisaient pas de représentants au Congrès, Washington DC n'étant pas un État à proprement parler.

Leo quitta la salle d'interrogatoire et trouva Laurie qui l'attendait sur un banc devant le commissariat de police.

« Summer disait la vérité. Gunther n'a rien à voir avec la disparition de Johnny. »

Il baissa la tête avec désespoir, les yeux fixés sur le trottoir. « J'ai perdu une semaine entière à me concentrer sur Darren Gunther. »

Laurie serra aussitôt son père dans ses bras et l'écouta attentivement tandis qu'il la mettait au courant. « Ce n'est pas ta faute, papa. Gunther et Summer nous ont délibérément mis sur une fausse piste.

– Pendant tout ce temps, je me suis trompé, Laurie. Mais tu avais raison, ça n'a jamais été une erreur de personne. C'était bien Johnny que cherchait celui qui l'a enlevé. Ils sont venus à New York depuis Washington. Il faut appeler Marcy et Andrew. »

48

Marcy Buckley sortit du four un plat de macaronis au fromage. La chaleur qui lui monta au visage l'aida à dissimuler les larmes qu'elle avait tenté de maîtriser depuis qu'elle avait reçu le coup de fil dévastateur de l'inspectrice Langland. Après tous ces efforts pour obtenir un mandat d'arrêt, la police n'avait pas trouvé Johnny.

Chloe et Emily profitaient avec bonheur de leur dîner quand le téléphone sur le comptoir de la cuisine sonna de nouveau. Marcy reconnut le numéro de Laurie. Elle emporta l'appareil dans le bureau, pour être hors de portée des jumelles.

Elle sut que c'était urgent lorsque Laurie lui demanda de faire venir Andrew dans la pièce et de mettre le téléphone sur haut-parleur. Une fois qu'il fut blotti contre elle sur le canapé, Laurie commença son rapport : « Summer Carver a avoué qu'elle était présente dans l'hôtel le jour où Johnny a disparu. Elle a vu une voiture de couleur claire s'éloigner de la cabane du marchand de glaces. Elle avait une plaque d'immatriculation de Washington. »

Il fallut à peine quelques secondes à Marcy pour enregistrer l'information. « Depuis le tout début, tu dis que la plupart des crimes ne sont pas commis au hasard.

– Il n'y a aucune garantie que la voiture que Summer a vue soit celle du kidnappeur, dit Laurie. Mais la route qui mène à la cabane du marchand de glaces est séparée de l'hôtel. En outre, des voitures immatriculées Washington DC à Long Island, ce n'est pas très courant. Je ne crois pas que ce soit une coïncidence. »

Marcy lut sur le visage d'Andrew qu'il pensait comme elle que Laurie avait découvert une nouvelle piste. « Qu'est-ce que ça signifie exactement ? demanda-t-il. Nous nous sommes déjà creusé la cervelle pour savoir qui aurait intérêt à enlever Johnny. Tu penses que quelqu'un de DC nous aurait suivis jusque dans les Hamptons ? »

Marcy sentit sa vision se troubler. DC. Les Hamptons. La route menant au marchand de glaces. Elle imagina des mains s'emparant de Johnny pendant qu'il se penchait pour ramasser un coquillage. Son fils, tremblant de peur, sur le siège arrière. Non, plus vraisemblablement dans le coffre. Seul dans le noir, terrifié. Quand elle essaya de se représenter la voiture en train de sortir du parking de l'hôtel, elle eut soudain l'image d'une voiture grise

– exactement comme celle qui était garée le long du trottoir devant leur maison à peine deux jours plus tôt.

« Sandra Carpenter est venue nous rendre visite lundi dernier. »

Andrew eut le souffle littéralement coupé en imaginant ce que pouvait suggérer ce rapprochement.

« Rappelez-moi qui c'est ? dit Laurie à l'autre bout du fil.

– C'est la femme que le père Horrigan a appelée au sujet de l'adoption, expliqua Marcy. La grand-mère biologique de Johnny.

– Et elle est venue chez vous ?

– À l'improviste, dit Marcy. C'était très étrange. Elle nous a confié qu'elle ne cessait de s'inquiéter pour Johnny – que sa disparition avait réveillé tous les sentiments qu'elle éprouvait pour sa fille. Elle voulait savoir comment nous aider. Sur le moment, j'ai supposé que cela partait d'une bonne intention, mais maintenant, je me demande si ce n'était pas une façon de nous mettre sur une fausse piste.

– Tu te souviens de la marque de sa voiture ? demanda Andrew. Je n'y ai pas fait attention.

– C'était une voiture grise, dit Marcy. Une Buick, je ne connais pas les différents modèles, mais elle était grande.

– Quelle nuance de gris ? demanda Laurie. Selon Summer, la voiture était soit blanche, soit de couleur très claire. »

Marcy fouilla dans sa mémoire, tâchant de faire surgir l'image. « C'était un gris argenté, proche du blanc. »

Andrew émit à son tour une suggestion : « Leo pourrait trouver les papiers d'immatriculation, n'est-ce pas Laurie ? Ils mentionneraient la couleur du véhicule. Summer reconnaîtrait la voiture, si elle voyait une photo.

– Je téléphone à papa tout de suite.

– Laurie… » Marcy avait encore l'impression qu'ils passaient à côté de l'essentiel. « En réalité, nous ne savons pas ce qui est arrivé à la fille de Sandra. Quand j'ai appelé le père Horrigan pour me renseigner sur la mère biologique de Johnny, il ne savait rien, jusqu'à ce qu'il appelle sa mère. Tout ce que nous croyons savoir de cette famille vient directement de Sandra. L'addiction à la drogue. Le déménagement à Philadelphie. Ce ne sont peut-être que des mensonges. »

Andrew porta une main à sa bouche. « A-t-on seulement eu la preuve que Michelle était morte ? »

Marcy fut soudain prise de vertige. Du moment où sœur Margaret avait déposé Johnny dans ses bras, Marcy avait ressenti une connexion immédiate avec son « bébé miracle ». Mais il n'y a pas de miracles…

Ses mains tremblèrent quand elle les tendit vers Andrew. « Ils l'ont pris, n'est-ce pas ? Ils ont pris notre Johnny. »

49

Le carton à pizza vide narguait Laurie depuis la table basse du salon, les derniers restes de mozzarella collés au papier sulfurisé. Son père l'observait, renversé dans son fauteuil préféré.

« C'est pas mal, dit-il

– Qu'est-ce qui n'est pas mal ?

– La pizza.

– La pizza est mieux que pas mal, dit-elle. La pizza est fondamentalement la nourriture parfaite.

– Exactement. Et tu as vu comme Timmy était content ? Comme si tu l'avais emmené à Disney World ou je ne sais où. Alors, arrête de te sentir coupable. »

Selon l'éducation qu'elle avait reçue de ses parents, Laurie mettait un point d'honneur à prendre ses repas avec Timmy à la table de la salle à manger. Elle était certes rarement en mesure de cuisiner les plats que sa mère préparait, mais même s'ils n'étaient que tous les deux et avaient commandé un plat à emporter, pour elle, le dîner était le moment d'éteindre tous les écrans, de faire taire le monde extérieur, et d'accorder à l'autre toute son attention.

Mais ce soir, ils avaient dîné d'une pizza devant la télé. Et, parce que le livreur en avait apporté avec la commande, ils avaient même utilisé des assiettes en carton.

La réalité, c'est que Laurie était épuisée physiquement et émotionnellement. Ils l'étaient tous. Pendant une semaine, ils n'avaient cessé de s'encourager pour continuer à mettre un pied devant l'autre et faire tout ce qui était en leur pouvoir pour ramener Johnny à la maison.

Et tous leur efforts avaient échoué. Depuis le début, ils avaient jugé que la question de l'adoption était une impasse et ils se rendaient compte maintenant qu'ils ne savaient rien de la mère biologique de Johnny, ni de la grand-mère qui avait débarqué à l'improviste chez Marcy et Andrew. Leo avait contacté un ami de la police de Philadelphie pour corroborer la prétendue overdose de Michelle Carpenter, mais il attendait encore les détails. Laurie aurait voulu avoir une machine à remonter le temps pour repartir en arrière et tout recommencer. Ou encore mieux, pour être à la plage avec les enfants et que rien de tout ça ne soit jamais arrivé.

Pour ne pas craquer complètement, elle avait permis à Timmy de choisir le dîner à emporter qu'il aimait par-dessus tout et de regarder leur série préférée. Elle savait qu'il faisait encore des cauchemars, mais il essayait de faire bonne figure. Maintenant que Timmy était allé dans sa chambre pour jouer à un jeu vidéo, elle et Leo étaient libres de parler ouvertement.

« C'était agréable de tout simplement s'asseoir et regarder la télé pendant deux heures, hein ? »

Son père rit doucement. « On devrait le faire plus souvent. »

Elle agita un doigt, feignant de le réprimander. « Nous avons des règles dans cette maison, monsieur, et elles ont commencé avec toi.

– Non, elles ont commencé avec ta mère. Et crois-moi, même elle nous aurait donné la permission après cette journée désastreuse. »

Laurie rapporta le carton à pizza et les assiettes en carton à la cuisine, se réjouissant de n'avoir presque rien à nettoyer, et regagna le salon. « Bon, mais voyons le bon côté des choses. Aujourd'hui, nous avons démontré que Summer Carver et son frère étaient des menteurs. »

Le procureur avait accepté d'inculper les deux Carver pour chantage. L'argument était que même s'ils n'avaient pas commis de kidnapping à proprement parler, ils avaient menacé sans vergogne la liberté et la sécurité de Johnny pour forcer Leo à leur faire des aveux.

Celui-ci n'avait pas l'air aussi ravi que sa fille. « Mais nous n'avons rien de neuf sur Darren Gunther. » D'après Summer, prétendre qu'ils avaient enlevé Johnny était une idée de son frère, et Toby a invoqué le droit à un avocat dès son arrestation. Si Gunther était impliqué dans cette histoire, il n'y avait aucun moyen de le prouver.

« Mais leur arrestation était le scoop du jour aux infos de ce soir, dit Laurie, et il n'est pas fait mystère de leur lien avec Gunther. Crois-moi, papa, je sais comment ça marche, les médias. L'auditeur moyen en conclura que Gunther est un meurtrier qui n'a pas hésité à manipuler ces deux clowns.

– Mais le juge chargé de son cas n'est pas l'auditeur moyen. »

Bon, son père ne verrait manifestement pas le verre à moitié plein ce soir. Dix-huit ans plus tôt, il avait aidé à convaincre un jury que Darren Gunther avait assassiné Lou Finney. Il était déterminé à le prouver encore une fois.

Elle allait lui offrir une tasse de café quand le téléphone portable de Leo sonna sur la table à côté de lui.

« Ici Farley. »

« Police départementale de Philadelphie », souffla-t-il à voix basse.

Son père émettait une succession de *euh euh*, et Laurie était impatiente de connaître les nouvelles, quand son propre téléphone sonna. Numéro inconnu. Elle appuya sur « refuser ». Une minute plus tard, il sonna de nouveau. Cette fois, elle répondit, emportant le téléphone dans la cuisine pour ne pas déranger la conversation téléphonique de Leo.

« Laurie, Dieu soit loué, vous êtes là. C'est Samantha Finney, la fille de Lou Finney.

– Hello, Samantha. J'espère que vous avez reçu mon message tout à l'heure. »

Laurie avait laissé un message vocal à Samantha à propos de l'arrestation des Carver. Même si c'était indirectement relié au meurtre de son père, elle ne voulait pas que Samantha en apprenne les détails par la presse.

« Je l'ai bien eu, mais voilà le plus important : j'ai vu leurs photos à la télé, et ce type, je le connais !

– Quel type ?

– Le frère. Toby Carver, c'est ça ? Je le connais, Laurie. Et Clarissa aussi… »

Dix minutes plus tard, Laurie se précipitait dans le salon. Avant qu'elle puisse ouvrir la bouche, son père lui apprit qu'il venait juste de parler à son contact à la police de Philadelphie. « Sandra Carpenter disait la vérité. Sa fille, Michelle, est en effet morte d'une overdose il y a six mois. C'est sa voisine qui a trouvé le corps et a prévenu la police.

– Sandra a peut-être eu toutes les raisons de kidnapper Johnny, si l'on y réfléchit. Elle est traumatisée par la perte de sa fille, et elle a dit à Marcy qu'elle pensait à Johnny comme à *tout ce qui lui restait de sa petite fille.* Peut-être voulait-elle saisir l'occasion de l'élever elle-même.

– Il y a une chose, dans le rapport de police sur l'overdose de Michelle, qui est intéressante, dit Leo. Quand la police s'est informée sur la personne à prévenir dans la famille, une voisine a dit que ce n'était même pas la peine d'appeler Sandra, parce que si quelqu'un était à blâmer dans l'addiction de Michelle, c'était bien sa mère.

– On dirait qu'il y a plus dans cette histoire que Sandra ne le laisse entendre », dit Laurie.

Leo lui tendit un Post-it jaune où l'on pouvait lire : *Lindsay Hart.* « C'est la voisine. Si elle aussi touche à la drogue, elle sera peut-être plus à l'aise pour parler avec toi qu'avec un vieux flic bourru.

– Leo Farley ? Bourru ? Je crois que toutes ces veuves qui font la queue pour voir leurs tempes blanches préférées à la messe du dimanche seraient en désaccord avec cette description. Mais oui, ça me semble une bonne idée d'appeler cette Lindsay Hart.

– À propos, avec qui parlais-tu au téléphone ? D'après ce que j'ai entendu, ça paraissait important.

– Samantha Finney. Elle a reconnu la photo de Toby Carver aux informations. Tu savais que Samantha était restée amie avec Clarissa DeSanto après le meurtre de Finney ? »

Leo hocha la tête. « Elles étaient extrêmement proches. À l'époque de l'affaire, je me souviens avoir pensé qu'elles auraient parfaitement pu faire partie de ton groupe d'amies.

Je n'arrive pas à croire que Clarissa soit morte dans un accident de voiture.

– Eh bien, justement, papa. La dernière fois que Samantha a vu Clarissa, c'était à la fin du mois de mars. Elles étaient à une soirée rétro organisée pour lever des fonds pour les abris des grands animaux. Samantha était déjà mariée, mais Clarissa était célibataire. Un type l'a invitée à danser et ils ont passé un bon moment ensemble – décontracté et amical. Vers la fin de la soirée, cependant, le type a cru que Clarissa allait rentrer avec lui. *Rentrer avec lui,* comme dans… »

Laurie fit un moulinet de la main au lieu de finir sa phrase.

« Je ne suis que ton vieux père, mais je sais ce que signifie *rentrer d'une soirée avec quelqu'un.*

– Le type était vraiment très insistant, si bien qu'ils ont même songé à appeler la sécurité. Mais le mari de Samantha s'en est mêlé et lui a fait comprendre clairement que Clarissa n'allait pas rentrer chez elle avec un inconnu. Alors voilà, Samantha a vu la photo de Toby Carver ce soir aux infos, et elle est sûre que c'est le type en question. Son mari aussi est certain que c'est lui. Trois jours après la soirée, Clarissa a bizarrement perdu le contrôle de sa voiture sur la Cross County Parkway. »

Leo se prit la tête dans les mains. « J'ai dit et répété que Gunther ne jouait pas franc jeu. C'est pourquoi j'ai aussitôt pensé à lui quand Johnny a disparu.

– Et si, en fait, Toby Carver était mêlé à tout ça depuis des mois ? demanda Laurie. Papa, et s'il avait tué Clarissa DeSanto à cause de ce qu'elle savait ? »

Ce soir-là, après avoir raccroché d'avec Alex, Laurie mettait à charger son téléphone quand il sonna de nouveau. Elle reconnut l'indicatif de Philadelphie qu'elle avait utilisé pour appeler l'ancienne voisine de Michelle Carpenter plus tôt dans la soirée.

Quand elle décrocha, un brouhaha de voix fortes et de musique dans le fond l'empêcha d'entendre clairement ce qu'elle disait.

« Madame Moran, ici Lindsay Hart, je vous rappelle. Je suis désolée de téléphoner si tard, et c'est très bruyant ici, mais je voudrais vous parler de Michelle. Pouvons-nous nous voir demain ?

– Bien sûr, je peux prendre un train dans la matinée…

– Non, je suis en ce moment même à New York. »

Elles convinrent de se retrouver dans le bureau de Laurie à neuf heures le lendemain matin

« À bientôt alors, dit Lindsay. J'ignore pourquoi vous vous intéressez au cas de Michelle, mais je n'ai jamais cru qu'elle était morte d'une overdose. Elle a été assassinée. J'en suis convaincue. »

50

Le lendemain, Johnny avait aidé à débarrasser les assiettes du petit déjeuner et était retourné à son album de coloriages des *Bâtiments historiques de l'Amérique.*

« Continue tes coloriages, dit l'homme en inspectant son travail. Tu as un grand avenir comme artiste, Danny.

– Et ce bâtiment-là, c'est quoi ? » demanda Johnny, bien qu'il sût que c'était l'Empire State Building.

L'oncle Alex l'avait emmené tout en haut quand il était en maternelle. Ils avaient pris une photo pour que Johnny la montre à ses camarades de classe.

Johnny fit semblant d'être admiratif quand son ravisseur lui expliqua que le building était considéré comme de l'Art gréco, ou quelque chose comme ça, construit par des gens dont Johnny n'avait jamais entendu parler. Le garçonnet aurait surtout voulu lui faire remarquer qu'il n'utilisait que des crayons de couleur bleu, vert, marron et gris. C'était le pire coloriage du monde.

« C'est sûr que vous savez beaucoup de choses », fit-il, feignant l'admiration.

Une pièce de théâtre. Je suis un acteur dans une pièce de théâtre.

L'homme parut rêvasser pendant quelques secondes avant de parler : « J'étais architecte, en réalité. Tu vois cette table que tu utilises ? »

Johnny le remercia encore une fois pour la table. « Elle est chouette. J'aime bien le rebord du bas pour que rien ne tombe et qu'on puisse incliner le livre dessus.

– Exactement », dit l'homme, visiblement content de l'observation. « C'était ma table à dessin pendant des années. Je n'ai jamais construit quelque chose d'aussi incroyable que l'Empire State Building, vois-tu, mais j'ai fait quelques très belles maisons – et un grand centre commercial et une tour de bureaux de quelque importance. Si j'avais continué à travailler, je serais peut-être devenu le prochain I.M. Pei. »

Johnny sourit.

« Bon. Bien sûr, tu ne sais pas qui c'est. Il a imaginé la pyramide de verre dans la cour du Louvre, à Paris. Oh… et une partie de la National Gallery of Art.

– Celle-là, j'y suis allé ! » annonça fièrement Johnny.

Maman l'y avait amené l'année dernière pendant que papa emmenait les jumelles chez le pédiatre parce qu'elles avaient toutes les deux de la fièvre. Il s'était plaint de s'ennuyer. *Pardon, maman. Je n'ai pas été gentil ce jour-là. Je ne recommencerai jamais.* Voyant que l'homme était content de sa réponse, Johnny décida de poser une question. « Alors, vous ne construisez plus de bâtiments ?

– Non. Beaucoup de choses ont changé dans ma vie depuis. »

À nouveau, l'homme regarda dans le lointain, et Johnny se rendit compte qu'il était triste.

Johnny tourna la page suivante de son album, même s'il lui restait encore à colorier en bleu le ciel de Manhattan. « Et ce bâtiment, c'est quoi ? »

Tandis que l'homme parlait d'un architecte du nom de Frank Lloyd Wright, Johnny hochait la tête avec intérêt. *La confiance marche dans les deux sens, monsieur ?* L'intention de Johnny était de mériter assez sa confiance pour avoir une chance de quitter cette affreuse maison.

« Est-ce que je peux vous poser encore une question, monsieur ?

– Bien sûr.

– Vous m'appelez Danny, mais comment dois-je vous appeler ? Je veux dire autrement que monsieur.

– Comment aimerais-tu m'appeler ? »

Johnny haussa les épaules. « Par votre nom, je suppose. »

Le sourire de l'homme fit courir un frisson dans le dos de Johnny. « Eh bien, voyons : comment appelais-tu l'homme qui te donnait à manger et te garantissait un toit là où tu vivais avant ? »

Johnny eut l'impression qu'on lui posait une énigme qui n'avait pas de réponse. Baissant les yeux sur son album de coloriages, il murmura : « Je l'appelais papa.

– Bien. Pourquoi ne pas essayer alors ? »

Johnny ferma les yeux de toutes ses forces pour refouler ses larmes. La main sur son épaule était étonnamment douce.

« Ils ne te l'ont pas dit, hein ? » demanda-t-il.

Johnny ne se rendit pas compte à quel point ses yeux étaient grands et innocents quand il les leva vers son ravisseur.

« Andrew et Marcy Buckley ne sont pas tes parents. Pas vraiment. Tu as été adopté. » L'homme sortit une feuille de papier pliée en deux de sa poche et la tendit à Johnny.

Le nom du site web était « Lutte contre la criminalité de New York ». L'homme avait surligné un paragraphe au marqueur jaune. Johnny n'était pas le lecteur le plus rapide de sa classe, mais il parvint à lire tous les mots, en silence, sans remuer les lèvres, comme on l'apprenait à l'école.

Selon une source des forces de police, le garçon disparu a été adopté par les Buckley quand il était nouveau-né. Quand on lui a demandé si sa disparition pouvait être liée à son adoption, la source a déclaré que la police avait rapidement éliminé cette hypothèse et qu'elle travaillait sur la présomption d'un kidnapping par un étranger.

« Sais-tu ce que ce mot signifie, Danny ? Adopté ? »

Johnny hocha la tête en silence. À l'école, il y avait une fille, Greta Connors, qui était une enfant adoptée et qui savait tout sur la ville de Floride où elle était née.

« Bon, dit l'homme. Tu t'es habitué à vivre avec les Buckley autrefois, et maintenant, il semble que tu t'habitues à vivre ici. C'est comme un nouveau départ, pas vrai ? »

Luttant pour trouver ses mots, Johnny finit par lâcher un :

« Oui.

– Oui, quoi ?

– Oui, je m'habitue à vivre ici, monsieur. »

L'homme lui lança un regard noir, puis son visage s'adoucit. « Ne t'inquiète pas. Nous finirons par y arriver. »

Johnny se retint de pleurer jusqu'à ce qu'il soit seul dans sa chambre, enfermé de nouveau.

Jeudi 23 juillet
Neuvième jour

51

Le lendemain matin, Leo se préparait un café dans la cuisine quand Laurie sortit en hâte. Elle voulait avoir le temps de s'installer dans son bureau avant l'arrivée de Lindsay Hart.

« Je comprends que tu sois pressée, mais je veux te faire part de mes réflexions. Selon la fille de Lou Finney, le demi-frère de Summer Carver s'est montré agressif avec Clarissa DeSanto à une soirée peu avant l'accident de voiture qui a provoqué la mort de cette dernière. Et il aurait dragué par hasard un témoin du meurtre de Lou Finney alors qu'il cherche par ailleurs à aider le meurtrier de Finney à s'en tirer ? C'est un peu fort comme coïncidence.

– Tu as raison. Nous allons suivre cette piste pour notre émission sur Darren Gunther, papa, je te le promets. En ce moment, concentrons-nous sur Johnny et sur la rencontre avec la voisine de Michelle Carpenter.

J'espère qu'elle pourra nous en dire davantage sur la mère de Michelle.

– OK. Mais sache que, une fois de plus, je suis resté éveillé toute la nuit, et j'ai revu tous les paiements de péage de Toby Carver. »

Le relevé de télépéage de Carver avait été le premier indice que Summer s'était rendue en voiture à Long Island le jour de la disparition de Johnny. Laurie se souvenait qu'il ne semblait pas avoir passé le péage très souvent. Elle voyait à la petite étincelle dans les yeux de son père qu'il avait trouvé quelque chose d'intéressant.

« J'ai cherché dans les listings des réunions de levée de fonds des amis des animaux de la ville de New York et je n'ai pas mis longtemps à trouver.

– Tu es devenu un vrai cyberdétective », le taquina Laurie.

En général son père n'allait pas plus loin que les emails basiques lorsqu'il s'agissait d'ordinateur.

« Remercie ton fils. C'est un professeur très patient. Peu importe. La réunion en question a eu lieu le dernier vendredi de mars. Et bien entendu, le relevé de péage de Toby Carver indique un aller-retour à Manhattan ce soir-là, un premier passage du pont depuis des semaines. Mais voilà le plus intéressant : il a fait ensuite un aller-retour à Manhattan tous les soirs, et cela pendant trois jours. Ensuite, plus aucun paiement n'est enregistré, jusqu'à ce que Summer vienne à Long Island pour essayer de te rencontrer. »

Laurie eut un sursaut en comprenant ce que cela impliquait. « L'accident de voiture de Clarissa. »

Clarissa était justement morte trois jours après la réunion de levée de fonds.

Leo pointa un doigt vers elle. « Bingo ! »

S'ils ne se trompaient pas, Toby Carter avait filé Clarissa DeSanto, cherchant une occasion de la tuer. Il faisait sombre, il pleuvait des cordes et la route était déserte quand elle avait eu son accident. Toby pouvait très bien avoir provoqué une sortie de route.

« Et les caméras de lecture des plaques minéralogiques ? » demanda Laurie. Tous les ponts et tunnels de la ville en étaient équipés, capables d'enregistrer des douzaines de numéros par minute, avant de les stocker dans une base de données consultable. « Tu peux vérifier ça ?

– C'est ce que je fais, répondit Leo. Un analyste recherche les numéros de plaque de Clarissa et de Toby. Avec un peu de chance on va trouver un lien.

– Mais quel serait son mobile pour tuer Clarissa ? demanda Laurie. Elle t'a dit ce qu'elle savait de cette soirée, il y a dix-huit ans.

– J'ai une théorie que je suis en train de creuser. J'ai seulement besoin de préciser quelques détails pour la valider. Il faut que j'étudie une liasse de documents que je me suis fait envoyer hier. » Laurie comprit que son père était sur une piste, et qu'il la suivrait où qu'elle puisse mener. « Et maintenant, je crois que tu as une réunion importante à ton bureau. »

Laurie n'avait même pas remarqué qu'il avait rassemblé son téléphone portable, sa serviette et ses clés pendant qu'ils parlaient. « Sans blague. Oh, pourrais-tu aussi…

– Filmer Timmy pendant qu'il joue au baseball ? Compris. »

Leo allait déposer Timmy à Chelsea Piers pour sa demi-journée de sport, puis il s'entraînerait au practice avant de rentrer à la maison.

Comment elle et Timmy auraient-ils pu se débrouiller sans son père durant ces sept dernières années ?

52

Lindsay Hart arriva exactement deux minutes avant l'heure prévue de son rendez-vous. Elle portait une impeccable robe blanche avec d'élégantes chaussures vernies à talons hauts couleur chair. Ses cheveux roux flamboyants se répandaient sur ses épaules en vagues souples tandis qu'elle pénétrait dans le bureau de Laurie. Face à ce genre de femme, Laurie se demandait toujours si elle n'aurait pas dû faire un peu plus d'efforts au rayon du glamour.

« Lindsay Hart, se présenta-t-elle avec une poignée de main pleine d'assurance. Je vous suis tellement reconnaissante de bien vouloir me recevoir, madame Moran. »

Laurie insista pour qu'elle l'appelle par son prénom en l'escortant jusqu'au canapé, avant de s'asseoir dans un fauteuil gris pivotant.

« Vous avez un bureau très élégant. Si j'avais su qu'une carrière dans les médias pouvait vous donner droit à une suite dans le Rockefeller Center juste au-dessus de la patinoire, j'aurais peut-être renoncé au droit.

– Ainsi vous êtes avocate ? »

Après tout ce qu'elle avait entendu sur Michelle Carpenter par sa mère, ce n'était pas ainsi que Laurie s'était imaginé l'amie et voisine de Michelle.

« Oh, je suis désolée. Je croyais que vous étiez au courant. Je connais votre fiancé, Alex ! À propos, toutes mes félicitations ! Vos fiançailles ont fait jaser le milieu judiciaire quand elles ont été annoncées. Nous pensions tous qu'il resterait éternellement célibataire. J'ai été tellement choquée par ce qui est arrivé à son neveu. Le pauvre enfant. J'espère qu'on va le retrouver bien vite sain et sauf. »

Laurie la remercia pour sa sympathie. Elle n'avait pas eu de raison de mentionner le nom de Lindsay quand elle avait parlé à Alex de sa réunion de ce matin. En entendant le nom de son fiancé dans la bouche de cette séduisante avocate, l'ancienne réputation d'Alex lui revint soudain à l'esprit : le célibataire apparaissant dans la rubrique mondaine de tous les journaux accompagné de femmes aussi connues que lui, coqueluche de diverses cérémonies officielles. Elle se souvint aussi que c'était pourtant d'elle qu'il était tombé amoureux. C'était lui qui avait entrepris de la séduire, et non l'inverse.

« Comment connaissez-vous Alex ?

– Je suis avocate spécialiste de la délinquance en col blanc à Philadelphie, mais mon cabinet a un bureau ici. Nous avons partagé une ou deux affaires.

– Et vous étiez la voisine de Michelle Carpenter ? demanda Laurie. Excusez ma surprise, mais à entendre sa mère, j'ai cru que Michelle vivait dans un endroit… peu fréquentable. »

Lindsay leva au ciel ses yeux parfaitement maquillés. « Bien sûr que vous l'avez cru. La mère de Michelle ne connaissait même plus sa propre fille. Elle croyait probablement qu'elle vivait dans un taudis infesté de rats. Michelle n'était certainement pas riche, mais elle louait un studio à l'arrière de la maison voisine de la mienne. Les propriétaires de la maison sont un couple âgé, des oiseaux migrateurs qui passent la plus grande partie de l'année en Floride. Michelle et moi sommes devenues très vite amies. C'était une des personnes les plus généreuses que j'aie jamais connues, mais sa mère la tenait pour une parfaite ratée, m'avait-elle confié.

– Et pour quelle raison ? »

Lindsay haussa les épaules. « Parce que Michelle n'avait pas réalisé ses grands rêves de jeunesse. La vie lui avait fait un croche-pied avec cette grossesse imprévue, et elle avait pris la décision de placer l'enfant dans une famille aimante. Elle disait que c'était la chose la plus difficile qu'elle ait jamais faite, mais aussi l'action dont elle était la plus fière. Pour sa mère cependant, il semble qu'elle ait été marquée à jamais au sceau de l'infamie.

– Michelle a-t-elle un jour laissé entendre que sa mère pouvait être déraisonnable ou violente ? Ou qu'elle avait conçu de l'amertume quand son petit-fils avait été adopté ? »

Il devenait clair que Sandra n'avait pas été une mère très compréhensive, mais de là à kidnapper un enfant… Laurie tentait de mieux cerner le personnage.

Lindsay secoua la tête. « Aussi prête à juger que sa mère ait pu l'être, j'ai l'impression que l'adoption est la seule décision de Michelle que Sandra ait jamais soutenue entièrement.

– J'ai cru comprendre que, pour Sandra, la drogue avait tué Michelle bien avant qu'elle meure. »

Les yeux de Lindsay étincelèrent de colère. « C'est tellement injuste. Michelle n'avait pas touché à la drogue pendant presque deux ans. C'est la vraie raison pour laquelle elle était partie pour Philadelphie. Elle voulait échapper à d'anciennes influences et à ses mauvaises habitudes. Sandra refusait de croire que sa fille avait complètement changé de vie. La faute à trop de déceptions et de tentatives ratées, je pense. Aussi, naturellement, quand la police lui a dit que Michelle était morte d'une overdose, elle les a tout de suite crus. C'était une affaire réglée avant même qu'on cherche à en savoir plus.

– Mais pas pour vous. Vous croyez qu'elle a été assassinée ?

– Le soir où je l'ai trouvée, nous étions censées nous faire livrer à dîner et regarder la télévision chez moi. Nous nous réunissions tous les quinze jours pour regarder des séries que nous aimions toutes les deux, et surtout pour bavarder. Je lui avais envoyé déjà deux textos, car elle était plus en retard que d'habitude. Sa voiture était dans l'allée devant chez elle, et j'ai finalement décidé d'aller voir ce qui se passait. J'ai frappé à la porte, puis j'ai ouvert.

– Ce n'était pas fermé à clé ? »

Lindsay hocha la tête. « C'était son habitude, du moins à cette heure-là. Nous habitons – habitions – un quartier très sûr. Je me suis tout de suite rendu compte que quelque chose n'allait pas. D'ordinaire, son appartement était impeccable. Pas ce soir-là. L'endroit était une catastrophe.

– Comme si quelqu'un l'avait saccagé ? »

Elle secoua la tête. « Non, c'était surtout vraiment crasseux. Il y avait une bouteille de vodka ouverte sur la table de nuit et, à côté, un verre renversé. Un sachet de chips sur la table basse. Des assiettes sales un peu partout et toutes sortes de choses éparpillées n'importe où. Ça ne lui ressemblait pas du tout. Je l'ai trouvée dans la chambre. L'aiguille était encore à côté d'elle sur le lit, un ruban de caoutchouc serré autour de son bras. »

Laurie comprit que Lindsay était encore hantée par cette découverte. « Quand l'aviez-vous vue pour la dernière fois ?

– À peine trois jours plus tôt. J'étais allée lui emprunter du poivre rouge. Comme je vous l'ai dit, elle était soignée et en bonne santé, et son appartement était normalement immaculé. J'ai dit à la police qu'à mon avis quelqu'un avait mis le bazar dans la pièce pour faire croire qu'elle était accro à la drogue ou je ne sais quoi, mais ils n'ont pas voulu m'écouter. C'était plus facile de la mettre dans la catégorie des junkies.

– Selon Sandra, Michelle se battait contre la drogue depuis sa grossesse. Ne peut-on pas penser qu'elle ait eu une rechute et ait réussi à vous le cacher ? »

Laurie savait que les risques d'overdose étaient souvent plus élevés lorsque les drogués se lâchaient après une période d'abstinence, car leur tolérance à la drogue avait baissé entre-temps.

« Je n'y crois pas une seule seconde. Michelle était sur la bonne pente. Elle commençait à gagner correctement sa vie en vendant ses bijoux en ligne. Elle essayait de placer ses créations dans l'un des plus grands magasins de la ville. Un de mes associés juridiques l'aidait à établir son *business plan*.

– Pour Sandra, créer des bijoux ressemblait à une chimère.

– Ça ne m'étonne pas, mais Michelle avait un réel talent. Elle a fait ce bracelet en fait. » Lindsay leva son poignet droit pour montrer un bracelet en métal martelé. « Elle était totalement engagée dans sa nouvelle vie. Elle faisait du yoga presque tous les jours, suivait un régime sain, tout le tremblement. Elle allait jusqu'à rechercher les gens de son passé pour s'excuser des griefs qu'elle leur avait causés. Elle a même envisagé de s'excuser auprès de ce salaud qui l'avait mise enceinte. Je lui ai dit qu'elle ne lui devait rien, mais elle était prête à tout pour se faire pardonner chacun de ses péchés.

– Attendez une seconde. Sandra a dit…

– Ça suffit avec ces *Sandra a dit* ! »

Lindsay reprit son calme après ce mouvement d'humeur. « Désolée, mais ce n'est pas exactement l'interlocutrice la plus crédible s'agissant de Michelle.

– D'accord, mais apparemment, Michelle lui avait dit qu'elle ne connaissait même pas l'identité du père biologique du bébé. C'était une histoire d'une nuit. »

Lindsay ricana. « Michelle ? Une histoire d'une nuit… avec un inconnu ? Euh… non. Ça ne risquait pas d'arriver.

– Alors, pourquoi l'aurait-elle raconté à sa mère ?

– Parce qu'il s'est révélé que le type était marié et avait un gosse. Quand Michelle s'est rendu compte qu'ils n'élèveraient pas le bébé ensemble, elle a décidé de passer par l'adoption. Pour éviter toute complication, elle a dit qu'elle ne savait pas qui était le père.

– Elle ne pouvait pas dire la vérité à sa mère ? »

Lindsay haussa les épaules. « Michelle craignait que sa mère fasse une scène d'enfer à l'homme marié qui l'avait séduite. Tout ce qu'elle désirait, c'était faire ce qu'il fallait et continuer sa route. Elle s'est arrangée pour éviter la scène publique qu'elle redoutait, mais ne s'est pas rendu compte que Sandra reporterait tout le blâme sur elle. Pour être franche, Michelle ignorait totalement que le type était marié. Ils s'étaient rencontrés à un cours de yoga, et il avait cherché à engager la conversation. Elle a refusé de sortir avec lui, au début. Je crois qu'il était un peu plus âgé. Peut-être trente ans, alors qu'elle en avait vingt-deux. Quand il l'a finalement convaincue de dîner avec lui, ça s'est transformé en une idylle passionnée. Elle disait qu'il était intelligent et sophistiqué, et qu'il avait un merveilleux sens de l'humour. Des années plus tard, ses yeux s'éclairaient encore quand elle racontait les moments qu'ils avaient passés ensemble. Leur histoire n'a duré qu'un été, mais ils parlaient déjà de se marier et d'avoir des enfants quand Michelle aurait repris ses études et passé son diplôme universitaire. La grossesse n'était pas prévue, mais au début, elle s'en est réjouie. Elle était excitée à l'idée d'avoir un bébé. Folle de joie en fait.

– Et lui ?

– Elle ne le lui a jamais dit. Elle s'est rendue à son bureau pour lui annoncer la bonne nouvelle, et elle l'a trouvé en train de sortir avec sa famille. Elle est restée sur le parking, à l'observer. Il portait une alliance qu'elle ne lui avait jamais vue. Elle l'a regardé attacher son enfant dans le siège bébé et embrasser sa femme avant qu'elle ne prenne le volant. Lorsque sa femme est partie, Michelle en a fait autant.

– Et ensuite ?

– Rien. Elle a coupé tout contact avec lui. Trouvé un autre studio de yoga. Elle ne voyait aucune raison de briser une famille, aussi s'est-elle simplement retirée du tableau. C'était fini, voilà tout. Ainsi, vous pouvez comprendre pourquoi j'ai dit à Michelle qu'elle ne lui devait aucune excuse. Elle s'est sentie tellement coupable de ne lui avoir jamais rien dit du bébé, mais c'était lui qui avait menti en lui cachant qu'il était marié. J'ai probablement donné mon avis un peu trop vivement, parce qu'elle a changé de sujet et ne l'a plus jamais évoqué.

– Savez-vous si elle a jamais recontacté ce type ?

– Aucune idée. Oh, mon Dieu, vous pensez que ce pourrait être lui qui l'a tuée ? Pour quelle raison l'aurait-il fait ?

– Le neveu d'Alex, Johnny… l'enfant qui a disparu. C'est celui de Michelle. » Les yeux de Lindsay s'agrandirent quand elle se rendit compte de ce que cela impliquait. « Est-ce que Michelle vous a jamais dit le nom du père ? »

Lindsay secoua la tête en fronçant les sourcils. « Non, mais le plus étrange est qu'en réalité, elle a reconnu sa femme quand il l'a embrassée sur le parking. Elle s'occupait de la campagne marketing du restaurant que gérait Michelle à Rehoboth Beach et s'était liée avec les propriétaires. Son petit ami ne la conduisait jamais à son travail, ne venait pas la chercher non plus. Rétrospectivement, Michelle a compris qu'elle aurait dû se méfier. Quand elle l'a vu avec sa femme, ses yeux se sont dessillés. »

Laurie était plongée dans ses pensées, regrettant de ne pas avoir enquêté davantage sur la mort de Michelle dès le départ. Sandra se souviendrait sûrement du nom du précédent employeur de la jeune femme. Avec un peu de chance, les propriétaires du restaurant les mettraient en rapport avec leur consultante marketing. À partir de là, ils pourraient localiser le père biologique de Johnny, et peut-être retrouver le petit garçon.

« Attendez ! s'exclama Lindsay. Elle m'a également dit qu'il était architecte. »

Laurie la remercia de lui avoir consacré du temps et la raccompagna vers l'ascenseur.

Dès qu'elle fut seule dans son bureau, elle téléphona à Marcy et Andrew. Andrew répondit aussitôt et appela Marcy pour qu'elle participe à la conversation.

« Est-ce que tu as les coordonnées de Sandra Carpenter ? demanda Laurie.

– Elle nous a laissé un numéro de téléphone et une adresse mail, dit Andrew.

– Ce serait donc elle qui aurait enlevé Johnny ? demanda Marcy. Je suppose que la police peut trouver son adresse. J'irai en personne, dès maintenant s'il le faut, la supplier – de mère à mère. »

Laurie leur détailla tout ce qu'elle avait appris par Lindsay Hart. Même au téléphone, elle devina à quel point c'était difficile à avaler pour Marcy et Andrew. Michelle avait toujours connu l'identité du père biologique de Johnny, mais ne lui avait jamais parlé de l'enfant qu'ils avaient conçu. Et maintenant, ils découvraient qu'elle avait peut-être été assassinée précisément à cause de cela, et que cela pouvait aussi expliquer l'enlèvement de Johnny.

À l'autre bout de la ligne, la voix de Marcy se fêla : « Mon Dieu, cette pauvre femme. Cela nous brisait déjà le cœur d'apprendre que sa vie n'avait pas été rose et qu'elle était morte d'une overdose, mais un meurtre ? Parce qu'elle a parlé à cet homme de la naissance de Johnny ? Bénie soit la voisine qui t'a appris la vérité. Je crois que c'est la révélation que nous espérions tellement entendre. Je le sens au plus profond de moi.

– Moi aussi, dit Andrew. Tout s'enchaîne. Laurie, nous allons appeler Sandra Carpenter dès maintenant pour connaître le nom du restaurant où travaillait Michelle. »

53

À PRESQUE cinq mille kilomètres de Washington, à Portland, dans l'Oregon, une femme désormais connue sous le nom d'Alicia Nelson se tortillait pour enfiler son body Spanx tout en appelant sa fille dans la pièce d'à côté. « Bella, j'espère que tu te brosses les dents et que tu t'habilles. Je ne peux pas être en retard pour la présentation aujourd'hui. »

Après être parvenue à remonter la fermeture Éclair dans le dos de sa robe, elle vérifia son allure dans le miroir. Ah, la magie des gaines ! Sa robe fourreau bleu paon était son atout de charme dès qu'il s'agissait d'emballer de nouveaux clients. Deux semaines plus tôt, elle aurait enfilé cette robe sans problème, mais la petite virée avec Ben à San Francisco le week-end précédent s'était avérée une tournée culinaire fatale pour sa ligne. Quelques kilos en plus, ce n'était pas trop cher payé pour ce premier voyage avec un homme depuis son divorce d'avec Daniel.

Elle s'aperçut qu'elle souriait involontairement en pensant à Ben. Daniel était son chéri de jeunesse, l'amour de sa vie, le père de sa délicieuse et ravissante fille. Ils étaient censés passer le reste de leurs jours ensemble.

Elle continuait de se réveiller au milieu de la nuit, rongée par la culpabilité de l'avoir quitté. Elle se répétait encore et encore qu'il ne lui avait pas laissé le choix. Elle devait partir, non seulement pour sa propre sécurité mais pour celle de Bella. En même temps, elle avait fini par accepter que la solitude soit dorénavant son lot. Non seulement elle ne passerait pas la fin de ses jours avec Daniel, mais elle les passerait sans amour.

Et puis, elle avait rencontré Ben. C'était sérieux désormais. Il connaissait Bella et l'adorait. Bien sûr. Qui ne l'aurait pas adorée ? Et le week-end dernier, à San Francisco, elle avait fini par lui dire la vérité sur son passé. L'ironie de l'histoire ? Le nom de famille de Ben était Robinson, comme le sien lorsqu'elle se nommait Roseanne Robinson, ou Ro-Ro, comme l'appelaient ses amis. Oh, comme ce surnom lui manquait aujourd'hui encore ! Mais elle l'avait enterré avec le passé, tout comme Daniel.

Elle trouva Bella en train de beurrer des Cracottes fourrées sur le comptoir de la cuisine.

« Tu pourrais au moins faire ça sur du Sopalin ou sur une assiette ! »

Elle lui tapota le visage de l'index, et Bella la salua en lui plantant un baiser sur la joue.

« Maman, tu ne devrais pas t'inquiéter de me voir manger de la *junk food* plutôt que de râler pour quelques miettes ? » lui répondit-elle en se hissant sur la pointe des pieds pour atteindre une assiette.

Bella avait neuf ans. Sa mère se souvenait comme si c'était hier des tours qu'elle faisait dans sa Disney Frozen Jeep. Mais cela lui semblait aussi à des années-lumière.

« Si les cochonneries fourrées tartinées de beurre sont le seul vice de ma fille, je peux m'estimer une mère heureuse !

– Plus qu'heureuse, la meilleure. Au fait, tu es très jolie. Mais c'est vrai, tu as la réunion avec les vignerons aujourd'hui. Tu vas les épater ! »

On avait demandé à Alicia de présenter quelques idées marketing à un petit groupe de propriétaires viticoles en pleine expansion et elle espérait bien pouvoir les convaincre de lancer une foire aux vins haut de gamme d'une semaine susceptible d'attirer des œnologues des quatre coins du pays. « Merci ma puce, c'est ma robe porte-bonheur. Mais je ne pourrai pas les épater si nous sommes en retard. » Elle devait déposer Bella à son cours de sciences avant de prendre la route de Willamette Valley. « J'attrape mon sac à dos et je suis prête. » Alicia était en train de ramasser les miettes sur le comptoir quand le téléphone sonna. Son cœur bondit en voyant s'afficher le code 302. Rehoboth Beach, Delaware. Son passé. Sa nervosité monta d'un cran lorsqu'elle reconnut la fin du numéro de téléphone. « Allô ?

– C'est April. Désolée d'appeler si tôt. »

April Meyer, la propriétaire du Sand Bucket et son ex-cliente préférée. Ce qui avait été au départ un simple boulot commercial pour un restaurant d'une station balnéaire s'était transformé en une profonde amitié.

Les Meyer faisaient partie des trois uniques couples d'amis sachant comment joindre l'ancienne Roseanne Robinson. « Je bosse à temps plein et j'ai une gamine de neuf ans qui est aussi matinale qu'un P-DG. Donc, il n'est jamais trop tôt pour moi. Le soir, en revanche, c'est une autre histoire. Je m'effondre dès vingt et une heures trente.

– Quelqu'un m'a appelée à ton sujet », dit April.

C'était le message qu'elle avait toujours redouté. « Alicia Nelson » avait déménagé à l'autre bout du pays sur la côte nord-ouest du Pacifique. Et Daniel l'avait retrouvée. Il allait ruiner sa vie une fois encore. Elle se prépara mentalement à la suite tandis qu'April enchaînait :

– Elle s'appelle Marcy Buckley et vit à Washington DC.

– Je ne la connais pas. Mais, April, tu sais à quel point j'ai pris soin de protéger mon identité. Tu es probablement la personne la plus honnête du monde, mais ne peux-tu pas t'autoriser un petit mensonge et dire que tu ne sais pas où je suis ? Si ça se trouve, elle travaille pour Daniel qui me cherche toujours.

– Ce n'est pas ça. Son fils a disparu. Et c'est lié à Daniel. Chérie, tu devrais t'asseoir. »

54

En entrant dans la salle du club de boxe de Bleecker Street, Leo fut frappé par l'odeur de désinfectant qui y régnait. Un homme en train de lacer ses chaussures sur un banc surprit sa grimace et lui lança : « Crois-moi, mec, c'est mieux que le contraire. Tu vas t'y faire. C'est la première fois que je te vois, tu cherches un partenaire ? Mon père aime toujours monter sur le ring, même s'il va fêter ses soixante-dix ans le mois prochain. Vous pourriez faire de bons partenaires.

– Tu veux que je combatte un septuagénaire ? Mon vieux, je n'ai que quarante-sept ans ! »

L'homme s'excusa aussitôt, expliquant qu'il se trompait toujours sur l'âge des gens, avant d'apercevoir le large sourire de Leo.

« Tu m'as bien eu, mec. Bravo.

– Je ne viens pas ici pour boxer. Je cherche un type du nom de Mason Rollins. »

Leo Farley s'était d'abord rendu sur le campus de l'université de New York où travaillait Rollins, au poste de gardiennage. Un collègue lui avait dit qu'il se rendait régulièrement au club de boxe et qu'il pourrait sans doute l'y trouver avant ses heures de boulot.

L'homme se leva de son banc et balaya la salle du regard. Deux boxeurs étaient en train de s'entraîner sur le ring central, devant un petit groupe de spectateurs, mais la plupart des clients s'exerçaient de leur côté, soulevant des poids ou frappant dans leur sac de boxe.

« Le voilà, derrière le ring, le long du mur de brique. Tu vois la rangée de punching-balls ? Le mec dans le coin derrière, en short bleu brillant ? »

Leo remercia l'homme et se dirigea vers Rollins. Ce dernier frappait le sac à deux mains en effectuant des cercles rapides : droite, droite, gauche, gauche. Leo était à moins de trois mètres de lui et Rollins n'avait toujours pas détourné son attention du sac. Mais au moment où Leo s'apprêtait à l'appeler, il s'arrêta brusquement et saisit le sac à deux mains pour le stopper.

« Ravi de vous rencontrer, Leo Farley. » Ses cheveux noirs étaient coupés quasiment à ras et il arborait un petit bouc qui n'apparaissait sur aucune de ses photos. Il était mince mais son ample T-shirt à mailles laissait deviner des bras musclés par des heures d'exercices en salle de musculation.

« Vous me reconnaissez ? s'étonna Leo.

– Quand un certain détenu vous accuse d'avoir tué un homme dont vous n'avez jamais entendu parler, vous faites attention aux détails. Vous êtes celui qui a fichu Darren Gunther derrière les barreaux. Si je ne me trompe, vous devez être le seul qui soit convaincu de mon innocence.

– En ce qui concerne ce crime, certainement.

– Touché, commissaire. J'ai fait certaines erreurs dans ma jeunesse, mais je n'ai pas poignardé Lou Finney.

– En effet, mais Darren Gunther n'est pas qu'un simple détenu, n'est-ce pas ? Vous étiez au Finn's ce soir-là, avant que la bagarre éclate. Vous fêtiez les vingt et un ans de Darren, parce que vous étiez très copains tous les deux. Suffisamment proches pour qu'il se charge de votre caution après votre première arrestation. »

Rollins afficha un sourire entendu, dévoilant l'emplacement d'une dent manquante sur la droite. « Je me demandais quand quelqu'un finirait par s'en apercevoir. »

Leo avait récupéré tous les rapports de police concernant Gunther et Rollins. Mais le lien entre les deux hommes n'apparaissait dans aucun des dossiers du NYPD. Quand ils avaient découvert la relation de Summer Carver avec Gunther grâce au registre des visites en prison, Leo s'était mis à faire des recherches sur les accointances possibles entre les deux hommes. Parmi les documents fournis, il y avait les registres de la prison datant de l'époque où Mason Rollins avait été relâché sous caution après sa première agression, lorsqu'il avait dix-neuf ans. C'était

Darren Gunther qui avait payé les deux cent cinquante dollars pour le libérer.

« Comment vous êtes-vous connus tous les deux ? demanda Leo.

– Nos mères étaient femmes de ménage dans le même service. Elles s'entraidaient. S'échangeaient leurs horaires de travail si besoin ou bien l'une d'elles nous faisait à manger quand l'autre travaillait. C'est ainsi que Darren et moi sommes devenus copains. Il a obtenu une grosse bourse pour intégrer l'école préparatoire et Vassar. Pas moi. Mais nous sommes restés en contact. Jusqu'à ce que vous l'arrêtiez, naturellement.

– Le couteau était à vous ? » demanda Leo.

Rollins hocha la tête. « Oui, jusqu'à ce jour-là. Je le lui avais donné en cadeau d'anniversaire. Il l'avait toujours admiré.

– Vous étiez doué pour manier le couteau, dit Leo. Capable d'en jeter un en l'air et de le rattraper par la lame entre vos doigts. »

Nouveau sourire : « Vous êtes bien renseigné, dites donc ! »

La première arrestation de Rollins avait eu lieu à la suite de la plainte d'un client qui lui avait demandé de cesser de jouer les lanceurs de couteau lors d'une fête.

« Je suis surpris de vous trouver aussi coopératif, dit Leo.

– Dès le début, j'ai prévenu Darren que je n'allais pas mentir pour ses beaux yeux. Ce séjour en prison, je sais que ça fait cliché, mais ça m'a changé. J'ai obtenu l'équivalent du bac et même deux équivalences universitaires. J'ai arrêté la drogue et je m'en suis sorti par le haut. Je ne suis pas un saint, mais j'essaie d'éviter de me mettre dans de sales draps.

– Vous saviez que Gunther vous accusait d'un crime qu'il avait lui-même commis ?

– Il a lu un article sur le nouveau test ADN. Un truc magique ultrarapide. »

Rollins flanqua un coup bref sur le sac pour ponctuer son propos.

« Ça s'appelle l'ADN de contact, dit Leo.

– Quand je lui ai offert mon couteau, il a voulu que je lui montre certains de mes tours, et il était donc sûr que j'avais tenu la lame entre mes doigts cette nuit-là. Il m'a raconté qu'il avait eu le temps de nettoyer le manche du couteau avec sa chemise dans le chaos qui avait suivi la mort du propriétaire du bar, mais qu'il n'avait pas touché à la lame, afin de ne pas éveiller les soupçons. Lorsqu'il a lu l'article, une lumière a dû s'allumer dans son brillant cerveau, et il s'est demandé si par hasard je n'avais pas laissé des empreintes ADN sur la lame.

– Et c'est pour cela qu'il a demandé un test ADN ? » demanda Leo.

Rollins eut un rictus désabusé.

« C'est pas croyable. C'était vraiment la tentative de la dernière chance. Il imaginait que découvrir l'ADN de quelqu'un d'autre sur la lame suffirait à le tirer d'affaire. Or, c'est sur le haut du manche du couteau qu'ils ont trouvé des empreintes, il n'avait pas dû bien le nettoyer. Il n'avait pas non plus réfléchi qu'il y aurait un échantillon de mon ADN dans une base de données et qu'ils pourraient le comparer avec. J'ai peine à le croire, mais il dit qu'il n'avait pas l'intention de m'entraîner avec lui dans ce bourbier.

– Vous semblez avoir eu des conversations régulières avec lui. Vous lui téléphoniez de la prison ? Je suis surpris qu'il ait pris ce risque.

– Darren est bien trop intelligent pour commettre ce genre d'erreur. Il envoyait quelqu'un d'autre me transmettre ses messages. »

Leo était quasiment sûr de savoir de qui il s'agissait. « Toby Carver ? » demanda-t-il en exhibant une photo du demi-frère de Summer sur son téléphone.

« Vous connaissez votre boulot, Farley.

– L'enquêteur du procureur a voulu vous interroger. Vous avez refusé. Pourquoi ne pas vous être défendu à l'époque ? »

Rollins soutint son regard quelques secondes avant de répondre : « Je n'ai pas ressenti le besoin de parler à cet homme parce qu'il ne savait pas que nous étions liés, Darren et moi. Vous l'avez fait, donc les carottes sont cuites, comme on dit. J'étais sincère en disant que je ne veux plus être du mauvais côté de la loi. Refuser un interrogatoire n'est pas un crime. Mentir à un flic, en revanche, pourrait l'être, si je comprends bien.

– Ce que je crois, c'est que Darren vous a aussi promis de partager son indemnisation avec vous en échange de votre silence. »

Mason ne dit mot.

« Vous vous rappelez la serveuse qui travaillait au bar ce soir-là ? » Leo chercha sur son téléphone une ancienne photo de Clarissa DeSanto que lui avait transmise Samantha Finney. « Elle s'appelait Clarissa DeSanto. Elle vous a vus tous les deux ensemble, n'est-ce pas ?

– Je crois que j'en ai assez de discuter avec vous, commissaire.

– Dans ce cas, je suppose que je vais devoir vous inculper pour complicité de meurtre.

– Minute... je vous l'ai dit, j'étais parti depuis longtemps quand cet homme a été tué.

– Je ne parle pas de Lou Finney, Rollins. Clarissa DeSanto a été assassinée il y a trois mois. Toby Carver a provoqué un accident qui a fait sortir sa voiture de la route, ça lui a été fatal. Mais vous le saviez déjà, n'est-ce pas ? Car vous les avez aidés, lui et Darren Gunther, à le planifier, afin de vous assurer qu'elle ne serait plus là pour affirmer que vous étiez amis. »

Le visage de Mason trahit son effroi. Lorsqu'il reprit la parole, sa désinvolture avait fait place à une véritable panique : « Elle est… elle est *morte* ? Je jure que je l'ignorais. Je croyais seulement qu'on avait acheté son silence.

– On dirait bien que vous et Toby l'avez tuée pour faire sortir votre copain Darren de prison, me faire passer pour un menteur et vous partager le gros chèque qu'il aurait empoché de l'État. Non ? Vous feriez mieux de vous expliquer à présent.

– Je ne savais rien de tout ça. Un jour, un gars du bureau du procureur a débarqué pour m'interroger sur la nuit où Darren avait été arrêté. Quand il m'a dit qu'on avait trouvé des traces de mon ADN sur le couteau, j'ai paniqué. J'ignorais tout de cette histoire d'ADN. Et puis, le lendemain, ce type, Toby, m'a suivi jusqu'à chez moi. Il m'a dit que je toucherais vingt pour cent de la somme que Darren empocherait de la part de l'État en dédommagement de son emprisonnement injustifié. Tout ce que j'avais à faire, c'était de la boucler. De ne parler à personne de mes liens avec lui.

– Et *quid* de la demi-sœur de Toby, Summer ? Elle était dans le coup ? »

Rollins secoua la tête. « Je ne crois pas. Toby disait qu'elle était accro à la coke, mais elle croyait réellement que Darren était innocent. J'ai l'impression qu'elle avait surtout le béguin pour lui. Les combines, c'est le rayon de Toby.

– Et Clarissa ?

– J'ai dit à Toby qu'il y avait un problème avec leur plan car la serveuse nous avait vus ensemble ce soir-là. C'était visible qu'on l'avait agacée. Quand mon nom est sorti dans la presse comme le gros méchant criminel dont on avait trouvé les empreintes sur le couteau, elle m'a probablement reconnu et a fait le lien. Mais Toby a dit qu'on s'en sortirait.

– Vous avez tué cette femme, Mason. »

Celui-ci devint blanc comme un linge. « Non ! S'il vous plaît, ne dites pas ça. J'ai cru qu'il sous-entendait qu'elle aurait une part du fric, elle aussi. Tout comme Toby. On aurait dit qu'ils se partageaient l'argent du Loto. Je ne peux pas croire que Darren m'ait entraîné là-dedans.

– Vous pourrez peut-être en parler ensemble quand vous le rejoindrez à Dannemora.

– Je vous en supplie, vous devez me croire. Je ne savais pas qu'ils allaient faire du mal à cette fille. Laissez-moi vous aider. Je ferai n'importe quoi.

– *N'importe quoi, vraiment ?* »

Leo avait déjà une idée en tête.

55

Marcy Buckley tournait en rond autour de l'îlot central de sa cuisine en attendant que le téléphone sonne.

Depuis le coup de fil de Laurie dans la matinée, toutes les pièces du puzzle s'assemblaient. Marcy avait d'abord appelé Sandra Carpenter, qui n'avait eu aucun mal à se souvenir du nom du restaurant de Rehoboth Beach où sa fille travaillait – le Sand Bucket. *On s'amusait à l'appeler le Sandra Bucket car j'y passais tout mon temps quand je venais lui rendre visite.*

Marcy avait ensuite laissé un message au restaurant, supposant qu'ils ne reviendraient pas vers elle avant la fin de l'après-midi. Au lieu de quoi, elle avait reçu un appel de la propriétaire, April Meyer. Cette dernière s'était montrée enchantée d'apprendre que c'étaient Marcy et son mari qui avaient adopté le bébé de Michelle. C'était son vœu le plus cher, *lui trouver une famille aimante.* April se souvenait avec affection de Michelle, elle se rappelait l'avoir prise sous son aile pendant sa grossesse. *La pauvre fille redoutait d'avouer à sa mère ce qui lui arrivait. Elle était persuadée qu'elle la renierait.*

April avait été réellement stupéfaite quand Marcy lui avait appris que le père biologique du bébé était marié à la femme qui s'occupait du lancement commercial du restaurant. Et là, Marcy avait lancé la véritable bombe : l'enlèvement de Johnny.

« Nous avons tout lieu de penser que Michelle a contacté cet homme et lui a révélé l'existence de son fils. Nous le croyons extrêmement dangereux. Si nous avons raison, il a tué Michelle et il détient Johnny. »

Le silence se fit à l'autre bout de la ligne. Elle pensa que la communication avait été coupée jusqu'à ce qu'April reprenne la parole : « Je vous rappelle. »

Si Marcy ne se trompait pas, April avait l'intention de contacter la femme qui avait été en charge du marketing. Quelque part, quelqu'un était en train d'apprendre que son mari lui avait été infidèle, qu'il l'avait trompée avec une jeune serveuse qu'elle connaissait et en qui elle avait confiance. Qu'un enfant était né de cette liaison. Elle avait probablement le cœur brisé. Marcy priait pour que cette femme, aussi malheureuse fût-elle, comprenne que Johnny était la personne qui comptait le plus désormais. Il était innocent dans toute cette histoire.

Son cœur battit plus vite quand le téléphone sonna enfin. Un numéro inconnu.

« Allô ?

– Madame Buckley ? Je m'appelle Roseanne Robinson. Mon ex-mari est l'homme que vous recherchez. Il s'appelle Daniel Turner. »

Marcy fit de son mieux pour raconter ce qu'elle savait de la vie de Michelle Carpenter après la naissance de Johnny. « Elle est tombée dans une spirale infernale. Elle s'est droguée, a traîné ici ou là pendant quelques années. Puis elle a fini par se remettre sur pied et rester clean. Elle a déménagé à Philadelphie, où elle gagnait sa vie en vendant des bijoux artisanaux en ligne. Elle participait à des réunions des Toxicomanes Anonymes. Elle pensait que son addiction à la drogue était une façon de se punir pour avoir eu une liaison avec un homme marié. »

Marcy ne vit pas la nécessité de mentionner que Daniel avait fait croire à Michelle qu'ils se marieraient et auraient des enfants.

La réaction spontanée de Roseanne la surprit : « La pauvre fille ! Je ne peux imaginer ce qu'elle a dû endurer. Je me rendais dans ce restaurant au moins une fois par semaine. Je lui parlais tout le temps de sa grossesse. Quand je pense qu'elle savait que j'étais mariée au père de son enfant ! Cela devait être un crève-cœur pour elle.

– Vous ne vous doutiez pas qu'il avait une liaison ?

– Danny et moi traversions une période difficile cet été-là. Il travaillait tout le temps, était pendu au téléphone ou il filait à son cours de yoga. Je pensais qu'il s'était lassé de notre mariage. J'imaginais parfois qu'il y avait une autre femme, mais je ne lui ai jamais demandé de s'expliquer. Alors, il devait être avec Michelle à ce moment-là...

– C'est pour cela que vous vous êtes séparés ? demanda Marcy.

– Non. À un moment, les choses ont paru s'améliorer. Il était plus souvent à la maison. Moins distrait. Il s'est acheté une moto et j'ai pensé : *OK, c'est sans doute la crise de la quarantaine, et tout ce dont il a besoin, c'est de cette stupide Harley pour se procurer un peu d'excitation.* Mais c'est après qu'elle a dû nous voir ensemble, après qu'elle a mis fin à leur histoire. Le timing concorde. Tout allait bien ensuite, pendant plusieurs années. Et puis il y a eu cet accident, un camion l'a percuté alors qu'il conduisait cette moto de la mort. Je n'oublierai jamais le jour où l'hôpital m'a appelée. Je suis restée aux urgences, persuadée que je ne reverrais plus jamais mon mari. Finalement, on m'a dit qu'il allait s'en tirer. Il avait un traumatisme crânien, mais il survivrait. J'ai vraiment cru à un recommencement. Que nous allions nous retrouver comme avant.

– C'est terrifiant, dit Marcy. C'était quand ?

– Il y a cinq ans.

– Johnny avait déjà deux ans », dit Marcy.

Et dire qu'à l'époque, Roseanne ignorait qu'il existait une autre femme, une inconnue, que sa vie se déroulait en parallèle à la sienne, que leurs enfants étaient demi-frère et sœur.

« J'étais résolue à me consacrer à lui, dit Roseanne. On avait trouvé un excellent avocat spécialisé en droit des dommages corporels. Il a trouvé un accord financier nous permettant de vivre à l'abri du besoin le reste de notre vie. Malheureusement, la lésion cérébrale avait complètement altéré la personnalité de Daniel. Il est devenu paranoïaque, irrationnel, colérique. »

Ses explications sur l'état de son ex-mari étaient clairement le résultat d'années passées à essayer de le comprendre. D'après ce que lui avaient dit les médecins, quelques rares patients souffrant de traumatisme crânien développaient ce qui s'apparentait à un désordre psychique dans les deux premières années qui suivaient l'accident. Les symptômes, hallucinations, paranoïa, fantasmes, pouvaient conduire à un diagnostique erroné de schizophrénie. Plus communément, certains patients développaient des changements de personnalité, légers mais flagrants, tels des manifestations d'impatience, des crises de colère et un manque à la fois d'empathie et de maîtrise de leurs pulsions.

« Résultat, j'étais malheureuse, mais je me sentais trop coupable pour m'en aller car il n'était pas responsable de son comportement.

– Vous avez tout de même fini par partir, fit remarquer Marcy.

– Un soir, il était en pleine crise d'hallucinations. Il était absolument convaincu que je le combattais avec une armée de soldats. Il hurlait sur des gens qui n'étaient même pas là, puis il m'a agressée physiquement. J'ai alors compris que je devais le quitter, pour ma propre sécurité et celle de Bella. Après cet incident, j'ai obtenu une injonction d'éloignement qui devait le tenir à l'écart. Je ne pensais pas que les choses pouvaient empirer avant qu'il ne viole l'ordonnance du tribunal. Il est entré par effraction dans la maison que j'avais louée armé d'un couteau et m'a accusée de monter Bella contre lui. Elle tremblait de peur. Je me suis jetée devant elle afin de la protéger, certaine qu'il allait nous tuer. Il a brandi le couteau et je l'ai supplié en sanglotant de prendre ma vie s'il le fallait, mais d'épargner notre fille. Il a brusquement tourné les talons et il s'est enfui de la maison. Après ça, j'ai eu l'autorisation du tribunal de changer de nom et d'emménager ailleurs avec Bella. Jusqu'à aujourd'hui, je n'ai littéralement plus dit un seul mot de ma vie passée à personne, à part à quelques amis fidèles. Je veux vous aider, madame Buckley, mais je ne peux pas laisser Danny me retrouver.

– Je ne veux pas que Danny vous retrouve, vous et Bella, mais il faut que je le retrouve, *lui*. Il détient mon fils et ce que vous m'avez raconté me fait craindre encore davantage pour sa vie.

– Je ne lui ai pas parlé depuis près de quatre ans, dit Roseanne. Nous avions un appartement à Washington. Dans un vieil immeuble historique que Danny adorait. Il ne l'aurait jamais vendu. Mais d'après moi, il est dans le Delaware, pas en ville. Nous possédions une petite maison à trois cents mètres de la plage. Après l'accident de moto, il est devenu de plus en plus paranoïaque. Il voulait à la fois plus d'espace et plus d'intimité. Il a acheté quelque chose au nord dc la plage principale, près du parc de Cape Henlopen State. »

Tout en écoutant Roseanne lui donner l'adresse, Marcy envoyait rapidement par texto toutes les informations à Laurie. Elle saurait quoi en faire.

« C'est fantastique, Roseanne. Merci beaucoup. Je sais que ça doit être difficile d'envisager que votre ex-mari soit peut-être impliqué dans toute cette histoire.

– Oui. Et il y a une dernière chose que je dois vous dire. Si vous avez l'intention de contacter la police locale du Delaware, surtout, ne le faites pas. »

Marcy plissa le front, perplexe devant ce conseil, et répondit :

« Par chance, la famille de mon mari dispose de contacts auprès des forces de l'ordre. Je suis certaine qu'ils seront capables de faire en sorte qu'elle coopère. »

Au bout de la ligne, Roseanne poussa un soupir. « Le frère aîné de Danny, Charlie, est le chef de la police de Rehoboth. Il est dans le déni complet au sujet de l'état de son frère et a profité de son pouvoir pour m'empêcher d'obtenir les injonctions du tribunal dont j'avais besoin pour nous protéger, Bella et moi. Sans lui, Danny aurait terminé en prison pour être entré chez moi par effraction et m'avoir attaquée avec un couteau devant ma fille. Je suis vraiment désolée, madame Buckley, mais je dois vous mettre en garde : si vous appelez Charlie, il préviendra Danny que les flics sont à sa recherche. Et s'il se sent acculé, je redoute ce qu'il est capable de faire à votre petit garçon. »

56

JOHNNY BUCKLEY était assis au pied de son lit, enfermé dans sa chambre, à huit cents mètres du parc national de Cap Henlopen et à cent quatre-vingt-seize kilomètres de chez lui.

Il déplia la page de journal que l'homme lui avait donnée la veille et la parcourut pour la vingtième fois. Il n'avait plus besoin d'épeler les syllabes :

Une policière du nom de Jennifer Langland a confirmé que Johnny Buckley « a été enlevé par un inconnu ». Mais une autre phrase était gravée dans sa mémoire : *Selon une source proche des forces de l'ordre, le garçon disparu avait été adopté à sa naissance par les Buckley.*

L'intitulé en haut de la page indiquait que l'information provenait de la section criminelle de la police de New York, mais Johnny décida que tout ça n'était qu'un mensonge. Ce n'était pas un vrai journal, seulement une feuille tirée sur l'imprimante de cet homme. N'importe qui sachant utiliser un ordinateur pouvait écrire ce qu'il voulait et clamer l'avoir trouvé sur internet. À l'évidence, l'homme avait fabriqué ce faux article par méchanceté.

Car c'était ce qu'il était : *méchant.* Une brute qui disait et faisait des choses uniquement pour faire du mal aux gens.

Mon nom est Johnny, Jonathan Alexander Buckley, murmura-t-il en lui-même. *Mes parents – mes vrais parents – sont Andrew et Marcy Buckley. Je ne m'appelle certainement pas Danny !*

Il se tut en entendant un bruit de pas au pied de l'escalier. La voix de l'homme :

« Je pense que demain, je lui dirai la vérité sur qui je suis en réalité. »

Suivit la voix de la femme : « Et moi, comment dois-je me présenter ? » C'était la première fois que Johnny entendait la femme descendre l'escalier. Il commençait à se demander si elle n'était pas prisonnière, comme lui, gardée dans une autre chambre à l'étage au-dessus.

« Comme ma femme, bien sûr. Ma belle, adorable et loyale épouse. C'est un merveilleux garçon, Roseanne. Tu apprendras à l'aimer autant que nous aimons Bella.

– Je regrette tellement d'avoir emmené Bella loin de toi. » Johnny trouvait qu'il y avait quelque chose de rigolo dans la voix de cette femme. Elle ressemblait à une voix de personnage de dessin animé. La première fois qu'il l'avait entendue, il s'était dit que c'était peut-être quelqu'un qui voudrait bien le sauver. Maintenant qu'il pouvait l'entendre plus clairement, il pensa qu'elle avait l'air gentille. En tout cas moins effrayante que l'homme.

« Mais ensuite, tu es revenue, dit l'homme, et nous sommes de nouveau une famille. Et maintenant, nous avons aussi Danny Junior. »

Si cette femme avait déjà quitté cette affreuse maison une première fois, peut-être voudrait-elle s'en aller à nouveau, tout comme lui. Peut-être qu'elle aussi faisait semblant d'aimer cet homme, parce que *plus je sais que je peux te faire confiance, plus je peux te faire de cadeaux*. Peut-être qu'ils pourraient faire équipe et s'enfuir ensemble.

Mais pour ça, il fallait qu'il la voie.

Johnny replia la feuille de journal, la cacha sous son matelas et s'approcha doucement de la porte de la chambre. Sa main trembla en atteignant la poignée. Il voulait jeter un coup d'œil rapide à la femme pour voir si elle avait l'air de quelqu'un à qui il pouvait se fier.

Si son ravisseur le surprenait, Johnny dirait qu'il avait besoin d'aller aux toilettes. L'homme le croirait, se rassura-t-il, car il s'était très bien comporté depuis qu'on l'avait enlevé.

La peur au ventre, Johnny quitta la pièce et parcourut le couloir jusqu'aux toilettes. Deux pas de plus et il pourrait voir le salon d'où parvenaient les voix. Il haussa le cou et balaya la pièce du regard à la recherche de la femme. Pendant un instant, il espéra qu'elle pourrait le voir et lui faire un clin d'œil rassurant ou un sourire. Au lieu de ça, il aperçut l'homme, assis seul dans le canapé, lui tournant le dos.

C'est alors qu'il entendit la voix de dessin animé, même s'il n'y avait personne d'autre dans la pièce : *Je t'aime à la folie, Daniel.*

Le cri d'étonnement de Johnny fit bondir l'homme. « Pourquoi es-tu sorti de ta chambre ? gronda-t-il. Tu essayais de t'enfuir, hein ? »

Johnny répondit d'une voix tremblante :

« Je… j'avais besoin d'aller aux toilettes. Je ne pouvais plus me retenir. »

L'homme le scruta pendant cinq longues secondes avant de soupirer : « La prochaine fois, appelle-moi pour que je vienne te chercher. Je dois savoir où tu es à n'importe quel moment. Tu connais les règles.

– Oui, monsieur.

– Nous en avons déjà parlé, Danny. Oui *qui* ?

– Oui… papa.

– Tu vois ? c'était pas si difficile, hein ? »

Johnny aurait voulu hurler, mais il vit que l'homme était content. Il décida de tenter un dernier coup de bluff. « Je croyais avoir entendu quelqu'un ici. J'ai eu peur qu'il soit arrivé quelque chose. »

Le visage de l'homme pâlit, trahissant une soudaine confusion, comme s'il sortait du brouillard. « Non, c'était seulement la télévision. »

Une fois la porte de la salle de bains fermée, Johnny s'écroula en pleurs sur le sol. La télévision n'était pas allumée. Et il n'y avait personne d'autre.

Personne ne viendra me sauver.

57

Leo attendait avec Mason Rollins dans une salle de réunion du bureau du procureur, tandis que les avocats finalisaient les détails de son accord de coopération avec la police. Le procureur promettait de ne pas enregistrer de plainte si Rollins acceptait en échange de porter un micro et de contacter Toby Carver. Une fois que Carver aurait reconnu être coupable de manipulation de témoins et du meurtre de Clarissa DeSanto, l'étape suivante consisterait à le faire témoigner contre Darren Gunther.

Leo sentit son téléphone vibrer contre sa hanche. C'était Laurie. Il s'excusa et gagna le couloir.

« Laurie, tu as toujours eu un flair incroyable quand il arrive quelque chose d'important. Écoute ce que j'ai appris de Mason Rollins. Et ne t'inquiète pas, j'aurai le temps d'aller chercher Timmy au camp de golf…

– Papa, on a retrouvé Johnny. Ou du moins, je crois qu'on l'a retrouvé. Son kidnappeur s'appelle Daniel

Turner. C'est son père biologique », lâcha Laurie avant d'énumérer les faits à toute vitesse. Accident de moto. Blessure à la tête. Troubles de la personnalité. Hallucinations et paranoïa... Marcy a parlé à son ex-femme et fini par obtenir une adresse, près de la côte du Delaware, à Rehoboth Beach. Ne reste plus qu'à trouver le meilleur moyen de sortir Johnny de cette maison.

– Je peux appeler la police locale dès maintenant et la mettre en contact avec l'inspectrice Langland. S'ils disposent d'une petite force municipale dotée d'équipements d'intervention adéquats, ils pourront probablement se substituer à la police fédérale. Les petites communes comme celle-là ont en général des accords de coopération avec l'État pour répondre à des délits majeurs.

– C'est là que le bât blesse, papa. Le frère de Daniel Turner est le chef de la police locale.

Laurie lui raconta tout ce que l'ex-femme de Turner leur avait appris au sujet des liens entre Daniel et son frère.

– Une chose est sûre en tout cas : Langland ne pourra pas aller dans le Delaware sans le soutien des autorités locales. Il en est de même pour moi. Et nous ne pouvons pas tenter de délivrer Johnny nous-mêmes, c'est trop dangereux.

– Nous ne pouvons pas non plus faire appel au frère de ce type. D'après son ex-femme, il le préviendrait tout de suite si une intervention des forces de l'ordre était organisée. Cela risquerait d'accroître sa paranoïa, et personne ne sait ce qu'il pourrait alors faire à Johnny.

– L'autre option, c'est le FBI », dit Leo. Jusqu'à maintenant le bureau des opérations avait confié l'enquête à Langland en lui offrant le soutien des forces fédérales si besoin. Un des agents sur place pourrait contacter le bureau du Delaware en espérant éviter la paperasse administrative. J'appelle tout de suite Langland.

– D'accord, mais fais-le depuis la voiture. Brett vient de m'apprendre que le studio appartient à une société de service de jets privés – un petit secret qu'il n'avait jamais jugé utile de partager avec nous. Il nous a réservé un avion pour l'aéroport régional situé le plus près de la plage.

– Et Timmy ?

– Alex dit qu'il peut quitter le palais de justice et le retrouver à Chelsea Piers pour faire un peu de baseball et le distraire de son mieux. »

Elle avait réussi à convaincre Alex qu'il serait plus utile en s'occupant de Timmy qu'en l'accompagnant dans le Delaware.

« Dépêche-toi papa, nous devons partir maintenant ! »

58

DANS SON MINIBUS vert, Marcy ralentit l'allure lorsqu'elle atteignit la barrière de péage du pont de Chesapeake Bay. D'ordinaire, elle aurait pris le temps d'admirer le scintillement du soleil sur le bleu étincelant de la mer, mais aujourd'hui, elle accéléra sitôt son passage enregistré.

Selon son GPS, il lui restait encore cent quatre-vingt-dix kilomètres à parcourir et une heure cinquante-deux minutes avant d'arriver à destination. Elle s'était précipitée dans sa voiture dès que l'adresse de Daniel Turner lui avait été communiquée par son ex-femme. Heureusement, sa voisine était chez elle et avait accepté de veiller sur les jumelles.

Tiens bon Johnny, maman arrive.

Son téléphone portable, branché sur les haut-parleurs de la voiture, sonna. L'écran indiquait que l'appel provenait d'Andrew. Elle pressa un bouton sur le volant.

« Ouf, Dieu merci, je n'ai pas cessé de t'appeler, mais ton téléphone était éteint.

– Désolé, mon chou. J'étais au tribunal, et le juge Dickinson est à cheval sur le règlement. Il lui est arrivé de faire coffrer un avocat pour outrage à magistrat parce qu'un téléphone avait sonné en pleine plaidoirie. J'ai eu tes messages. Je suis en train de revenir au bureau. Je vais directement à ma voiture et te rejoins dans le Delaware.

– OK. Leo et Laurie sont en route également, en jet privé. Langland essaye de mettre dans le coup le FBI du Delaware pour prendre de vitesse le frère de Turner. Je ne comprends pas ce qui demande autant de temps. Un enfant est porté disparu et nous avons une idée assez précise de l'endroit où il se trouve. Ils devraient tout laisser tomber et aller récupérer notre fils sans attendre.

– J'ai appelé Chuck Martin, qui bosse au ministère de la Justice, pour voir s'il lui était également possible de tirer quelques ficelles. »

Chuck était un ami de fac qui travaillait à présent au département criminel du bureau du procureur.

« J'ai probablement près de quarante-cinq minutes de retard sur toi. Quand tu arriveras là-bas, trouve-toi un restaurant ou un endroit pour m'attendre dans les environs et envoie-moi l'adresse par SMS. Ne va pas à la maison du type toute seule. Nous ne connaissons pas les lieux, et il risque d'identifier le minibus si cela fait quelque temps qu'il nous surveille. »

Ils ne savaient pas encore si Daniel Turner les avait suivis jusque dans les Hamptons depuis Washington, ou s'il savait déjà qu'ils envisageaient de se rendre au nord de l'État de New York. Marcy ne se pardonnerait jamais d'avoir posté sur Facebook, à la disposition de tous, leur programme de vacances. Elle n'avait jamais pensé à protéger son compte, et avait mis Johnny en danger.

Jamais plus je ne ferai une chose aussi irréfléchie. S'il vous plaît mon Dieu, faites que nous retrouvions notre fils.

59

Daniel Turner esquissa un sourire en voyant Danny s'affairer à son nouveau puzzle, une carte des États-Unis.

Il remarqua qu'il réussissait la plupart du temps à placer la pièce à peu près au bon endroit sur la carte si une partie du nom de l'État était lisible dessus. Lui-même, enfant, avait toujours eu un don pour la géographie. Peut-être que Danny développerait également un intérêt pour l'architecture. Il avait assurément un potentiel artistique, à en juger par ses dessins et coloriages.

La remarque de Danny au sujet de la voix de femme qu'il avait entendue dans le salon continuait à le tarabuster. Il croyait avoir cessé d'être la proie de ce genre d'épisodes lorsqu'il avait appris la vérité au sujet de Danny. L'année dernière, il avait essayé de les décrire à son neurologue, mais il ne s'exprimait plus aussi clairement qu'autrefois. Comment faire comprendre à quelqu'un ce que ça faisait d'être absolument convaincu que votre ex-femme et votre fille étaient avec vous, vivaient avec vous, vous aimaient… avant de réaliser qu'en réalité vous étiez totalement seul chez vous ?

Dans ses moments de lucidité, il comprenait que c'était ainsi qu'il avait perdu Roseanne et Bella. C'était la faute des dommages causés à ses lobes frontal et temporal, mais le résultat était le même : à cause de lui, sa famille était malheureuse et vivait dans la crainte. Seules ses hallucinations redonnaient un sens à sa vie. Il pouvait contrôler ses émotions : Roseanne l'aimait, et Bella aimait qu'il la prenne dans ses bras pour faire l'avion. Puis la seconde suivante, tout disparaissait et il réalisait à quel point il était anéanti.

Un beau jour, il avait reçu un coup de téléphone de Michelle Carpenter. Il n'avait guère pensé à elle ces dernières années. Peut-être avait-il voulu effacer son souvenir de sa mémoire, enfouir la honte d'avoir menti à Roseanne, l'amour de sa vie. Avant que l'accident de moto ne change tout, sa relation avec Michelle avait été le seul faux pas de son mariage – et il avait été irréversible. Il l'avait connue au cours de yoga deux jours après que Bella avait prononcé sa première phrase complète : *moi jouer, papa.* Elle n'était qu'une toute petite fille à l'époque, mais ces trois mots avaient tout à coup entériné une réalité. Il était père d'une petite personne indépendante qui aurait besoin de lui pour la vie.

Était-ce la pression de la paternité qui l'avait poussé à séduire Michelle ? Un besoin de se prouver qu'il était toujours attirant aux yeux d'une jeune femme ? Il n'avait jamais pensé faire durer cette histoire pendant des mois, ni en arriver à parler mariage et enfants. Il savait qu'il devait rompre, mais c'était elle qui avait pris la décision. Du jour au lendemain, elle n'avait tout simplement plus donné signe de vie – ce qu'on appelle le « *ghosting* » aujourd'hui dans les magazines. Elle avait purement et simplement disparu. Ne lui retournait plus ses appels. Ne venait plus aux cours de yoga. Et il ne risquait certainement pas d'aller l'y chercher alors que sa femme s'y rendait régulièrement.

Six mois plus tôt, quand elle lui avait téléphoné, elle avait enfin expliqué les raisons pour lesquelles elle l'avait éliminé de sa vie. Elle lui avait raconté qu'elle était venue en voiture jusqu'à son bureau pour lui annoncer la bonne nouvelle, qu'elle était enceinte, quand elle l'avait aperçu avec Roseanne et Bella, et avait vu son alliance. Et voilà que près de huit ans plus tard, elle reprenait contact avec lui à l'improviste, après avoir passé des années sous l'emprise de la drogue. Et elle jurait qu'elle n'avait dit à personne la vérité sur la paternité du bébé. Il avait eu le sentiment qu'une bombe nucléaire avait été lâchée sur son monde, pour qu'elle puisse, selon ses mots, « trouver la paix ».

La paix ? Pourquoi méritait-elle de trouver la paix ? Roseanne, au moins, avait une bonne raison d'éloigner Bella de lui. Son cerveau lui faisait faire des choses qui effrayaient sa fille. Mais ce qu'avait fait Michelle était impardonnable. Son seul crime à lui était d'avoir été infidèle. Il ne méritait pas d'être privé du droit de voir son fils – de ne rien connaître de son existence. Il l'avait implorée :

« J'ai besoin de te voir. D'en savoir plus sur sa naissance. Tu me dois au moins ça. »

Oh, à la fin, elle l'avait enfin trouvée, la paix. Grâce au sédatif qu'il avait glissé dans son jus de cranberry alors qu'elle divaguait, incohérente, la voix pâteuse, sur ce bon prêtre irlandais qui avait trouvé le couple parfait pour lui voler son fils, son fils à lui. Et quand il lui avait planté l'aiguille dans le bras, elle avait carrément plané. Il ne lui avait pas fallu longtemps pour mettre son appartement sens dessus dessous. Il savait, d'après son frère, que les flics ne se casseraient pas la tête, pour eux ce serait une évidence : une ex-junkie morte d'une overdose. Affaire classée.

Il n'avait pas injecté la dose létale d'héroïne avant d'avoir obtenu les informations dont il avait besoin.

Il avait eu beau la menacer de lui tirer une balle dans la tête, Michelle refusait de lui dire où était le bébé. Au contraire, elle l'avait prié de laisser l'enfant – *son* enfant – tranquille. « Je te jure que je ne l'aurais pas abandonné avant d'être certaine qu'il serait recueilli dans une bonne maison. C'est un petit garçon heureux. J'ai vu des photos de sa mère sur Facebook. Il a deux adorables petites sœurs – des jumelles. Son père est un grand avocat. Son oncle vient d'être nommé juge fédéral. Il aura toutes les opportunités possibles dans la vie. S'il te plaît, laisse-le simplement avoir sa propre existence sans que l'un de nous deux gâche tout. »

Elle était morte en essayant de protéger son fils, mais avait fini par donner à Daniel l'information nécessaire pour identifier la famille d'adoption. Combien y avait-il de nouveaux juges fédéraux ?

Il tapota le sommet de la tête de Danny Junior. « Bon travail avec le puzzle, mon garçon. Sais-tu quel est cet endroit, juste ici ? » Il désignait le district de Columbia.

« C'est Washington DC, répondit Danny.

– C'est là où tu vis ? »

Il regarda son fils dans les yeux pendant qu'il cherchait la bonne réponse.

« Non, papa, c'est là que vit l'autre famille. Je vis ici avec toi. Nous sommes dans l'État de New York, n'est-ce pas ? »

Le cœur de Daniel s'emplit de joie. C'était sa seconde chance d'être père, et ça marchait. C'était la raison pour laquelle les hallucinations avaient cessé après qu'il avait tué Michelle, du moins, c'était ce qu'il avait pensé jusqu'à aujourd'hui.

« Non, Danny, notre maison est juste ici », dit-il en posant son doigt à quelques centimètres sur la droite. « Dans un État appelé le Delaware. »

Son esprit s'emballait, pris entre le triomphe et l'espoir. Il avait enfin réussi à se réapproprier son garçon.

Il était très fier, aussi. Son plan avait nécessité un niveau de patience et d'organisation dont il avait craint de manquer. Il avait attendu cinq mois entiers après la mort de Michelle afin de s'assurer que personne ne ferait le lien entre la disparition de l'enfant et la fin tragique de sa mère biologique. Puis, le mois dernier, il avait placé une minibalise GPS sous le capot du minibus de la famille Buckley après avoir suivi la mère adoptive de Danny sur le parking du véhicule, espérant qu'elle lui permettrait de déterminer le moment opportun pour ramener Danny chez lui, là où était sa place. À la fin, la balise s'était révélée inutile, grâce au post de cette femme sur Facebook racontant qu'ils partaient passer des vacances en famille dans les Hamptons. Il avait pensé qu'un enlèvement loin de Washington écarterait tout soupçon le concernant.

Une alerte sonna sur son portable. C'était la dernière actualisation du GPS. Il avait décidé de le laisser en place plutôt que de risquer de se faire prendre en le retirant. D'après le fabricant de ce gadget, le dispositif était intraçable mais, par précaution, Daniel avait fait transiter les alertes par trois comptes anonymes différents.

Daniel sentit une veine battre sur sa tempe droite. D'après le GPS, le minibus se dirigeait vers le sud, sur l'autoroute côtière, à seulement quinze kilomètres de chez lui. Il appuya ses doigts sur ses tempes, essayant d'en stopper le battement. « Va dans ta chambre, Danny, papa a besoin de réfléchir. »

60

MARCY SURSAUTA en entendant la sonnerie de son portable. L'écran affichait le nom d'Andrew. « Hello, tu es dans le coin ? demanda-t-elle.

– Encore quarante-cinq minutes avant d'arriver. Des nouvelles de Laurie et Leo ?

– Non. Et aucune non plus du FBI ni de Langland. Penser que Johnny est peut-être à quelques kilomètres d'ici me rend malade.

– Tu as trouvé un lieu de rendez-vous ?

– Te souviens-tu du centre commercial sur la Highway 1, lorsque tu entres dans la ville ? »

Cela faisait pas mal de temps qu'il n'était pas venu à Rehoboth Beach, mais Andrew avait une bonne mémoire.

« Sur le côté droit de la rue ?

– Exactement, le parking est bondé et je suis garée au fond. L'endroit m'a paru suffisamment sûr pour attendre.

– Parfait. Je te rejoins là-bas. Arrange-toi pour me faire connaître ton emplacement afin que je te retrouve quand j'arriverai.

– OK. »

Un bip dans son oreille lui signala un autre appel téléphonique. L'écran indiquait un numéro masqué. « On m'appelle à nouveau. Il vaut mieux que je réponde s'il s'agit du FBI.

– D'accord, raccroche, chérie. Tout sera bientôt fini. J'en suis sûr. Je t'aime.

– Je t'aime aussi. » Elle prit l'appel. « Allô ?

– Madame Buckley ?

– Oui

– Inspecteur Eddie Miller à l'appareil. Je vous appelle de Long Island à propos de votre fils Johnny. Ma collègue, l'inspectrice Langland, voudrait que je fasse le point avec vous car elle est surchargée.

– A-t-elle pris contact avec le FBI du Delaware ? Je suis tout près de la ville. Est-ce qu'ils viennent ?

– Oui, il y a plusieurs agents qui se rendent sur les lieux en ce moment même.

– Déjà ? Je croyais qu'il y avait eu des soucis administratifs.

– En effet. Mais dès que l'inspectrice a trouvé la bonne personne au téléphone, les choses se sont mises en place rapidement.

– Alors, ils sont déjà arrivés à la maison de Turner ?

– Non, non, pas encore. Mais ils sont tout près et se préparent à exfiltrer votre fils. Où êtes-vous exactement ? Ils veulent s'assurer que vous serez là quand ils passeront à l'action. Ce sera rassurant pour le petit Johnny de voir sa mère tout de suite. »

Les yeux de Marcy s'emplirent de larmes à la pensée de pouvoir enfin tenir son fils dans ses bras. « Je suis au centre commercial de la Highway 1.

– Bon. Si je vous donne une adresse, pouvez-vous la trouver ?

– Oui, tant que mon GPS est capable de l'identifier. »

Elle fouilla dans son sac pour trouver un bout de papier sur lequel griffonner l'adresse.

« Vous devez désormais vous diriger vers le nord de Rehoboth Beach. La ville s'appelle Lewes. L.E.W.E.S.

– C'est là qu'habite Daniel Turner. Ne risque-t-il pas de voir les agents du FBI arriver ?

– Nous avons les mêmes soucis de notre côté, mais le FBI nous assure qu'ils savent ce qu'ils font. On est tout près d'une réserve naturelle d'État. Les parcelles s'étendent sur plusieurs hectares. Il paraît que l'endroit est boisé, près de la réserve. Je crois que l'adresse que vous cherchez est un terrain signalé par une boîte aux lettres sur le devant. À partir de là, vous tournez à gauche sur une route boueuse. Mais dépêchez-vous, madame Buckley. L'intervention est imminente. Si les choses se passent en douceur, vous allez bientôt retrouver votre fils. »

61

APRÈS AVOIR RACCROCHÉ, Daniel Turner ouvrit le coffre-fort mural dissimulé derrière un tableau du Jefferson Memorial. Il en retira tous les billets – près de deux cent cinquante mille dollars, sa provision de secours, à laquelle il fallait ajouter les quatre millions de dollars qu'il avait obtenus à titre d'indemnisation à la suite de son procès, placés en sûreté sur un compte offshore. Une fois les billets entassés à l'intérieur du sac, il plaça son revolver sur le dessus, referma le sac et descendit l'escalier.

Il trouva Danny assis au bord de son lit, feignant d'être détendu. Mais sa nervosité était visible.

Comment ne pas l'être ? Il avait à peine eu le temps de s'habituer à sa nouvelle maison – avec son vrai père – que Daniel avait été obligé de lui demander le numéro de téléphone de sa mère adoptive.

« Juste pour lui dire que tu vas bien et que tu es en sécurité ici, Danny, afin qu'elle ne s'inquiète plus. Tu veux qu'elle puisse dormir sur ses deux oreilles, non ? »

Le garçon avait acquiescé et lui avait donné le numéro de Marcy Buckley de mémoire.

Daniel connaissait le nom de l'inspectrice chargée de l'affaire grâce aux articles de presse. Il avait donc prétendu être le collègue de l'inspectrice Langland. Et Marcy avait confirmé ses craintes : ils savaient qu'il détenait le garçon. Pire, la police de New York mettait le FBI sur l'affaire, ce qui voulait dire que son frère Charlie ne pourrait pas lui épargner la prison comme il l'avait fait lors du malheureux incident avec Roseanne.

« As-tu appelé… Marcy ? interrogea Danny.

– Oui. Elle était soulagée que tu sois ici et en bonne santé. Elle a deux autres enfants – des filles qui ne sont pas adoptées, elles –, donc, à ta place, je ne m'inquiéterais plus pour les Buckley. Tout ira bien pour eux. »

Le visage de Danny se referma et il se mit à renifler. Daniel se demanda s'il n'était pas allé trop loin.

« Hé, rappelle-toi que plus je peux te faire confiance, plus je peux te faire de cadeaux. »

Danny hocha la tête, les yeux emplis d'un mélange d'espoir et de crainte.

« Tu aimerais aller faire un tour en voiture ? Les plages sont magnifiques par ici.

– C'est vrai ? »

Ses yeux s'agrandirent et Daniel sentit son cœur se gonfler. C'était la première fois que l'enfant semblait réellement heureux en sa présence.

Il n'arrivait toujours pas à comprendre comment la police avait réussi à le localiser. Lorsqu'il était allé à New York, il avait remplacé ses plaques d'immatriculation par d'autres, volées à Washington. Et Michelle avait été catégorique, affirmant qu'elle n'avait révélé à personne l'identité du vrai père de Danny.

Il cessa de s'interroger. Ce qui importait désormais, c'était qu'ils étaient à leur recherche, et il ne voulait pas qu'on les trouve.

Peut-être laisserait-il Danny embrasser Marcy une dernière fois pour lui dire au revoir. Quand les agents du FBI arriveraient, ils trouveraient son corps sur le terrain vague que possédait Daniel à l'arrière. La découverte d'un homicide mettrait tout le monde en branle, la police locale comme celle de l'État, en sus des agents du FBI déjà impliqués. La pagaille qui en résulterait lui donnerait du temps pour quitter la région. Lui et son fils trouveraient un autre endroit où vivre sous une autre identité et on ne les reverrait plus jamais. Roseanne avait bien disparu avec Bella. Il n'y avait aucune raison que lui et son fils, Danny, ne puissent pas en faire autant.

62

Alors que Marcy Buckley quittait la Route 9 sur la droite, son GPS lui indiqua qu'elle ne se trouvait plus qu'à trois minutes de sa destination.

D'après le plan, elle était à peu près certaine que l'adresse que lui avait donnée l'inspecteur Miller se situait à environ cinq cents mètres de l'entrée de la propriété de Daniel Turner, après le virage et avant la réserve. Le FBI avait raison, l'endroit ressemblait plus à une forêt qu'aux environs d'une station balnéaire surpeuplée.

Elle venait de terminer sa conversation avec Andrew, qui n'arriverait que dans une demi-heure. Elle chercha le numéro de téléphone de Laurie dans ses contacts et l'appela. La sonnerie égrena ses notes puis elle bascula sur la boîte vocale. Elle dépassa une femme de son âge qui travaillait sur une clôture au bord de la route. Derrière elle, deux petites chèvres batifolaient dans un pré. Son cœur se serra en imaginant Johnny en train de s'écrier sur le siège enfant de la voiture : « Maman, regarde les bébés chèvres. On peut s'arrêter pour leur dire bonjour ? S'il te plaît, s'il te plaît ? »

La voix enregistrée de Laurie la fit revenir sur terre. Elle lui laissa un message.

« Hello, Laurie, j'ai appelé plusieurs fois et je tombe toujours sur ta messagerie. Au moins, ça sonne maintenant, j'espère que ça signifie que ton avion a atterri. Un certain inspecteur Eddie Miller m'a appelée depuis East Hampton. Il travaille avec l'inspectrice Langland et m'a dit où rejoindre le FBI. J'imagine que toi et Leo avez la même info. Je ne veux pas porter la poisse, mais il semble qu'on tienne le bon bout. Croisons les doigts, veux-tu ? »

Marcy arrêta la voiture en apercevant une boîte aux lettres cabossée à la peinture écaillée sur laquelle le numéro de la maison qu'elle cherchait était à peine lisible. Au-delà du pilier qui soutenait la boîte, elle distingua des traces de pneus dans le sol boueux du terrain abandonné aux herbes folles.

Il n'y avait aucun signe de la présence du FBI ni d'autres forces de police, mais elle se souvint des explications de Miller : *Les parcelles s'étendent sur plusieurs hectares. Il paraît que l'endroit est boisé. Je crois que l'adresse que vous cherchez est un terrain signalé par une boîte aux lettres sur le devant. À partir de là, vous tournez à gauche sur une route boueuse.*

Il n'était plus temps d'hésiter. Johnny avait passé neuf jours en captivité. La moindre des choses, c'était de s'aventurer dans l'inconnu afin d'être là pour l'accueillir une fois qu'il serait libéré.

Elle prit une profonde inspiration en tournant à gauche. Pour la première fois depuis la disparition de Johnny, elle sentait l'espoir la gagner.

63

DANIEL TURNER parcourut les quatre cents mètres qui séparaient l'allée de la maison de la route de terre qui menait au terrain vague situé derrière sa propriété. L'entrée principale qu'il avait indiquée à Marcy Buckley correspondait à l'adresse répertoriée sur le cadastre de la ville. Il arrivait par l'arrière mais, au bout du compte, il croiserait le chemin de Mme Buckley.

Il avait acheté cette parcelle trois ans auparavant aux Garney. Ces derniers avaient huit fils, dont quatre seulement avaient quitté la maison familiale une fois devenus adultes. Ceux qui restaient organisaient des fêtes chez eux quasiment tous les soirs de la semaine et faisaient des courses de moto tout-terrain autour de la propriété le jour. Et le plus bruyamment possible. Même s'il était un ancien fan de Harley, Daniel n'avait jamais supporté les motards qui faisaient du vacarme intentionnellement. Et après son accident, sa priorité avait été de trouver un refuge au calme et à l'écart de la société. Lorsqu'il fut clair que les fils Garney ne l'entendaient pas de cette oreille, il fit à leurs parents une proposition qu'ils ne pouvaient pas refuser. Il racheta leur maison pour la détruire et agrandir son terrain.

Il coupa le moteur près d'un petit étang, avant d'atteindre un bosquet qu'il devrait traverser pour rejoindre la clairière où s'élevait autrefois la maison délabrée. Sur le siège du passager à côté de lui, Johnny cherchait l'attache de sa ceinture de sécurité.

« Tu vas devoir rester ici, lui dit-il.

– Tout seul ? »

Il perçut de la peur dans la voix de son fils. Il ne voulait pas qu'il soit de nouveau effrayé. « N'aie pas peur. Ce terrain m'appartient aussi. J'ai juste quelque chose à vérifier avant qu'on aille à la plage. » Que Danny attende dans la voiture était la solution la plus sûre. Il ne savait pas combien de temps il restait avant l'arrivée du FBI.

Il s'arrangea pour que Danny le voie sortir son arme de son sac resté dans le coffre. « C'est pour ma sécurité pendant que je fais le tour de la propriété », expliqua-t-il.

Danny s'enfonça plus profondément dans son siège. C'était vraiment un bon garçon. Il méritait un dix sur dix. Aucun risque qu'il s'enfuie pendant son absence.

Il s'éloigna en arborant un sourire de satisfaction. Bientôt, ils seraient libres pour un nouveau départ.

64

L'EMPLOYÉE de l'agence de location à l'aéroport régional de Salisbury tendit les clés de la voiture à Laurie avec un stylo-bille et une fiche en trois exemplaires. « J'ai juste besoin d'une barre sur les *t* et d'un point sur les *i* », annonça-t-elle gaiement au moment où une sonnerie se faisait entendre dans la mallette de Laurie.

À côté d'elle, Leo était au téléphone, essayant encore de se dépêtrer de la bureaucratie du FBI.

Ils n'avaient pas de temps à perdre. Laurie prit le stylo des mains de la loueuse. Plus vite ils pourraient se mettre en route, mieux ce serait. Son téléphone cessa de sonner.

65

MARCY AVAIT PARCOURU environ cinq cents mètres et cherchait toujours la présence d'agents du FBI quand les traces du passage d'un véhicule dans les herbes couchées du chemin s'interrompirent. Si elle poursuivait plus loin, elle devrait s'enfoncer dans des herbes hautes de plus d'un mètre.

Elle coupa le moteur du minibus, s'attendant à voir le FBI se montrer soudainement. Accueillie par le silence, elle sortit de la voiture et marcha en direction de la clairière qui avait été dégagée, sans doute pour construire une nouvelle maison.

Toujours personne à l'horizon.

Elle avait repris le chemin de sa voiture lorsqu'un homme surgit des bois au fond de la clairière.

« Madame Buckley ? cria-t-il.

– Oh, bonjour, je commençais à me demander si je ne m'étais pas trompée d'adresse.

– Absolument pas. Je suis l'agent spécial Gregory Jenson. Le reste de mon équipe est installée à cinquante mètres d'ici dans les bois. Nous prenons soin de nous faire le plus discrets possible. » Il dut se rendre compte qu'elle regardait son polo et son pantalon kaki d'un air soupçonneux. « Désolé, je n'étais pas en service lorsqu'ils m'ont appelé. Je suis venu immédiatement. »

Il sortit son portefeuille de la poche arrière de son pantalon et brandit ce qui de loin ressemblait à un badge. Tandis qu'il rangeait son portefeuille, elle remarqua l'arme coincée dans sa ceinture.

« Suivez-moi par ici », la rassura-t-il.

Marcy s'apprêtait à entrer dans la forêt quand un frisson la parcourut. Pour la deuxième fois, elle se souvenait des paroles de son ancien professeur de théâtre : Faites attention à ce que vous vivez, parce que tout acquis du passé peut se révéler utile.

D'abord, l'inspectrice Langland avait demandé à un collègue que Marcy ne connaissait ni d'Ève ni d'Adam de l'appeler et de lui donner cette adresse. Jusqu'à présent, c'était Langland qui les avait toujours contactés en personne. Maintenant elle était accueillie par un agent du FBI tout seul, qui la pressait d'entrer dans les bois. Son fils avait disparu depuis neuf jours et tout à coup on lui demandait de se rapprocher du suspect, seule. Tout ça n'avait aucun sens.

« Je vais attendre dans la voiture que mon mari arrive. Il n'est qu'à deux minutes derrière moi, mentit-elle en rebroussant chemin vers son minibus.

– Cela ne peut pas attendre, madame Buckley. »

Il semblait aux abois tout à coup. Un véritable agent du FBI n'aurait pas paniqué comme ça. Elle accéléra le pas.

Elle était sur le point d'atteindre la portière de sa voiture lorsqu'elle sentit la crosse d'une arme lui heurter l'arrière de la tête. Elle tomba au sol et entendit la voix de l'homme derrière elle : « À genoux. »

Alors que, les mains dans la boue, elle essayait de retrouver son équilibre, elle vit du coin de l'œil l'inconnu brandir son arme. Sa mâchoire était serrée, sa bouche pincée. Aucun doute : il allait l'exécuter.

Au lieu de se relever, elle se laissa tomber sur le sol et roula sous le véhicule. Elle rampa aussi vite que possible de l'autre côté et laissa échapper un petit cri lorsqu'une détonation retentit. Le minibus trembla. Il avait tiré sur un des pneus arrière. Il n'était plus question de s'enfuir en voiture.

Elle se remit debout et, le souffle coupé, chercha par où s'échapper. Elle s'enfonça en courant dans la forêt et entendit une nouvelle détonation derrière elle.

Pelotonné sur le siège du passager, Johnny se demandait ce que l'homme était en train de faire. Il avait feint d'être excité à l'idée d'aller visiter les plages du coin, mais la réalité était qu'il voulait surtout quitter cette horrible maison transformée en prison.

Maintenant qu'on l'avait laissé tout seul, c'était possible. La voiture n'était pas fermée. Il avait vu l'homme s'enfoncer dans les bois. Il pouvait enfin s'échapper.

Qu'est-ce que tu attends ? se demanda-t-il. *Personne ne va venir te sauver. Tu dois bouger.*

Mais Johnny resta complètement immobile, la tête rentrée dans les épaules, espérant que nul ne le verrait. Seul le grondement lointain des vagues troublait le murmure de la brise sur la cime des arbres.

Puis une forte détonation perça le silence comme un coup de canon.

Suivirent deux autres coups de feu. Un pistolet. Sans doute celui de l'homme.

Johnny décrocha sa ceinture de sécurité, ouvrit la portière de la voiture et se mit à courir.

66

À PART pendant ses études d'infirmière, Gretchen Harper avait vécu à Lewes, dans l'État du Delaware, pendant les quarante-trois années de sa vie. Elle était née et avait été élevée dans ces quelques kilomètres carrés, tout près du Parc naturel de Cape Henlopen, où son père avait été un garde forestier apprécié.

Depuis qu'elle s'était réinstallée seule dans la maison familiale, elle avait fini par prendre goût aux travaux d'entretien de la propriété autrefois dévolus à son père. Elle fixa la clôture à l'aide d'une attache métallique sur le poteau qu'elle venait de remplacer et tira un bon coup : le poteau ne bougea pas. « Ça devrait le faire, qu'en pensez-vous, toutes les deux ? »

Ses chevrettes, Ernie et Bert, bondirent ensemble sur la pelouse tout près d'elle. Elles ne risquaient plus de se sauver à nouveau et d'aller sur la route, mais elle se dit qu'elle placerait bien quelques attaches de plus pour s'en assurer.

Elle bloquait la dernière attache lorsqu'elle vit un minibus vert passer devant sa maison. Elle salua de la main par politesse tout en s'interrogeant : vers où pouvait-il bien se diriger ? Le seul autre terrain desservi par la route était la propriété des Garney. Elle se demanda si cet étrange Daniel Turner allait se décider à le mettre en vente, ce qui voudrait dire des mois, voire une année de chantier pour construire une maison. Malgré tout, de nouveaux voisins ne pourraient pas être pires que les frères Garney.

Elle avait rassemblé son matériel et le rangeait dans la grange lorsque soudain une détonation la fit sursauter. Elle n'avait rien entendu de pareil depuis qu'elle avait dû appeler le shérif à cause des Garney qui s'entraînaient au tir dans leur propriété.

Elle se demandait s'il s'agissait bien d'un coup de feu, quand elle entendit deux autres détonations : *Boum ! Boum !*

Elle rentra précipitamment dans la maison en baissant la tête, saisit le téléphone de la cuisine et composa le 911.

« Gretchen Harper à Bonner Road. Je viens d'entendre au moins trois coups de feu tout près d'ici. Dites au chef Turner que les détonations semblent venir du terrain vague de son frère ! »

67

LAURIE APPUYA sur la clé de la voiture de location et entendit le bruit caractéristique d'ouverture automatique provenant d'une rangée de voitures garées dans le parking. Un petit 4 × 4 gris attendait à la place indiquée.

À quelques pas de la voiture, elle hésita et se tourna vers son père.

« Veux-tu que je conduise ? » demanda Leo avec un petit sourire.

Elle sourit à son tour. « Oui, s'il te plaît.

– Je me demandais quand tu te souviendrais que tu sais à peine comment on fait. »

Grandir à New York avait beaucoup d'avantages, mais être à l'aise au volant n'en faisait pas partie. « En revanche, je suis une excellente navigatrice. » Elle entra sur le GPS de son téléphone le nom de la ville de Lewes, où vivait Daniel Turner, puis cala l'écran sur le tableau de bord afin que son père puisse le voir. « Enfin, jamais sans l'aide de mon portable. »

Ils avaient fait la moitié de la route quand Laurie reprit son téléphone. « Marcy devait chercher un endroit où nous retrouver. Je voudrais savoir où elle en est. »

Elle vit qu'elle avait justement un message d'elle et brancha le haut-parleur à l'intention de Leo.

« Hello, Laurie, j'ai appelé plusieurs fois et je tombe toujours sur ta messagerie. Au moins, ça sonne maintenant, j'espère que ça signifie que ton avion a atterri. Un certain inspecteur Eddie Miller m'a appelée depuis East Hampton. Il travaille avec l'inspectrice Langland et m'a dit où rejoindre le FBI. J'imagine que toi et Leo avez la même info. Je ne veux pas porter la poisse, mais il semble qu'on tienne le bon bout. Croisons les doigts, veux-tu ? »

Laurie pressa une touche pour rappeler Marcy directement, mais au bout de quatre sonneries, elle tomba sur le répondeur.

« Eddie Miller, tu connais ? demanda Laurie à son père en raccrochant le téléphone.

– Jamais entendu parler. Laisse-moi appeler Langland. »

Quand elle répondit, l'inspectrice Langland ne prit même pas la peine de dire bonjour. « Leo, je fais le maximum. Le problème, c'est qu'il n'existe pas de bureau du FBI dans le Delaware. Cet État dépend du bureau de Baltimore, dans le Maryland. Les deux agents qui sont normalement chargés des affaires de kidnapping étaient prêts à se rendre chez Daniel Turner, mais ils ont décidé de faire appel à l'antenne locale à la place. Elle se trouve à Dover, à environ soixante-cinq kilomètres d'ici. Nous y sommes presque. »

Ces nouvelles expliquaient sans peine l'état d'excitation de Marcy.

« Et as-tu un collègue du nom de Miller qui s'est mis en contact avec Marcy ? demanda Leo. Nous essayons de trouver où le rejoindre.

– Miller ? On n'a personne de ce nom-là. »

À la grimace que fit son père, Laurie comprit qu'il partageait ses craintes. « Un inspecteur, Eddie Miller, a téléphoné à Marcy. Il a dit qu'il travaillait avec vous et lui a indiqué où retrouver les agents du FBI.

– Non, ce n'était pas nous, dit Langland. Je vous le répète, il n'y a pas d'Eddie Miller dans notre service. »

Laurie appela Andrew immédiatement.

« Salut Laurie, je présume que Leo et toi avez déjà atterri ?

– Nous arrivons pratiquement à Lewes. Nous avions prévu de retrouver Marcy mais elle ne répond pas. »

Elle parlait avec calme, essayant de ne pas inquiéter Andrew tant qu'ils n'avaient pas de confirmation. « Quelqu'un l'a appelée et lui a donné une adresse pour retrouver les agents du FBI.

– Ouais, elle a téléphoné de là-bas.

– Donc, tu es sûr qu'elle y est ? Qu'elle est avec les types du FBI ? demanda Laurie, commençant à ressentir un certain soulagement.

– Elle y arrivait quand elle a appelé. J'ai essayé de la joindre il y a quelques minutes pour savoir où elle en était, mais elle ne répond plus. J'imagine qu'elle est bien avec eux. »

À côté de Laurie, Leo secouait la tête, visiblement inquiet.

« Mais as-tu l'adresse ? demanda-t-elle.

– Je ne pouvais pas la noter en conduisant, mais je sais toujours où se trouve Marcy grâce à la localisation de son portable qu'elle partage avec moi, donc je peux la retrouver.

– Parfait. Peux-tu voir où elle se trouve maintenant ?

– Je suis à huit kilomètres de l'embranchement. Je te rappelle…

– Andrew, ici Leo. Peux-tu t'arrêter sans risque sur le bord de la route ?

– Tout de suite ? demanda Andrew d'une voix soudain inquiète.

– Oui, répondit Leo calmement.

– Bon, attendez… Voilà, ça y est. Je suis garé sur le côté. Que se passe-t-il ?

– Quelle que soit la personne qui a donné à Marcy cette adresse-là, ce n'était pas la police, dit Leo. Nous pensons que c'est Daniel Turner. Il faut la retrouver tout de suite. »

68

Marcy traversait le bois au sol accidenté lorsqu'une épine la griffa à la cheville, lui arrachant une grimace. Elle porta instinctivement la main à l'écorchure et perdit l'équilibre, mais parvint à se rétablir avant de heurter un arbre la tête la première.

Elle s'appuya au tronc et examina l'entaille. Elle saignait, mais le coup à la tête infligé par l'arme du type l'inquiétait davantage. Elle ne pouvait pas voir la blessure, mais quand elle passa la main sur son cou et la retira, il y avait du sang frais sur sa paume. Elle ôta avec précaution son pull en coton et s'en servit pour comprimer la plaie. Le haut qu'elle portait en dessous ne serait guère efficace pour la protéger des épines et des branches, mais il fallait qu'elle stoppe le saignement.

Son pantalon corsaire et ses ballerines ne l'avantageaient pas face à son poursuivant, qui était armé et devait sûrement connaître le bois parfaitement. Elle avait couru aveuglément, dans un état d'affolement tel qu'elle en avait perdu tout sens de l'orientation. Malgré tout, elle devait continuer à avancer pour s'éloigner de lui, mais elle était terrifiée à la pensée qu'elle courait peut-être dans sa direction au lieu d'accroître la distance qui les séparait.

Marcy retint sa respiration en entendant un cri aigu rompre le silence. Il était bref et modulé. Elle jugea qu'il s'agissait sans doute d'un oiseau. Continuant d'avancer, elle l'entendit à nouveau – mais un peu plus fort, cette fois. Puis elle perçut deux sons en même temps. Ce n'était pas un chant d'oiseau. Plutôt un bêlement. Des moutons. Non. Des chèvres. Les petites chèvres qu'elle avait vues au bord de la route. Avec la femme près de la clôture.

Elle ferma les yeux, s'efforçant de déterminer d'où lui parvenaient ces sons, puis se dirigea vers eux. Concentrée, elle continua à avancer, se forçant à ralentir l'allure. Marcher d'un pas rapide faisait plus de bruit. Et quand elle trébuchait, elle était sûre de trahir sa présence.

Cette fois, elle ne tournerait pas en rond.

Elle sentait qu'elle se rapprochait des bêlements quand elle entendit sur sa droite le bruit caractéristique de pas foulant des feuilles mortes. Cherchant l'arbre le plus gros à proximité, elle se glissa derrière le tronc, s'efforçant de se faire toute petite. À quoi bon ? Si Daniel Turner s'approchait à moins de deux mètres de cet arbre, il la verrait.

Le froissement de feuilles ne cessait pas. Apercevant une pierre de la taille d'une balle de baseball, elle s'accroupit lentement et la prit dans sa main droite.

Les pas se rapprochaient.

Elle n'aurait qu'une seule occasion de le prendre par surprise. Elle aurait besoin de toute sa force et de beaucoup de chance. Sachant que ce serait probablement son dernier geste avant d'être tuée, elle se redressa brusquement, tendit le bras en arrière, élevant la pierre au-dessus de son épaule. Si elle le pouvait, elle viserait la tête.

Mais quand elle regarda l'endroit d'où elle s'attendait à voir surgir sa cible, elle ne vit personne. Il lui fallut baisser les yeux pour apercevoir celui qui était à l'origine du bruit de pas.

« Johnny ! » Elle laissa tomber la pierre et porta deux mains à sa bouche – étouffant un cri de surprise et de joie à la vue de son fils.

Il resta bouche bée, les yeux écarquillés. « Maman ? »

Il se frotta les yeux comme s'il sortait d'un rêve.

Marcy tomba à genoux et l'attira dans ses bras. « Chut, mon chéri. Je suis là. Maman t'a trouvé. Mais il ne faut faire aucun bruit. Pas un seul. Et aussi trouver comment sortir de ce bois.

– La maison de l'homme se trouve de ce côté, murmura Johnny, pointant le doigt derrière lui. Et quand il est entré dans le bois, je crois qu'il est parti *par là*, dit-il, indiquant une direction à quatre-vingts degrés de la première. Je ne voulais suivre aucune de ces directions, alors je me suis retrouvé ici. »

Elle sourit malgré elle. Il était tellement intelligent.

Mais Marcy avait raison, Daniel Turner connaissait ces bois comme sa poche. Ils reconnurent sa voix avant même de percevoir le bruit de ses pas. Et même à travers la densité des arbres, ils distinguèrent sans difficulté le pistolet pointé vers eux.

« Danny ! Je t'avais dit de rester dans la voiture ! » Le visage de l'homme était écarlate et les tendons de son cou gonflés par la colère. « Tu t'es moqué de moi, n'est-ce pas ? Tu n'as jamais eu l'intention de rester avec moi. Tu allais me quitter, exactement comme *les autres*.

– Je vous en prie, implora Marcy. C'est un enfant de sept ans. Il a entendu des coups de feu. Il a eu peur. Il est sorti pour vous retrouver. N'est-ce pas, Johnny ? »

Les yeux du petit garçon étaient emplis de terreur, mais elle vit qu'il comprenait ce qu'elle disait.

Johnny hocha lentement la tête. « Je voulais être sûr que tu allais bien, dit-il tout bas. Tu m'as dit que tu emportais le pistolet pour te protéger, j'ai cru qu'il t'était arrivé quelque chose. »

L'homme se pinça l'arête du nez d'une main sans cesser de pointer son arme sur eux.

« Il faut que je réfléchisse. Venez. On va faire un tour en voiture. »

69

D'APRÈS LE GPS, Leo et Laurie venaient d'atteindre l'endroit où avait été géolocalisé le portable de Marcy. « Papa, regarde ! s'écria Laurie. Voilà le minivan de Marcy ! »

L'optimisme de Laurie fut de courte durée. Lorsque Leo arrêta la voiture, elle s'aperçut que le minibus n'avait pas un aspect normal. Il semblait en panne.

« Reste là, dit Leo en prenant son revolver sur le tableau de bord. Et regarde si tu vois les agents du FBI. Ils sont censés être en route. »

Il s'approcha du véhicule, ouvrit la portière du conducteur puis la referma, secouant la tête. Il allait rebrousser chemin quand il s'arrêta et s'accroupit, examinant quelque chose à ses pieds, avant de remonter en voiture :

« On a tiré dans un pneu, et le téléphone de Marcy est encore sur le siège du conducteur. Laurie ! Il y a aussi des taches de sang sur le sol près de la porte, du côté du conducteur.

– On ne peut pas attendre le FBI, papa.

– Cherche l'adresse de Daniel Turner. »

Leo s'arrêta sur la route devant la maison de Turner. « Entrer dans la propriété serait courir un trop grand risque. Il a probablement posé des caméras de surveillance ou des détecteurs, s'il est aussi paranoïaque que le décrit son ex-femme.

– Alors qu'allons-nous faire ?

– Tu vas attendre ici, et je vais essayer de trouver la maison en traversant le bois.

– Non, papa, tu ne peux pas y aller seul. »

Un bruit de pneus se fit entendre sur la route de terre derrière eux. Laurie se retourna et vit le gyrophare sur le toit de la voiture qui les suivait. « Regarde, c'est le FBI ! Juste à temps ! »

Leo vérifia dans le rétroviseur. « Plutôt la police municipale », dit-il en baissant sa vitre.

L'unique occupant du véhicule avait la quarantaine, des cheveux bruns et une barbe bien taillée. Les étoiles sur les manches de son uniforme indiquaient qu'il s'agissait d'un gradé, mais son badge dissipa toute incertitude. *Capitaine Turner*. Il avait déjà baissé la vitre du côté passager de son véhicule.

« On nous a signalé des coups de feu dans le coin. Puis-je vous demander ce que vous faites dans ce secteur ? Il y a des panneaux CHASSE GARDÉE, au cas où vous vous poseriez la question. »

Leo se tourna vers Laurie. Un seul regard leur suffit pour se mettre d'accord. Ils n'avaient pas le choix. Charlie Turner était le seul à pouvoir les aider en ce moment. Il était le frère de Daniel, mais il était aussi le chef de la police.

« Je suis Leo Farley, membre encore en activité de la police de New York. Si vous le voulez, capitaine, je peux sortir mon portefeuille et vous montrer mon badge. »

Turner hocha la tête et Leo lui présenta son badge. Il parut satisfait mais, au fur et à mesure que Leo le mettait au courant des événements qui les avaient amenés sur cette route de terre, le visage du policier se décomposait davantage, chaque nouvelle révélation lui faisant l'effet d'un coup dans l'estomac.

Il mit brusquement le contact.

« Capitaine, je ne suis pas cinglé. C'est du sérieux.

– Je sais. C'est pourquoi vous allez attendre au commissariat pendant que j'appelle des renforts.

– Sans vouloir vous offenser, nous n'avons pas le temps d'attendre. Ma fille et moi irons seuls jusqu'à la maison s'il le faut. Et si vous essayez de nous arrêter, vous aurez la vie d'un enfant et celle de sa mère sur la conscience.

– Vous êtes armés ? »

Leo souleva un pan de sa chemise pour montrer l'étui qu'il portait à la ceinture.

L'homme serra les mâchoires et soutint son regard. « Très bien. Suivez-moi. Il y a une route de traverse un peu plus haut. Nous garerons les voitures et couperons à travers bois jusqu'à la maison. Daniel a installé dans l'entrée principale un système d'alarme digne de Fort Knox. »

Après s'être arrêtés, ils laissèrent Turner partir à pied devant eux, suivi de près d'abord par Leo, puis par Laurie. Au moment d'entrer dans le bois, Charlie se retourna. Son visage était sombre. « Je réfléchissais à vos informations. C'est de mon ex-belle-sœur, Roseanne, que vous devez les tenir. »

Ils ne répondirent pas.

« À l'époque, je n'avais pas conscience de la portée réelle des problèmes de mon frère. Quand elle est partie – pour de bon –, j'ai compris que je ne rendais aucun service à Daniel en prenant son parti comme je le faisais. Il aurait mieux valu qu'il soit aidé. Je ne vais pas vous demander où Roseanne se trouve actuellement, mais si vous êtes un jour en contact avec elle, je vous en prie, dites-lui que je regrette.

– Pour l'instant, voyons si nous pouvons apporter à votre frère l'aide dont il a besoin. »

Ils s'enfoncèrent dans le bois.

Marcy Buckley essayait de se concentrer sur la route étroite et cahoteuse qui menait à la maison de Daniel

Turner, mais elle ne pouvait s'empêcher de regarder du coin de l'œil le pistolet braqué sur elle depuis le siège du passager, et de voir l'expression terrifiée de Johnny dans le rétroviseur.

Elle sursauta quand Turner passa la main gauche devant elle pour actionner la commande de l'ouverture automatique de la porte de son garage, fixée au pare-soleil.

Comme ils attendaient en silence que la porte se lève, aucun d'eux ne vit les trois personnes qui surgissaient du bois au moment où la voiture pénétrait dans le garage.

70

L'ATTITUDE de Charlie Turner changea du tout au tout à la vue de Johnny et Marcy Buckley à bord de la Chrysler blanche. Jusqu'alors, Laurie avait eu le sentiment qu'il espérait une explication rationnelle à la situation qui avait fait de son frère cadet le principal suspect de la disparition d'un enfant. Il devait s'agir d'un horrible malentendu… Mais une fois témoin du kidnapping, il se transforma. Il n'agit plus en membre de la famille prêt à rendre service. Il redevint un chef de la police en mission et il s'adressa à Leo comme à un collègue des forces de l'ordre :

« C'est une situation d'urgence, pas besoin de mandat », murmura-t-il alors que la porte du garage se refermait lentement. Il utilisa le téléphone radio fixé à son épaule pour demander des renforts. « J'ai une clef de la maison. Leo, vous et moi, on peut couper par l'arrière. Mais mon frère est parano. Il est capable d'avoir installé des caméras sur tout le périmètre de la maison. S'il nous voit arriver, nous mettons sérieusement ce garçon et sa mère en danger. »

Laurie pensa aux traces de sang que Leo avait repérées près de la voiture de Marcy. Ils étaient déjà en danger. Elle se tourna vers Charlie : « Vous avez dit qu'on vous avait signalé des coups de feu dans les environs. Pourquoi vous n'allez pas frapper à la porte de votre frère, uniquement pour voir s'il a entendu quelque chose et vous assurer qu'il va bien ? Vous pourriez l'occuper pendant que mon père et moi pénétrerions dans la maison par l'arrière pour essayer de retrouver Johnny et Marcy. »

Le regard dans le vague, Charlie réfléchit à son plan. « Oui, ça pourrait marcher. Dès que le FBI et les renforts arriveront, je peux sans doute le convaincre de sortir et de se rendre. Et s'il tente de s'enfuir en voiture, il devra attendre que la porte du garage s'ouvre. Alors, je pourrai toujours tirer dans un pneu et courir me mettre à l'abri. » Il sortit un trousseau de clefs de sa poche, en fit glisser une hors de l'anneau et la lui tendit. « Il y a une terrasse en bois à l'arrière, et des doubles portes qui mènent à la cuisine. Je tâcherai de l'attirer dehors pour lui parler, mais je ne promets rien. »

Sous le couvert des arbres, Laurie et Leo se placèrent hors de vue du porche de l'entrée, puis regardèrent Charlie marcher vers la maison. Ils entendirent un coup frappé à la porte, suivi d'un silence, suivi d'une autre série de coups. « Tu es là, Dan ? cria Charlie. On m'a prévenu qu'il y avait des chasseurs dans le coin. Je me suis dit que j'allais faire un tour chez toi pour prendre de tes nouvelles. »

Un moment plus tard, ils l'entendirent à nouveau parler, plus bas. Laurie ne put distinguer les paroles, mais elle supposa qu'il s'adressait à Daniel Turner, qui était dans la maison. Leo ouvrit la marche jusqu'à la terrasse à l'arrière, le pistolet en joue.

Les rideaux étaient tirés sur les portes vitrées que Charlie avait décrites, si bien qu'ils ne pouvaient pas voir à l'intérieur. Au moment où Leo s'avançait devant les portes, le sol céda soudain et il trébucha sur le côté, un pied coincé sous le plancher. Il poussa un grognement de douleur et se mordit la lèvre, se retenant de crier. Laurie baissa les yeux et vit que son mollet était pris dans un piège à ours métallique.

Il tira sur sa cheville, mais les mâchoires du piège étaient emprisonnées sous le plancher. Qu'il ait été placé à l'intention d'intrus ou de Johnny s'il tentait de s'enfuir, le fait était qu'il empêchait maintenant Leo d'entrer dans la maison.

Laurie se baissa, tenta d'écarter les mâchoires. « Elles ne bougent pas.

– Il a dû bloquer l'ouverture, murmura Leo. Ce piège ne servirait à rien, sinon. »

Laurie gagnait la porte quand son père lui saisit la main. « Pas seule.

– Il n'y a pas de temps à perdre. On doit les trouver. »

Leo tendit la main droite, lui offrant son pistolet. Il y avait un moment qu'elle ne l'avait pas accompagné au stand de tir, mais elle savait comment manier une arme et tirer si besoin.

« Ne t'inquiète pas pour moi, Laurie. Vas-y ! »

Laurie introduisit la clef dans la double porte et tourna lentement la poignée, laissant la clef dans la serrure tout en pénétrant dans la pièce.

La porte donnait sur le coin petit déjeuner de la cuisine, d'où on avait une vue d'ensemble de la salle à manger. Au fond, un homme se tenait debout sur le seuil de la porte d'entrée ouverte. Un revolver était visible à sa ceinture.

« Franchement, Charlie, je dois y aller. Je suis mal fichu. Je préfère ne pas t'inviter à entrer, de peur que tu tombes malade, toi aussi. »

Daniel n'attendit même pas que son frère lui dise bonsoir pour refermer la porte d'entrée à double tour. En voyant une autre, entrouverte, à l'autre extrémité de la cuisine, Laurie s'élança et entra dans la pièce pour se mettre aussitôt à l'abri. Il s'avéra qu'elle avait atterri dans une sorte de cellier d'où elle avait une vue partielle sur le salon, dans lequel Marcy et Johnny étaient blottis l'un contre l'autre sur le canapé.

Turner entra dans la pièce, son arme à la main. « Vous n'avez pas bronché, mais j'espère que vous n'êtes pas en train de manigancer quelque chose pendant que j'ai le dos tourné, sinon vous n'aurez plus jamais l'occasion de faire des projets. »

Des larmes roulaient sur les joues de Johnny et les yeux éperdus de Marcy passaient sans cesse de son fils à l'homme trapu qui pointait une arme dans leur direction. Un filet de sang coulait sur le côté droit de son cou, et le pull jaune serré en boule entre ses mains était taché de rouge sombre.

« S'il vous plaît, ne faites pas de mal à ma maman. Je serai sage. Je resterai avec vous.

– Mais elle n'est pas ta mère, Danny. Je te l'ai déjà dit. Tu n'as toujours pas compris ? C'est *moi,* ton vrai père. C'est moi qui étais censé t'élever, et elle t'a volé à moi.

– C'est pas vrai ! cria Johnny. Vous êtes un menteur. Et vous parlez tout seul parce que vous êtes fou.

– Ferme-la, gamin ! »

Quand Johnny se mit à sangloter sans pouvoir se contrôler, Marcy bondit et alla se placer d'un air crâne devant lui, le protégeant d'éventuels coups de feu. Laurie crut entendre le bruit d'une porte qui s'ouvrait sur la gauche, mais son regard ne portait pas suffisamment loin dans la cuisine pour qu'elle sache si quelqu'un était entré dans la maison.

« Il ne voulait pas dire ça, dit Marcy. Il n'a que sept ans, et il a peur. Je vous en prie, je vous en supplie…

sur ma *vie*. Faites ce que vous voulez de moi, mais ne lui faites pas de mal. C'est à moi que vous en voulez. C'est moi qui vous ai enlevé votre bébé. Je ne savais pas. Je vous le promets.

– C'est parce que Michelle a menti – à moi, à vous, à tout le monde. Combien de vies a-t-elle bousillées ? Je ne voulais pas faire ce que je lui ai fait, mais c'était la seule façon de pouvoir récupérer mon fils. Je devais m'assurer que personne ne viendrait me chercher quand Danny aurait disparu. Alors, nous aurions pu prendre un nouveau départ… ensemble.

– Et vous le pouvez encore. J'ai menti quand j'ai dit que mon mari allait arriver. Personne d'autre n'est au courant à votre sujet. C'était censé être une adoption anonyme, mais Michelle avait entière confiance en moi quand elle m'a appris votre nom. Je ne l'ai jamais répété à personne d'autre. Vous comprenez ? Je vous en prie. Laissez monter Johnny à l'étage, et vous pourrez faire ce que vous voulez. Vous n'avez pas besoin de tuer ce gentil petit garçon.

– Maman, non ! »

Johnny essaya de pousser sa mère sur le côté. Chacun essayait de soustraire l'autre à la folie de Turner. Laurie comprit qu'elle ne pouvait pas attendre plus longtemps. Tout allait trop vite.

Elle s'apprêtait à entrouvrir davantage la porte du cellier quand Charlie Turner surgit d'un étroit couloir dans le salon, pointant son arme.

« Dan, tu ne veux pas faire ça. »

Laurie s'accroupit, poussa lentement la porte du cellier, et se mit en position derrière l'îlot de la cuisine. De là, elle pourrait tirer directement sur Daniel Turner, s'il fallait en arriver là.

Dan. Tu ne veux pas faire ça.

Daniel Turner cilla à trois reprises, se demandant s'il avait une autre hallucination. Quand Charlie était-il entré dans la maison ? Est-ce qu'il attendait dehors ?

« C'est vraiment toi ? » Il était conscient de l'égarement que trahissait sa voix.

« Dan, tu ne veux faire de mal à personne, je te connais.

– Tu ne me connais *pas*. Plus maintenant. Tu ignores tout ce que j'ai fait.

– Je t'ai aidé après ce qui s'est passé avec Roseanne, et je t'aiderai à nouveau, promit Charlie.

– Cette fois, c'est bien pire, dit Daniel. Ces deux-là. Et Michelle. Tu ne sais même pas ce qui est arrivé à Michelle. »

Il tourna brusquement la tête vers la voix en provenance de la cuisine.

« Lâchez ça ! »

Une femme surgit derrière l'îlot, pointant un revolver sur lui.

Daniel avait bien fait ses recherches sur les Buckley et leur famille. Il reconnut la femme, c'était Laurie Moran, la future belle-sœur qui avait cette émission de télé. Apparemment, Charlie n'était pas venu seul.

« Nous sommes au courant à propos de Michelle aussi, dit Moran. C'est fini.

– Nous te trouverons un bon avocat, dit Charlie d'un ton rassurant. »

C'était bien son frère, à toujours vouloir l'aider.

« Tu n'es pas responsable aux yeux de la loi, Dan. C'est ta blessure à la tête. Les dommages causés au lobe frontal. Tu ne contrôles plus tes actes, tu ne t'en rends pas compte ? Les médecins le diagnostiqueront. Nous allons t'aider. »

Charlie l'aimait, mais Daniel savait que leur relation avait changé depuis l'histoire avec Roseanne. Maintenant, Charlie le traitait moins comme un frère que comme un enfant qui avait besoin d'être surveillé ou plaint.

Tu ne contrôles plus tes actes. Il n'était plus le même homme, tout simplement. Il y avait des jours où il ne savait plus distinguer ce qui était imaginé de ce qui était réel. Et maintenant, il était évident qu'il ne se contrôlait plus. Il ne pouvait certes pas prendre soin d'un enfant, mais était-il encore un être humain ? Qu'allait-il devenir ?

Malgré les deux armes braquées sur lui, Daniel ne pouvait détourner les yeux de Marcy Buckley. C'était comme si elle avait trouvé un moyen de grandir de trois tailles, lorsqu'elle essayait de se placer entre lui et le petit Danny. Et tout ce qu'elle avait dit, qu'elle était la seule à connaître son identité, était évidemment un mensonge, mais quel étrange mensonge ! Elle avait essayé de le convaincre de la tuer et d'épargner ce petit garçon qui n'était même pas son fils.

Il se rappela la dernière fois où il avait vu Roseanne, quand il avait découvert où elle vivait après le divorce et qu'il était entré de force dans la maison pour la supplier de revenir. La détermination dans ses yeux et le désespoir lorsqu'elle l'avait supplié de ne pas faire de mal à Bella – Marcy Buckley, en ce moment même, était exactement pareille.

Il songea aussi au regard de Michelle Carpenter quand elle s'était rendu compte qu'il était déterminé à trouver le bébé qu'elle avait abandonné. Elle l'avait supplié de ne pas le chercher. Comme Roseanne quatre ans auparavant. Comme Marcy Buckley aujourd'hui.

Ces mères étaient prêtes à mourir pour leur enfant.

Elle avait beau n'avoir aucun lien de sang avec lui, cette femme aimait Daniel autant qu'un enfant peut espérer être aimé.

« Debout, Danny ! ordonna-t-il.

– Non, non, non, non. »

Marcy se jeta de toutes ses forces en travers du corps du petit garçon sur le canapé. « Pitié, non !

– Va-t-en ! hurla-t-il. Dehors. Tout de suite. »

Marcy et l'enfant se figèrent, désorientés. « Je parle à Johnny, dit Daniel calmement, se forçant à utiliser le nom donné à son fils par les Buckley. Lève-toi, sors et attends. Je te promets qu'il n'arrivera rien à ta mère. »

Marcy aida Johnny à se mettre debout, le serrant fort dans ses bras. « Fais ce qu'il dit, Johnny. Fais-le pour moi. Tu es si courageux. Je t'aime tellement.

– Écoute ta maman, dit Daniel. Et souviens-toi d'une chose, Johnny. Quoi que tu entendes, ou quoi que tu apprennes, je n'ai pas toujours été comme ça. Il est arrivé quelque chose qui m'a changé, ce qui veut dire que tu ne seras jamais comme moi, d'accord ? »

Daniel vit que ces paroles ne faisaient que troubler le petit garçon, mais il espérait qu'un jour il comprendrait. Au moins, la vue de ce qui allait bientôt se passer ici lui serait épargnée.

« Tu vas sortir en premier, Johnny, dit Charlie. Et ta maman et ta tante Laurie te rejoindront très bientôt. Je te le promets. »

Les yeux pleins d'inquiétude, Johnny finit par s'écarter de sa mère et commença à reculer lentement. Daniel sentit son cœur se briser à nouveau en regardant son fils sortir par la porte et commencer le reste de sa vie.

Leo n'avait rien entendu depuis que Charlie avait suivi Laurie dans la maison. Et alors, juste comme il distinguait la voix reconnaissable entre mille de Laurie crier « Lâchez-le ! », il parvint enfin à ouvrir le piège et à libérer sa jambe.

Il saisit la poignée de la porte mais s'immobilisa, grimaçant sous l'effet de la douleur qui traversa sa cheville. Il s'efforça de placer tout son poids sur sa jambe valide, sans y parvenir. Il n'avait pas d'arme, et il pouvait à peine marcher. Il devait s'être cassé quelque chose. Il voulait désespérément courir vers Laurie, mais redoutait que sa soudaine apparition aggrave la situation. Il ne se le pardonnerait jamais si Laurie était tuée parce qu'il s'était montré imprudent.

Il était sur le point d'ouvrir la porte quand il entendit une autre voix. « Au secours ! Quelqu'un… au secours ! Est-ce qu'il y a quelqu'un ici ? »

C'était Johnny, et il était dehors. Boitillant, Leo se dirigea vers le côté de la maison, suivant le son de sa voix. Le repérant dans l'allée en train de courir vers la rue, il émit un sifflement sonore. Johnny fit un bond. Il tourna la tête dans la direction de Leo, qui lui fit signe de se diriger vers la lisière du bois.

Lorsqu'ils se rejoignirent enfin, Leo sentit les larmes lui monter aux yeux tandis que le petit garçon se jetait dans ses bras de toutes ses forces.

« Ma maman… », dit-il d'une voix fébrile, et Leo sentit son souffle chaud contre son visage. « Elle est à l'intérieur avec le méchant homme, poursuivit-il. Et tante Laurie aussi. Et un autre policier.

– Calme-toi. On va empêcher qu'il arrive quelque chose à ta maman, d'accord ? Et ton papa est là, lui aussi. Viens, on va le retrouver. » Laurie avait partagé sa géolocalisation exacte avec le portable d'Andrew quand elle avait garé sa voiture, et Andrew était convaincu que ses années de scoutisme lui permettraient de retrouver son chemin à travers les bois. « Il va être tellement heureux de te voir. »

Leo prit la main de Johnny pour l'éloigner de la maison. Au moment où il aperçut Andrew qui se dirigeait vers eux, ils entendirent une seule détonation se répercuter à travers les arbres.

Les neufs derniers jours avaient duré des années, mais le cauchemar avait pris fin. Il n'y aurait pas de dixième jour de terreur.

Marcy sortit par la porte principale à peine quelques secondes après le coup de feu. Charlie Turner cria à Laurie de la suivre. « Allez-y ! » lui ordonna-t-il.

La voix de Marcy avait un ton presque enfantin quand elle appela son fils.

« Johnny ! Où es-tu ? Johnny ! Maman est là maintenant. Tu peux te montrer sans crainte – je te le promets.

– Nous sommes là ! » fit Johnny, et sa voix résonna à travers les arbres.

Laurie le vit sortir du couvert avec son père un moment plus tard. Marcy tomba à genoux sur le chemin, le serrant dans ses bras. Andrew caressa les cheveux de Johnny, lui assurant que tout irait bien désormais. Laurie eut la gorge serrée devant les larmes de joie qui coulaient sur leurs joues. Elle était sur le point d'aller chercher son père derrière la maison quand elle le vit entrer dans la clairière, lui aussi. Il boitait, mais le soulagement se peignit sur son visage lorsqu'il rencontra son regard. Elle hocha la tête dans sa direction, le rassurant : la famille était enfin hors de danger.

Le cauchemar des Turner ne connut pas la même fin heureuse. Après avoir intimé à Johnny de quitter la maison, Daniel Turner avait levé son arme vers Marcy en lui annonçant qu'il allait appuyer sur la détente, ne laissant pas le choix au chef de la police. Quand le FBI arriva, ils trouvèrent Charlie à genoux, serrant dans ses bras le corps de son jeune frère, priant pour qu'il trouve enfin la paix.

71

Cinq semaines plus tard

QUELQU'UN frappa à la porte. « Entrez ! »

Ils n'étaient pas nombreux pour ces réjouissances, mais Laurie avait tout de même eu l'impression d'un défilé incessant de visiteurs. Elle sourit en voyant son père derrière elle dans le miroir.

« Tu as l'air content », dit-elle. La démarche boitillante des dernières semaines était aujourd'hui imperceptible. Les blessures provoquées par le piège à ours de Daniel Turner s'étaient soldées par un gonflement et des ecchymoses, mais aucune fracture.

« Bien sûr que je suis content. Aujourd'hui est le jour le plus heureux qui soit.

– Oui, mais je suppose que ça a quelque chose à voir avec le coup de fil que tu devais recevoir.

– Le boulot peut attendre.

– Allez. Dis-moi.

– Bon, si tu insistes. Le plan a marché. Gunther a tout avoué. » Comme prévu, la collaboration de Mason Rollins avait suffi à persuader Toby Carter d'en faire autant. Il était passé à l'improviste voir Gunther en prison dans la matinée et avait réussi à ce qu'il s'incrimine malgré lui dans les meurtres de Lou Finney et de Clarissa DeSanto. « Ils ont enregistré l'intégralité de leur conversation dans le parloir.

– Je suis tellement soulagée que ton nom soit blanchi, papa.

– Plus important : Gunther restera en prison à vie. Le procureur va demander une réduction de peine pour Summer, pour la remercier de l'aide qu'elle a apportée à l'enquête. »

La porte s'ouvrit à nouveau et Grace et Charlotte apparurent, des flûtes de champagne à la main.

« Leo, qu'est-ce que vous fabriquez ici ? demanda Charlotte.

– Les hommes ne sont pas admis ! le taquina Grace.

– La règle s'applique au marié, pas au père de la mariée. Ma fille et moi discutions de mon importante mission, celle de la conduire à l'autel.

– À propos, il est temps, Laurie, dit Charlotte. Tu es prête ?

– Je n'ai jamais été aussi prête de ma vie. »

Alex et Laurie n'avaient fixé de nouvelle date pour leur mariage qu'après s'être assurés que Marcy et Andrew s'étaient à peu près remis des événements qui avaient secoué leur famille. Johnny connaissait maintenant l'existence de ses parents biologiques et les conditions de leur mort. Roseanne Robinson et Sandra Carpenter avaient même proposé de venir le voir quand il serait plus âgé afin qu'il en apprenne davantage sur Michelle et Daniel avant que les choses tournent mal pour eux.

Marcy et Andrew savaient qu'il aurait d'autres interrogations et inquiétudes quand il grandirait et atteindrait l'âge adulte mais pour l'instant, il était redevenu leur joyeux petit garçon.

Aujourd'hui, c'était lui qui portait les alliances, lui qui conduisait ses sœurs, les demoiselles d'honneur, jusqu'au bout de l'allée où attendait Alex, avec Andrew à côté de lui. De l'autre côté du prêtre se tenait Timmy, fier d'être le témoin un peu particulier de Laurie.

Au mépris des conventions, le quatuor à cordes joua « At Last » d'Etta James pendant que s'avançait le modeste cortège. Ramon, Grace, Jerry et Charlotte étaient les seuls invités en dehors de la famille. Grace portait discrètement à ses yeux ses mains parfaitement manucurées, retenant ses larmes.

En prenant place devant l'autel, Laurie regarda Alex et sourit. Il était parfait. Tout était parfait.

« Ça va ? » chuchota-t-il. Elle ne lui avait jamais vu un air aussi heureux.

Elle hocha la tête. Oui, tout était parfait, sauf qu'elle n'arriverait certainement pas à dire « oui » sans verser quelques larmes.

En se retournant pour s'assurer que son père s'était assis, il lui sembla soudain voir Greg sur une chaise à côté de lui. Il souriait. Il était content pour elle.

« Allons-y », dit-elle.

Enfin.

REMERCIEMENTS

C'est avec joie que nous avons parachevé ensemble ce nouvel opus de *Suspicion.* Laurie Moran et son équipe ont plus d'une corde à leur arc quand il s'agit de nourrir l'imagination de deux conteuses.

Une fois encore notre plus grand soutien dans cette aventure a été Marysue Rucci, vice-présidente et éditrice en chef de Simon & Schuster. Merci aussi à son assistante personnelle, Hana Park.

Nous sommes également reconnaissantes au professeur Barry Scheck, codirecteur d'Innocence Project, expert incontesté de la mise en lumière des erreurs judiciaires par l'utilisation de l'ADN. Bien qu'il ait généreusement partagé avec nous ses connaissances scientifiques, ce livre et les avocats qui y figurent sont œuvre d'imagination. Cette histoire aurait peut-être pris un tour différent si le professeur Scheck avait été appelé sur l'affaire…

Enfin, et ce n'est pas le moins important, nous vous remercions, chers lecteurs. Ce n'est que lorsque vous les lisez que les mots sur la page se transforment en une histoire… Ce livre vous est dédié.

Du même auteur

Aux Éditions Albin Michel

LA NUIT DU RENARD
Grand Prix de littérature policière 1980
LA CLINIQUE DU DOCTEUR H.
UN CRI DANS LA NUIT
LA MAISON DU GUET
LE DÉMON DU PASSÉ
NE PLEURE PAS, MA BELLE
DORS MA JOLIE
LE FANTÔME DE LADY MARGARET
RECHERCHE JEUNE FEMME AIMANT DANSER
NOUS N'IRONS PLUS AU BOIS
UN JOUR TU VERRAS
SOUVIENS-TOI
CE QUE VIVENT LES ROSES
DOUCE NUIT
LA MAISON DU CLAIR DE LUNE
JOYEUX NOËL, MERRY CHRISTMAS
NI VUE NI CONNUE
TU M'APPARTIENS
UNE SI LONGUE NUIT
ET NOUS NOUS REVERRONS
AVANT DE TE DIRE ADIEU
DANS LA RUE OÙ VIT CELLE QUE J'AIME
TOI QUE J'AIMAIS TANT
LE BILLET GAGNANT
UNE SECONDE CHANCE
ENTRE HIER ET DEMAIN
LA NUIT EST MON ROYAUME

RIEN NE VAUT LA DOUCEUR DU FOYER
DEUX PETITES FILLES EN BLEU
CETTE CHANSON QUE JE N'OUBLIERAI JAMAIS
LE ROMAN DE GEORGE ET MARTHA
OÙ ES-TU MAINTENANT ?
JE T'AI DONNÉ MON CŒUR
L'OMBRE DE TON SOURIRE
QUAND REVIENDRAS-TU ?
LES ANNÉES PERDUES
UNE CHANSON DOUCE
LE BLEU DE TES YEUX
LA BOÎTE À MUSIQUE
LE TEMPS DES REGRETS
NOIR COMME LA MER
DERNIÈRE DANSE

En collaboration avec Carol Higgins Clark

TROIS JOURS AVANT NOËL
CE SOIR JE VEILLERAI SUR TOI
LE VOLEUR DE NOËL
LA CROISIÈRE DE NOËL
LE MYSTÈRE DE NOËL

Avec Alafair Burke

L'AFFAIRE CENDRILLON
LA MARIÉE ÉTAIT EN BLANC
LE PIÈGE DE LA BELLE AU BOIS DORMANT
LA REINE DU BAL
DE SI BELLES FIANÇAILLES

Composition Nord Compo
Impression CPI Bussière en mars 2021
Éditions Albin Michel
22, rue Huyghens, 75014 Paris
www.albin.michel.fr
ISBN : 978-2-226-45898-8
N° d'édition : 24331/01 – N° d'impression : 2055756
Dépôt légal : avril 2021
Imprimé en France